영원축복의 길

영원인간영원사랑-다가올 날들 영원의 날

저자 **작은 책**

하움출판사

"사람은 영원하게 사는 존재입니다."

"죽음으로 모든 것이 끝이라는 분들께 드립니다."

올리는 말씀

지구와 우주만물은 보이지 않는 설계자로부터 나왔습니다.

아팠고 괴로웠던 날의 소망.

인간이 로봇에 불과하다면... 한없이 추락합니다.

승화昇華가 있음을 압니다. 물론 기초적 사람의 욕망 욕구도 있고, 있어야합니다.

다른말로 '소망희망'. 두 가지 얼굴로 나타납니다.

'자유의지'

자신의 자유의지를 '어떻게 쓰느냐'에 따라서 '소망희망'의 얼굴로 나타나며, 그 반대의 얼굴로도 나타납니다.

너와 나 우리의 삶

다음은?

[인간과 사물의 원초적 본질 및 숙명]

한사람의 희생으로 다른 사람이 살게 됩니다.
부모의 희생으로 자녀들이 살게 됩니다.
선대의 희생으로 후대가 잘 됩니다.

한 개인도 스스로가 행할때 성장이 뒤따릅니다
(세상과 사람과 사물에 공짜는 없다).

"빈손으로 왔고 갈때도 빈손이다(공수래공수거)
그럴듯하게 들립니까?"

어느날 공짜로 태어난 것입니까?
사는 것도 공짜, 죽는 것도 공짜입니까?

나를 기준으로 세상이 존재하며 돌아갑니까?

사람은 일회성이 아닙니다.

'어제' '오늘' 그리고 '그 날'을 보았습니다

목차

- 올리는 말씀 4
- [인간과 사물의 원초적 본질 및 숙명] 5
- [등장인물] 8

- **제1장** 귀환자 11
- **제2장** 새벽 14
- **제3장** 종로1가 21
- **제4장** 허블 우주망원경 27
- **제5장** 199( )년 2월 2일 35
- **제6장** 현실 42
- **제7장** 현실 46
- **제8장** 사고事故 노루재 53
- **제9장** 사고事故 노루재 59
- **제10장** 기괴奇怪 63
- **제11장** 기괴奇怪 68
- **제12장** ECG에 나타난 영혼 74
- **제13장** Shofar 만남 83
- **제14장** 겨울산보 89
- **제15장** 위험 99
- **제16장** Say Say it 107
- **제17장** Say Say it 114
- **제18장** 조소嘲笑 119
- **제19장** 악령惡靈 123

제20장	바람과 라이온	133
제21장	영적6단계	139
제22장	지구연수원地球研修院	142
제23장	애벌레와 나비	149
제24장	어린아이와 몽당연필	158
제25장	세상헤엄	166
제26장	고치 속에서	170
제27장	정오의 발자국	175
제28장	골방	184
제29장	웃음소리	191
제30장	히스꽃을 바치다	200
제31-1장	사람의 시작	205
제31-2장	현재의 경점(更點)	229
제31-3장	New Millennium-영원의 관문(關門)	261
제32장	수호천사	296
제33장	여행	301
제34장	폭풍의 봉우리	311
제35장	혼돈混沌	322
제36장	혼돈混沌	331
제37장	영적체험靈的體驗	336
제38장	영靈	343
제39장	결투 - 족두리봉	354

마치면서 ································· 370

[등장인물]

◆ **안성규**

세상, 사회에 불만과 비관적인 시선을 갖고 있으며, 도피자적 삶을 사는 청년, 우연히 인희를 만나며 새삶을 걷게 된다.

◆ **진인희**

독실한 크리스천 20대여자. 안성규와 앞날을 약속했으나 악령의 공격표적이 되어 타계한다. 춘천 소양중학교 교사.

◆ **김충헌목사**

춘천 영신교회 담임. 인희네 가족이 출석한다.

◆ **진사장**

인희 아버지. 건설업.

◆ **박여사**

인희 어머니. 춘천 영신교회 권사.

◆ **현반장**

가평경찰서 교통사고조사계 반장. 인희의 괴이한 교통사고를 수사한다.

◆ **천중위**

가평 육군제6야수교 소대장. 인희의 교통사고 목격자.

- **이박사**

춘천 강원병원 원장.

- **최씨**

건물미장공.

- **동산리모녀母女**

악령이 깃든 어머니(Ares), 신연희(Aphrodite).

[천사]

- **호랑나비**

안성규의 수호천사. 성규를 인도한다.

[악령]

- **담무스(Tammuz)**

악령들의 왕(Satan).

- **바벨(Babel)**

악령군대의 대장

- **아레스(Ares)**

악령군대의 선봉장

- **아프로디테(Aphrodite)**

아레스 휘하의 날랜 악령 전투병.

제1장

귀환자

돌아오고 있다.

철망이라도 헤집고 탈출한 몰골, 차창 틈 흙먼지 웅크린 눈동자, 꼬불꼬불 냇가를 끼고 차바퀴에 돌 부스러기들이 튕겨진다.

"아... 오던 때가 엊그제 같은데, 벌써 강산이 변했어."

말라버린 떡이파리 작은숨결은 동네모퉁이를 헤매다가 벽보 한 장 앞에 멈췄다.

"그래, 가자!"

나침반의 바늘을 비틀었다. 어린청춘은 쓰러진 집을 떠났다. 비바람을 피할 은신처를 찾아서

있었던 이유, 찍혔던 발자국. 이제 사라지고 있다

세월을 도살하듯 촛불이 꺼지고 있구나.
(높은 곳에서 내려주신 소망 그래! 찾아서 가는거야.)

백미러에 산길 비포장 흙먼지 바람~ 차창을 흔든다. "죽기야 하겠어?"
'그래~ 구원이라도 해 준단 말이냐?'

'난 나는 퍼덕거렸다' 세상바다, 거대한 수산시장, 인간의 목적과 경쟁, 다툼과 가르침속에서 찬바람을 막아 주었던거야.

199( )년 1월, 1톤 이삿짐차는 산골짝을 빠져나와 가평읍내에 가까이 왔다.

비스듬한 오르막을.
두 눈을 꾹 감았다
입을 꽉 물었다

가평천을 낀 급회전 오르막.
노루재!

잠시 후, 작은다리를 건너 읍내에 들어서자 흙먼지길도 끝났다. 경춘국도로 접어들었다

"뒤돌아보지 말자!"

같이 달리는 강~
차창을 내렸다 상쾌함이 밀려든다.

"야! 시원해! 후~~"

분명했다
의암호
강촌길.

'춘천'

25살 그녀. 꿈꾸던… 날들…
손가락사이 빗물처럼
달빛물고기의 소망과 함께 지워져.

제2장

새벽

"강변로를 타야겠네요."
"네."

구리를 지난다 1월 마지막 날에 오후, 도시물결과 한강이 보였다 "돌아왔어!" 먼 대치의 끝점. 투명하게 둥근 해볕.

망루대를 보았다.
양뿔나팔(羊角나팔 Shofar)

"뚜우우~~~~"
"뚜우~ 뚜우~ 뚜우~"
"뚜뚜뚜뚜뚜뚜뚜뚜뚜~~"
"뚜우우우우우우우우우우우우~~~~~~~~~ "

차창아래 강을 내려다 본다.
저 대교를 건너면 서울시민이 되는 걸까... 십여 일 전에 급한 대로 마련

한 단칸방,

검투사들의 콜로세움으로

이 아래 둔치에서 건져 올림을 받을 수 있는걸까? 광야에서 외치는 자로부터.

야 착각하지 마. 넌 개선문을 통과하고 있지 않아 숨긴 채 몰래 들어오고 있잖아.
절뚝대는 다리를 보라고! 비틀어진 네 손을 봐! 낯짝도 뻔뻔 하구나.

'로마병의 양날 검에 목이 날아가리라 댕겅~'

"방화동이라했죠?"
"네."
공항로따라 방화사거리에서 좁다란 골목길로 1톤짐차는 들어갔다. 엉켜진 골목 요리조리
"저집이요." 낡은 한 단층집에 멈췄다.
대충 구겨싼 나부랑이 짐들 몇 개가 대문옆에 내려지고. "잘왔습니다 조심히 가세요."

대문을 열고 짐을 집어들었다.

벽, 벽, 벽...

냉랭한 공기. 차가운 방바닥. 모를 이름표를 이마에 한장 한장 붙였다.

어떤 소리가 귓전에서 맴돈다.
'이 방을 바람막이 삼아 살아갈 수 있느냐'

지도도 나침반도 없다. 몰상식의 항법으로. 대해의 파고를 모르는구나... 피가 낭자한 로마의 가운데로 왔구나.

대낮이건만 뿌옇게 변한 하늘, 하나 둘 흩날렸다.

"내려라! 쌓여라! 내 발자국 따윈 남기지 말고 덮어버렷! 덮어 버리라구!" 두 주먹을 불끈 쥐었다. "까짓거, 살 길이 나오겠지..."

짐을 대충 챙겨 놓고 이불을 폈다. 피로가 몰려 들었다. 초저녁도 안 됐는데 잠에 떨어졌다. 하얗게 방화동을 덮고. 달빛조차 숨고 그의 발자국도 기억도... 덮었다

뒤척이며 이불을 잔뜩 뒤집어쓰고 자다가 깨곤 했다.

채각채각...
채각채각...

긴 터널을 빠져나왔다.

"성규야"
"성규야"

우당탕~ 쿵쾅~ 199( )년 2월 첫날에 매서운 새벽바람이 부엌쪽문을 때

렸다.

"오빠! 오빠!"

"으... 으음~~ 누... 누구... 세요?"
"누구요..."

덜컹덜컹~ 쿵쿵쿵~ 쾅쾅쾅~

바깥쪽문이 심히 흔들렸다. 잠결에서도 정신이 번쩍들었다. 반사적으로 몸이 일으켜졌다. 방을 둘러보았다. 형광등 스위치를 더듬어 켰다 부엌으로 난 쪽문을 열어젖혔다.

몇 발자국 옮기며 살폈다.

"잘못 들었나? 새 세상에 와서 그런가...?"
"아무도 없는데?"
아무도,
아무것도.

"에이~"

귀환의 둘째 날.
"어떻게 한다지? 무엇부터 해야 하나? 전입신고부터 해야지. 주민등록도 옮기고."

방화동 주민센터의 위치를 지나는 사람들에게 물어 빠른 걸음을 재촉했다. 전입신고를 마치자 왠지 안도감이 찾아왔다.

"서울시민이 됐군!" 굉음이... 소리나는 쪽으로 몸을 돌렸다 여객기하나가 저 높이에서 공중의 점으로 사라졌다.

"저 비행기에 탄 사람들은 어떤 사람들일까?"
"무슨 특별난 사람들이기에 저렇게 비행기를 타나!? 무슨 일들로 바삐 오가는 것일까?" 때가 까만 기름 한 방울. 도로에 차량들, 빌딩들 거리에 사람들 어깨동무 친구가 아니다. 열외에 서 있는 자신을 아직...

방화동 사거리로 나가 서성댔다. 갈 곳이 없고, 허름한 행색 어색한 몸짓. 백조들의 무도회장~ 같이 춤추겠다고... 미운 오리 새끼가 사방을 둘러보았다.

해는 저물고 출출하다.
골목길에 분식집 하나. 쓸쓸함 내린 초저녁 겨울땅거미를 안고 그는 문을 밀었다.

"된장찌개 하나요. 밥 한그릇 추가."

단칸방 연탄보일러 아궁이, 크게 열어놓았다.
"내일은 직업소개소에 가봐야지"
양동이에 떠놓은 물. 목을 축였다. 이불을 끌어 안았다.

채각채각...

... ...
채각채각....

다시 02시30분을...

"우르르르~~~"
"탕탕탕~ 쿵쿵쿵~ 쾅쾅쾅~"

바깥쪽문이 다시 흔들렸다.
방의 벽까지 우르르~~~

"으음~ 어... 어...? 이게 무슨소리야~?"

"벌떡 일어나 형광등 스위치를 눌렀다. 방을 둘러보았다. 옆집소리는 아닌데?"
부엌문쪽을 보았다. 바람은 불고 있지 않았다. 재빨리 부엌을 통해 밖으로 뛰쳐나갔다.

어제 새벽처럼 고요.

"... 잘못 들었나... 과민했나? 자꾸 환청이 들리네... 꼭두새벽에 누가 온단 말인가!"
밤하늘을 올려다 보았다. 이틀째 하얀세상

"밤별아, 이내 마음 모를거야"
한숨을 토하며 걸음을 돌리려는 순간,

"성규야~"

"오빠!"

제3장

종로1가

"으 으 누 누구야!"

"누 누구냐고!"
돌아서면서 내뱉었다.

"땅과 세상이 있기 전에 스스로 있느니라. 너의 골수를 쪼개고 관통 하느니라. 영원전부터 나는 있느니라."

"네에~~~? 뭐... 뭐라고요?? 아. 아니... 도대체 누구세요?"
"누구십니까?"
"누구예욧? 누구냐구욧!"
"간 떨어지겠네..."
어떤 장치를 설치했을거란 생각이 스쳤다.
주변을 재빨리 훑었다. 없다

"으... 이게 무슨... 분명 사람 말소린데."

"오빠!"
"으~ 으~ 누 누구야? 누구얏!"

골목길 가로등 하나.

"내 모습은 보이지 않아. 그렇지만 만나게 될 거야."
"만. 만난다고? 누, 누구를..?!"
"넌 누구야? 정체를 밝혀 정체를 밝히라고!"

순간, 머리부터 타고 내리는 어떤 힘이. 약간 더운 듯, 약한 전기 감전처럼.

"으 으 이게 뭐야.."
"어, 어."
몸을 타고 좌르르 흘렀다. 어깨, 팔, 몸통, 다리로.
"어엇 이 이게 뭐야?"
그리고
사라졌다.

무엇이 자신에게 왔다.
다시 들리는 소리... 점점 멀어지면서

"보글보글"
"끼륵끼륵"

많은 물이 끓을 때 소리 같기도 하고 시골 가을날 철새떼가 이동할 때 들리는 소리 같았다.

한쪽 방향에서만 들려오는데. 계속 그 방향으로 멀어져 갔다. 대각선 위쪽의 멀리 멀리

"아아......"
멍하니 소리가 사라지는 허공만 바라보았다
"......"

(어느 방향인지?)
"날이 밝는대로 알아내야지...!"
"한강이 북쪽이야, 동서남북을 알 수 있어!"
다시 이불을 폭 뒤집어 썼다.
무슨 일이 있었냐는 듯 적막속으로~~

"직업소개소부터 가 봐야지 굶어 죽기 전에, 그렇지! 난 들었어. 틀림없어! ...반찬이 조금 남았지"
부랴 부랴 쌀을 씻었다. 현실의 난관이... 통장엔 비상금 얼마 뿐.

"어제 그제 이틀이나 이 근처야, 담장 이쪽에서 들렸어. 사라질 때도 이쪽이었구."

"동서남북 기준이 어디지? 음. 저쪽에 김포공항이 있고 공항로따라 한강 방향으로 간다고 할 때, 성산대교와 한강이 나오니까 그렇다면
양팔을 벌렸을 때 얼굴 앞이 동쪽, 등 뒤가 서쪽, 오른팔이 남 왼팔이 북."

"그러면... 북쪽이구나!"
"담장 이쪽에서 들렸으니까 북쪽, 북쪽이야! 김포공항은 저쪽에 있으니

까 동남쪽이고."

"북쪽에서 그 소리들이?"

'북'
"북쪽"

"무엇??..."
"북극성."
"북두칠성?"
".....?"

"그렇지 나침반. 나침반에서 북쪽을 기준 삼지!"
(무엇이 있다는 건가)
모든 길의 길라잡이. 배도 비행기도 북쪽을 기준 삼잖아. '그래! 그거야.'

아침 때우고 직업소개소로 발길을 잡았다.
방화사거리에 나가 사방을 두리번거렸다. 소개소 간판 하나가 보였다. 빠른걸음으로 다가갔다. 낡고 좁은계단따라 위층으로 올라갔다.

똑똑똑~
"들어오세요."
허름한 사무실에 중년남자 하나가 책상을 앞에 놓고 앉아 있다.와서 앉으라고 눈짓을 보냈다.
옆으로 긴 낡은나무의자가 하나 놓여 있다.

"일좀 하려고요."
"기술은 있습니까?"
"아뇨, 막일이라도~"
"그럼 일당일을 하시면 되겠군 하루 4만원이고. 근처 현장일인데, 시키는대로 하면 돼."
"네."

"내일 아침 06:00까지 나오시고. 현장일은 일찍 시작하니까 먼저 도착한 순서대로 일거리가 배당되니까."
"네 내일 일찍 나오겠습니다, 수고하세요."

사거리. 간이벤치에 털썩 주저 앉았다.
으스스 떨린다. 마음도 춥다.

...어제 밤의 그 소리...
여전히 뇌리를 장악했다.

"그렇지, 대형 서점에 가봐야겠어."

가평 산골생활 속에서 어쩌다 서울 나들이라도 한번 하면 휘황찬란한 서점.
"자연과학코너에 가보자 북쪽 연결 고리가 있을지도 몰라. 종로1가에 대형서점 있지."

시내버스는 성산대교를 건너 서대문 사거리를 지났다 세종로 사거리를 가로질러 멈췄다.

대한민국 1번가.

한낮, 분주함과 활기 속에서 그에겐 이질감으로 변했다. 동떨어진 세상... 서먹서먹함을 헤치며 천천히 서점 쪽으로 걸음을 옮겼다.

이방인의 가슴을 안고 숨을 한껏 들이 마셨다.

제4장

허블 우주망원경

"좀 더 안쪽으로 들어가 보자."
이윽고 큼직하니 두꺼운 표지들.

"인류의 기원... ...이라."
"코스모스."
"종의 기원."
"NASA."
"4차원의 세계."
"우주의 크기."
"지구의 나이."
"우주는 언제 시작되었나."

"펼쳐본들 알기나 하겠어 젠장~"
"휴~ 어쩐다... 대강 훑어보자."

우주의 크기를 집어 몇 페이지 넘겼다.

눈살이 찌푸려졌다

'지구의 나이?'

이 땅이 여러 변화를 거쳐서 현재에 이르렀고 대격변이 일어났었고, 다시 올 수도 있다.

지구는 사람들에게 좋은 환경, 최악의 환경 급변할 수도 있다.

사람은 작은 개미처럼 살고 있다.

공룡들이 수많이 살았었다 추정컨대 대홍수가 일어났고, 그때 멸종됐다.

시베리아에서 얼려진 상태로 발견된 매머드(mammoth)는 그 때 죽은 것으로 대지진으로 지하에 있던 대량의 물이 지표면으로 분출되었고, 대기층을 감싸고 있던 공중의 막대한 수분도 급격하게 차가워졌다. 굵고 억센 소나기로 변해 수십 일을 밤낮 구분없이 줄기차게 지구를 덮었다,

극지방에 기온 급변이 발생했다.

대홍수 전 지구는 겨울이 없었다. 식물, 동물, 사람들이 살기에 최적화였고. 적당한 수분이 지구 대기권을 감쌌다. 따라서 봄, 여름, 가을, 겨울의 4계절이 없었고 늘 적정한 온도가 형성 태양빛의 유해요소는 차단, 최적의 온도. 사람, 동물, 식물 할 것 없이 살기에 최적화로 지구를 감쌌다.

사람 수명은 오늘날과는 비교 안 되게 무병장수했다.

시베리아 벌판쪽으로 휩쓸린 맘모스들이 기온이 급변된 남극 북극 인근에서 얼었고, 해부해 보니 위장에선 미처 소화되지 않은 풀이 썩지 않은 채 나왔는데, 갑자기 얼면서 죽었기 때문이라고 사진과 함께 실렸다.

미국 그랜드캐니언 대협곡은 집중적으로 대홍수가 쏠려 땅표면을 파헤쳤기 때문이라는 주장도 실려있다.

다른 페이지엔 땅이 불탄 그림, 그곳에서는 오늘날에도 유황 덩어리들이 발견되고 있다고 하였다 - BC 2,000년경 지워져 버린 이스라엘과 요르단의 국경 '사해 (死海, 염해鹽海)의 고대 도시 국가 소돔과 고모라'

발견되고 있는 유황 덩어리. 그 성분을 분석해 본 결과 깜짝 놀랐다고 하였다 - 그 유황 덩어리들은 지구에는 없는 성분이다.

외계에서 불이 붙은 채 지구로 떨어졌을 것이다 별똥별처럼.
"아앗!" 성규는 외마디를 질렀다!

그 당시에는 거인들(Nephilim, 네피림)이 살고 있었는데. '이집트 피라밋', 그들이 쌓았다고. 칠레 이스터섬의 '거인 석상'도. 사람보다 6~7배, 10배 또는 더 큰 네피림의 뼈가 오늘날에도 지표면과 가라앉은 인간들의 건축구조물에서도 발견되고 있다고 하였다.

코카서스산맥(Caucasus Mountains : 흑해와 카스피해 사이 산맥) 인근에서 거대한 해골 (骸骨, skeleton 살이 썩어 없어진 골격)이 발견되었는데, 머리 한 개의 크기만 해도 두개골 하나가 어찌나 큰지 성인 2명의 전신을 이은 정도의 크기라고 사진이 올려져 있었다.

세계 각처에서 발견된 네피림의 크고 작은 유골 사진들이 실려 있었다.

당시 네피림이 일반 사람들과 같이 섞여 살았고, 여자들과 결혼도 하여 변종 네피림 (hybrid인간)이 출생했을 것이라고 기술하였다. 그러나 대홍수 때 네피림, 사람, 동물, 조류 할 것 없이 지표면에 살던 모든 것들이 다 전멸했다. 유일하게 살아남은 한 가족 8명이 있었는데, 그 8명이 현재의 인류 조상이라고 했다.

중국 글자인 '배 (선船)' (舟+八+口). 한자에는 이 비슷한 경우의 글자가 다수 있다.

"으음... 우연으로 보기에는 범상치가 않아..."

오늘날에 이집트 피라밋은 대홍수 이후에 네피림과 hybrid인간들이 함께 축조하였을 것으로 추측하였다. 홍수 이전에도 피라밋이 세워졌을 수 있으나. 대홍수 때 대지진과 무시무시한 급류로 다 파괴되었다고.

AD 79년경 베수비오 화산의 폭발로 화산재에 묻혔다가 드러난 로마의 해변 휴양지 '폼페이' 사진도 있었다.

성규의 눈빛은 날카롭게 번뜩였다.

현시대 이전에 무슨일이 있었단 말이냐 사람이 처음 어떻게 존재했단 말이냐?

먼 옛적에 일이지 우리들의 세상에선 일어나지 않는다고. 무관심속에

서 살고 있다고

"아냐... 옛적에 일어났으면 현시대에도, 앞날에도 일어날 수 있지..."

옆 볼 틈이 있는가... 오늘도 분주히 뛰고 있다 아니 뛰어야 한다. 옛적에?? 앞날? 그게 나하고 무슨 상관이야. 아파트 평수 늘리랴. 돈 벌랴 바쁘다.

"그래! 나도 그렇게 살아왔어. 밥 한 끼가 중요했지. 나야말로 그래. 하루하루 급급히 쫓기며 먹고 사는 게 언제나 1순위였지. 여유란 단어가 내게 있었던가...?"

푸석뜨기 던져진 골목길에서 용기도 최선도 없었어. 인생 낙오자 그 이상도 이하도 아냐. 다른 사람들은 어떨까? 적어도 나 같진 않을 것이야. ㅎㅎㅎ~ 3일 전 가평 산골을 떠났지 않았나?

"한 권 더 보자."
NASA란 책이 눈에 띄었다.
'미항공우주국' 항공 우주 분야에서 세계 으뜸. 말은 들어봤다. 찬찬히 넘겨갔다.

"응? 이게 뭐야?"
사진과 함께 실려 있는

'화성 무인 우주 탐사선'에 탑재되어 있는 '허블 우주망원경'에 무언가가 찍혔다. 한 장의 사진과 간략한 설명.

NASA에서는 화성 무인 우주 탐사선의 허블 우주망원경이 전송해 온 여러 사진을 분석하였다. 그중에서 특이한 물체의 사진이 있다. 미국에서는 더 이상 자세한 언급은 비밀로 봉했다.라는 짤막한 기사.

'1994년 2월 8일 〈위클리 월드 뉴스(Weekly World News)〉에서 세계 최초로 그 특이한 사진을 발표했다.
나사의 여자연구원인 마샤 메이슨(Marcia Masson) 박사가 발견했다고 보도하였다.

1993년 12월 26일, 나사의 화성 무인 우주 탐사선에 탑재되어 있는 허블 우주망원경이 촬영했다. 발표한 것은 달랑 몇 장에 불과했지만, 미국 메릴랜드주 그린벨트(Greenbelt)에 위치한 고다드 우주비행센터(Goddard Space Flight Center)에 전송해 온 사진은 미 당국에서 발표한 그 몇 장 이외에도 수백 장이 더 있다는 것이다. 그러나 더 자세하게 공표하지 않고 달랑 몇 장만 발표했다. 더 이상은 비밀에 부쳐졌다.'

촬영 사건은 1993년 12월 26일에 발생했다.

그 물체는 우주 공간 멀고 먼 가장자리끝에 위치해 있을 것으로 추정하였다. 어느 특정한 시간 특정한 방향으로 허블 우주망원경이 방향과 초점이 맞추어졌고, 촬영을 가로막는 어떤 방해도 없는 임의의 순간 그 물체가 찍혔다.라고

성규는 자세히 들여다보았다.
빛나고 있었다. 커다란 집 같았다. 성(城)같이.

우주의 가장자리에 있는 어떤 곳(城), 그리고 어떤 마을 같은 사진도 있었다. 하지만 찍힌 방향에 대해선 말이 없었다

NASA에서는 찍혔을 때, 특정한 방향인 것은 맞지만 어느 방향이었는지는 알 수 없다. 라고

"우주는 인간 상상으로 알 수 없고 무엇이 존재하고 있는지 누가 알겠어? 우주, 그 능력 어떻게 움직이고 있단 말인가? 그걸 아는 사람이 없어, 아인슈타인도, 노벨 과학상을 수십개 받은 천재가 있다 해도 말야."

생수통 설치된 쪽으로 터벅터벅 걸었다. 종이컵을 뽑았다 차가운 물 한 잔 들이켰다.
옆에 간이의자에 털썩 주저앉았다. 맥이 다 빠지는 것 같았다. 중압감…

다시 벌떡 일어섰다.
〈NASA〉옆에 꽂혀 있던 (4차원의 세계). 머리를 강타했다.

"몇 페이지라도 펴 보자."
"1차원은 선의 개념."
"2차원은 평면."
"3차원?"
'선, 평면, 공간 및 시간적 한계' 라고 들어본 적이 있다. 지구라는 별에 입체적 시간적 한정적으로 '출생과 죽음'이라는 허용된 만큼의 3차원 세계를 살고 있다.

"4차원은?"

그 한계를 초월한다. 자세히 알고 싶은 마음이 솟구쳤다.

100년 후에는
1,000년 후에는

2,000년 전, 3,000년 전, 먼 먼 날 지구와 하늘에서 무슨 일이

제5장

199( )년 2월 2일

　　(해발 약 100km 높이가 대기권 첫째층),
에베레스트 꼭대기만 해도 숨쉬기 어렵잖아? 더 가면 우주미아(宇宙迷兒), 지표면에 붙여 살게끔 세팅(setting)해 놓으셨다고.

　　공기, 흙, 물, 동물, 식물… 지구별에만 있다? 다른 곳에 더 좋게 만들어 놓을 수도 있지!

　　사람도 똑같은 제품 수 백. 천만 개도 만든다. 수억 개, 그 이상도 만든다

　　'파라다이스'가 없다고… …새로운 법칙이 펼쳐진 4차원, 5차원, 10차원, 아니 100차원도 넘는 새 세계로 간다면?

　　"물체에서 물체가 나오는 것이 아니라 영(靈)에서 물체가 나온다고 하던데,설계도가 먼저, 설계는 생각(혼,정신,마음)에서 나오잖아?

　　"순간이동(瞬間移動)"

지구어항 속에서 태어난 물고기가 어떤 날 지구밖으로 나와서 우주를 날아간다면

서점을 나와 천천히 걸었다.
{어제 오늘 새벽에, 이건 꿈이 아니다.}
공허가 엄습했다. 세종문화회관 위쪽 커피 자판기 쉼터로 올라갔다.

난간에 기대었다 커다란 사거리에 오가는 차량들과 인파... 물끄러미 바라 보았다. 자세를 고쳐 잡았다 '내 뼈속에 아프게 새겨져 있어. 숨기진 않겠어 비수로 동행한다 하여도.'

시내버스는 성산대교를 건너고 있다.
3일 전, 가평 산골을 떠나 이 다리를 건넜다. 대형 서점에 들러 천문학 서적을 살펴보았지만, 어제 그제 그 소리, 방향과 의미를 찾아내진 못했다. 차창엔 2월 2일의 차가운 해가 저물고.

버스 뒷좌석 끝에서 아까 본 자연 과학 코너 서적들을 떠올렸다
〈NASA〉란 책에서 본 그것은 헛걸음으로 끝나지 않는 일말의 성취이었다.

그 몇 장의 사진...

수십억 광년 떨어졌다는 하늘의 가장자리에서 빛나는 거대한 성(城)

새벽 두 사람, 그 말소리의 방향은 틀림없는 북쪽이다. 만약 허블망원경에 찍힌 방향도
북쪽이라면, 으음...!!"

성규얼굴이 일그러졌다.
그곳에서도 사람들이 살고 있다면...

새벽에 나를 방문 온 두사람, 그 빛나는 성에서 살고 있는 사람들이라면

"아~ 도저히 상상이 되지 않아.. 으으~~~ 만약 지구에 살았던 사람이라면... 여자 목소리는 나를 오빠라고 불렀어. 남자의 목소리는 마치 전능자가 말하는 것 같았어. 내 골수까지 쪼개어 환히 들여다 본다고 했잖아."

그런데 그 먼 거리에서 어떻게 지구에 온단 말인가

"ㅎㅎ말이 안 되는 얘기지~ ㅎㅎㅎ..."

순간이동 ... ... 100차원도 넘는, 차원을 능가하는 '영靈의 이동=순간이동'.

우물 안 개구리같이 살고 있는 우리잖아? 이해 안되면 상대가 틀렸다고 고함을 치지. 인간이 가진 상식은 밝혀진 것까지만 조금 아는 거야. 조금...

광년의 속도를 능가? 사람 육체 따위는 갈가리 찢겨 나가겠지. 어림도 없어. 어떻게 호흡한단 말인가? 공기가 없잖아?

우주선도 있고, UFO(unidentified flying object, 미확인 비행 물체)도 거론되지만, 이런 것들도 한계가 있어. 수십억 광년을 날기엔 역부족.

영靈, 영의 이동移動...(물체적 유한성이 아닌)

유체이탈('遺體離脫', Out-of-Body Experience, 혼이 자신의 신체에서 분리되어 빠져나와 혼만 별개로 움직인다)

영靈---〉〉 가늠 불가

육신 속에 있을 때나 호흡이 필요하지 빠져나온 영은 - 그 어떤 장애물도 통과할 거야.

지구가 얼마나 무겁겠어? 한 바가지의 물과 흙을 들어 보라. 지구의 흙과 바닷물의 무게를 다 합한다면? 그런 지구가 공중에 떠 있잖아. 매일 자전하면서 공전을 하잖아? 더구나 한 치의 오차도 없어. 누가 그렇게...할 수 있단 말이냐. 그 능력과 힘은? 영(靈)의 세계, 영적 능력, 조물주께서 행하신다면~ 어느 한 개인에게 행하신다면~

에이~ 그걸 어떻게 믿어?
혼을 눈으로 봤다는 사람이 있을까?
"끄으으윽~~"
가슴이 틀어지는 것 같다. 다리에 힘이 빠져나갔다. 맨 뒤 좌석에서 비스듬히 기대었다. 너무 큰 과제가 난데없이 닥쳐왔다.

"왜 나한테 이런 일이"

방화사거리. 두 다리가 비틀거렸다. 다리에 힘이 쭉 빠져나가 버렸다.
"으으~~~ 힘이 하나도 없네." 살기에 급박한 하루살이. "윽~" 진이 다 빠져나가는 것 같았다.
"내일 아침 5시 30분에는 일어나야 하는데."

"아 ~ 살길도 막막한데 편히 쉬었다가 내일 아침 일찍 일어나자."

이를 악물었다.

"된장찌개 하나요."
의자에 털썩 주저앉았다.

터벅터벅 비틀대며 단칸방으로 왔다. 부엌에 녹슨 연탄보일러 바람구멍을 열었다. 방문을 열고 기어들 듯 몸이 쓰러졌다.
이불을 펴고 그대로 잠에 빠져들었다.
깊어가는 밤, 지구는 어김없이 자전을 하고.

째르릉
째르릉~~~

05 : 30분

간단히 세수를 하고 작업복을 챙겨 배낭 속에 넣었다. 인력소개소로 발걸음을 재촉했다. 좁은 계단 위층으로 재빨리 올라가 문을 빠끔히 열었다.

벌써 일당 일 찾는 몇몇이 긴 나무 의자에 앉아 있었다. 인력소개업자가 일찍 온 사람 순으로 일을 배당한다고 했기에 일어나자마자 이곳으로 바삐 뛰었다.

"안성규 씨."
"네."

"김포공항 입구 맞은편 남부순환로 6층짜리 공사장이 보여. 제일인력에서 왔다고 하면 알거야. 거기서 시키는대로 하면 돼요. 내일도 사람을 쓰니 잘하면 계속 일할 수 있어~"

"네."

"하루 일당 4만 원 받으시고 내일 아침에 나오셔서 5천원 소개비 주시고. 지금 주셔도 되고. 계속 일하시려면 소개비를 내일까지 내셔야 해."
"네"

"저 공사장인 것 같군."
여기저기 패널, 형들, 각목들이 널브러졌고 모래도 한쪽에 있다.

"일하러 왔습니다."
"소개소에서 왔어?"
"네."
"저기에 가방 놓고 옷 갈아입어."
벽에 콘크리트못 몇 개가 박혔고 작업 가방과 옷들이 걸려 있었다.
"좀 있으면 현장소장이 와 7시부터 일 시작이니 앉아있어."
40대 초반의 키가 작달막하고 공사일에 티가 배어 있는 거친 얼굴이 말했다.

잠시 후 한사람이 들어서며 인사를 건넨다.
"일찍들 나왔소."
네. 어서오세요 소장님.

일꾼들이 하나둘 모여들고 십장으로 보이는 그 사람은 들어서는 노년의 사람을 보자

"최씨 오늘 이 사람 데리고 써."

제6장

현실

"자 이리덜 와."
"자, 봅시다. 인력에서 사람이 왔군." 힐끗 쳐다 보았다.
"한 사람 보냈구만요~"
"자~ 오늘도 잘해 봅시다."
현장소장은 합판 칸막이 사무실로 들어갔다.

"성씨가 어떻게 되는가?"
"안성규라고 합니다."
"응, 그려~ 열심히 혀. 열심히 혀면 내일도 부를께니. 여그 일이 당분간 있응께."
"네, 열심히 해야지요."

"1층 벽 미장을 혀야 허니, 저기 모래 있지?"
"네."
"채에 쳐서 곱게 하고 시멘트를 골고루 섞어 갖고 오면 돼! 알앗제?"
"네."

빨간 목장갑을 가방에서 꺼내 성규에게 건넸다.

시간은 흐르고
오후 5시 온수 드럼통 수도꼭지에서 간단히 세면을 하고 옷을 갈아입느라 분주하다.

"안 씨 내일 나오능가? 나오면 소개소에 다른 사람 보내 달라 연락 안헐거니께"
"나옵니다."
"그려. 내일 보자고 잉~"
최 씨는 십장에게 같이 일하겠다고 말하면서 4만원을 받아 성규에게 건네주었다. 꾸벅 인사를 하며 받았다.
그들도 최대한 작업량을 잘 감당해 주는 사람이 필요하다는 것을 눈치 챌 수 있었다.

"된장찌개 하나요."
"네~ 어서 오세요."

떠났던 긴 시간 이 꼴이라니! 서울에서 살면서 기술이라도 습득했더라면 그러나 길이 없었어.

빵이 없으면 고기를 먹으면 되지 않냐?
고기가 있는데 빵을 누가 외쳤소?

160만 루불짜리 목걸이를 걸고 거울 앞에 선 사람의 생각인 거야. 흐흐... 빵 한 조각 절실한 파멸된 집 눈물도 말라 버린 그런 집 말야.

"아줌마~ 여기 빵 한 그릇 더."
"잉~ 빵 한 그릇이라고라~~?"
눈을 동그랗게 뜨고 성규를 쳐다본다
"아, 아니. 밥 하나 추가! ㅎㅎ"

(아픔이란 겪은 자만이 아는 것이야.)

누구랴~ 빵 한 조각에 울고,
누구랴 160만 루블짜리 목걸이를 목에 걸고,
보라! 선물로 받은 궁전에 연못이 없다고 울더라.

사랑에 울고 만나지 못해 우는구나.
마음으로 울 때 육신의 고통에 우는 자여...

아하~~ 명예에 울고 번민도 고통이라.

이 캄캄한 겨울 길
대장수(大將帥)가 적벽에서 외마디~
"인생기하비여조로(人生幾何譬如朝露)."

이불을 무릎에 덮고 벽에 몸을 비스듬히 기댔다.
"아 따뜻한 방에 있을 자격도 없구나."
눈을 감았다. 그 흔한 앨범은 없다. 과거를 보지 않기로 했다. 가평 산골을 떠나면서 다 불태워 버렸다.

하지만 가슴엔 차곡차곡 새겨져 있다. 켜켜이 녹슨 채

한 장 한 장엔 좋은 날보단 그렇지 않은 날들이

제7장

현실

뒤돌아보지 않으리라 다짐했건만
뇌리에서 껐다.
"내일 일 가야 해."
"그만 자자."
05:30분에 알람을 맞추었다

다섯 번째 날에 대지는 밝아 오고, 작업 배낭을 들었다.

"실장님, 여기"
만 원짜리 한 장 어제 소개비와 오늘치까지 이틀 치를 건넸다
"그쪽에서 계속 일 나오라고 해서 그리로 갑니다"
"아, 그래요~ 잘됐네요 OK~"

어두 컴컴속에서
"안 씨 왔는가?" 미장공 최 씨가 성규를 보자 말을 건넸다.
"네, 일찍 오셨네요?"

"응. 그려~ 오늘은 어제 못 한 1층 벽도 마무리 짓고. 2층도 시작해야 혀. 사모래를 부지런히 쳐, 잉~?"
"네."
"안즉 좀 시간이 있구만~ 좀 앉아 있어잉."
"네."
"아! 그라고말여 6층 외벽에 큰 형틀 하나 붙은 거 봤제?"
"아, 네."
"목수들이 다 떠내고 끝내야 하는데 일하다 보니 그게 남았어. 그것 때문에 목수들 다시 부르기도 그렇고 해서 먼저 떠내는 작업부터 할 건데.. 그것부터 하고 2층 미장 들어가야 혀!

안 씨가 올라가 조여진 볼트들을 다 풀어 주어야 해 크레인이 와서 쇠사슬을 걸 거니까 잉~ 아, 그라고 이런 일 해봤능가?"

"아뇨. 공사장 일은 처음이라 안 해 봤습니다."
"그려,. 조심해야 혀! 떨어지면 끝잉께! 눈 얼은 것들이 쇠 각목틈에 조금 남아 있응께, 발 디딜 때 조심하고 잉~ 손 미끄러지지 않게 해야 혀"
"아~ 네.."

이제와서 못 하겠다고 할 수도 없고(까딱하단 오늘이 내 초상날이구나)

중형크레인 한 대가 왔다. 붐대를 뽑아 6층 외벽의 형틀에 쇠사슬을 걸었다. 성규는 계단으로 올라가 창문틀을 통해 바깥 벽에 붙은 외벽 형틀에 올라탔다. 허리엔 형틀 목수들의 공구 벨트를 차고, 망치를 꽂고 빼낸 볼트를 담을 주머니도 찼다. 보호 장구? 없다.

팔다리가 후들거렸다. 몸을 조금 움직여 보았다. 순간적으로 머리에 번쩍 스치는 것. 두 손을 잘 잡고 두 다리 중 한 발은 디디고, 한 발을 움직여야 떨어지지 않겠구나. 직감하였다.

반대로 팔 하나 손 하나를 이동할 땐 두 발은 잘 디디고 손 하나는 잡고 다른 손을 움직여 이동한다. 두손 두 발 중 3착점 1이동.

힐긋 아래를 내려다보니 아찔했다. 머리라도 핑~ 돌면, 그대로~ 아래는 쳐다보지 말자 옆만 봐야 해

경량 쇠 각목들이 십자격자 모양으로 용접되어 형틀 판에 큰 나사못으로 고정되어 있었다.
발을 디뎌 천천히 너트들을 풀어 나가기 시작했다. 이따금 눈과 얼음의 냉기가 빨간 목장갑을 낀 손에 느껴졌다.

운동화 발끝으로 살살 촉감으로 살피면서 눈이 붙은 것들을 피해 나가거나 운동화 발끝, 장갑 낀 손으로 털어가며. 한 시간 정도 흘렀다. 볼트 푸는 위험한 일을 무사히 마칠 수 있었다.

벽에 뚫린 창문틀 공간을 통해 내부 계단으로 내려왔다. 지켜보던 최 씨가 웃으며 한마디 던졌다.

"잘혔어 안 씨! 형틀 목수들이나 전문적으로 하는 건데, 사고 없이 잘했네 그려! 오늘 일당 조금이라도 더 줄걸세 잉~ 아. 눈이 듬성듬성 붙었는데 돈 몇 푼에 누가 올라 가겠능가!"

"네! 휴~ 밑에서 볼 땐 별거 아닌데, 올라가 보니 하늘과 땅 차이네요."
"그려, 잘했어!"

모르면 용감하다고 멋모르고 올라갔다가 내려와보니 살아온게 실감 났다. 등골이 서늘~ 휴~ 안도의 한숨과 피식~ 입가엔 웃음이.

다른 사람들이 창문 공간을 통해 긴 장도리를 외벽 형틀의 틈으로 끼워 넣고 외벽에 붙은 형틀을 들뜨게 떼어 내자, 크레인은 매달린 형틀을 아래로 내려놓았다.

잠시 쉬고.
오늘은 2층 계단도 오르락내리락. 속으로 일머리를 생각하며 채에 모래를 치기 시작했다. 시멘트를 섞어 빈 시멘트 포대에 담아 운반하기 시작했다. 잠시 후 9시 30분, 십장이 빵과 우유를 한 봉지 사와 바닥에 펼쳤다.

"자, 들자고." 빵 하나 팩 우유 하나씩 돌렸다. "안 씨, 담배 하는가?"
"안 피웁니다."
"그려? 먼 재미로 살어? 담배도 안 피우고.."
"체질에 안 맞아서요."
"응, 그랴. 안 맞으면 피지 마. 좋을 거야 없제~"

"...자, 일어납시다!" 십장이 먼저 일어났다. 탁탁 빨간 목장갑을 털면서 하나 둘 일어났다.

어느덧 오후 5시.
연장을 챙기고 간단히 세면과 옷을 갈아입고 귀

가를 서두른다. 천천히 온수 드럼통이 설치된 곳으로 갔다.

골목 분식집 안쪽으로 자리 잡아 식탁 의자에 털썩 주저앉았다.
다시 낡은 방으로.

"흐으~"
물끄러미 천정을 올려다 본다. 하루하루 지날수록 절망만.

"난 실패했어. 탈옥? 벗어날 힘이 없어. 세상? 거대한 감옥이야"
"어딜 가든지 마찬가지야 내가 원한다고 세상은 나를 비웃고 있어."

"알량한 놈. 아무도 만나지 말았어야 했어 그랬다면 이 고통도 없었을 것을. 안타까운 놈, 주제넘게~"

"그래 맞아 그래야 했어. 세상이 가르쳐 주는 대로... 으흐흐흑 아... 흐흐흑 끄으윽~ 꺼억, 꺼억."
"그녀에게! 그녀에게! 씻지 못할 죄인이야! 차라리 그녀를 만나지 않았다면 이 고통도 없을거야, 나 때문에 나 때문에"

"내게 씌어진 굴레를 받아들여야 했어 푸석댕이 나뒹구는 돌맹이처럼... 살면 됐어... 으흐흐흑~~~"

"인희야! 인희야!"
"네가 네가 왜? 아.. 으흐흐흑."
"으흐흐흑~ 으흐흐흑~"
"끄으윽, 꺽, 꺽~~~"

그녀를 만났던 날들, 그날들....이

"성규 씨 고마워요. 성규씨 아니었으면 전 큰일 날 뻔했어요."
"별말씀을요. 정말 다행입니다. 큰일 없이 지나가서요."
"정말 고마웠어요! 저 때문에 성규씨가 큰 위험에 처하실 뻔했잖아요! 상처는 어떠세요?"

"네 많이 나왔습니다. 의사 선생님께서 그렇게 깊이 물리지 않았고 다행히 뼈는 비켜나갔데요. 옆에 분들께서 도와주셔서 최악의 상황은 피했습니다."

"어머! 네! 정말 다행이에요!"

그녀의 환한 얼굴에 왼팔에 쑤시는 아픔도 소멸하는 듯 했다. 배경이 좋은 가정에서 자라났다는 것을 알아차릴 수 있었다. 자신과는 너무나 다르게 살아온.

자신의 처지에 여자 친구라고는 생각지도 못한 채, 그날그날 뜻 없이 살아가고 있었다. 그런데 바로 앞에서 환히 웃는 그녀는 잠시나마 마음을 들뜨게 했다.

"고마워요!"
왠지 모를 쑥스러움. 그리고 마음 한쪽에서는 괴로움이 고개를 들었다.

'나하고는 다른 세상을 살거야.'

4년전 사건...

은신자의 주홍글씨를 새기고 산림원에서 도망자처럼 살아가고 있었다.
그녀와의 만남은 자신의 자화상을 흔들었다.

영영 짊어져야 할 짐이자 등불.

홀연히 사라져 갔다.
성규만 남긴 채.

그 아픔을 잊기 위해서라도 더 이상 머물 수 없었다. 떠나기로 결심하였다.

그러나
그 회리 속으로 들어가고 있지 않는가?

점점 더 선명하게 다가오고 있었다.
이내 가평과 춘천으로 깊이 빠져들어 버렸다.

제8장

사고事故 노루재

"저놈! 저놈이 내 딸 인희를 죽였어!"
"저놈이, 저놈이... 내 딸을 죽였어, 저놈이!"

"아 흐흐흑, 인희야! 인희야! 너를 어떻게 키웠는데"
"인희야, 인희야! 네가 죽다니, 네가 죽다니!"
"아으흐흐흑, 인희야! 인희야!"

어머니 박 여사는 붉은 십자가가 그려진 하얀 관보로 덮인 인희의 목관을 끌어안고 실신할 듯 통곡하였다. 아버지 진 사장도 딸자식의 관 앞에서 굵은 이슬이 가득 차 주르륵 흘렀다.

성규는 손에 하얀 국화 두 송이를 들고 있었다.
인희 영정 앞에 놓으려 다가가려 했지만, 차마 발걸음을 뗄 수 없었다.

붉은 십자가의 목관에 잠들어 있는 그녀.

한 발 한 발 움직여 영정 앞에 한 송이 놓았다. 붉은 십자가 관보의 목관 위에도 한 송이를 놓았다.

박여사는 여전히 실신할 듯이 관을 끌어안고 대성통곡 했다.

영정의 인희는 온화하고 친근히 웃었다.

북받치는 눈물을 가까스로 참으며 고개를 떨구었다. 천천히 뒤돌아 예배석 뒤쪽 끝에 서서 애써 진정시키고 있었다.

밖엔 희끗희끗 하나 둘...

"짧았어도 짧지 않은 삶을 살았습니다. 자기 의복을 벗어 남을 입히는 참 크리스천으로 살았습니다. 자기 살을 떼어 남을 주는 자는 하늘에 영광이라"

"빵을 위하여 살지 말라, 헛되고 헛되고 헛되니라. "인생의 시작과 종국을 다 들었으되 이 땅에서 육신의 위함은 허망이라 말씀하셨습니다."

"이 땅에 빵은, 먹어도 다시 배고프니, 천상의 떡과 생수를 먹고 마시라. 육신은 한 줌의 흙으로 돌아가나."

"한 알의 씨앗이 땅속에서 썩어야만 비로소 큰 나무로 피어납니다. 인희자매는 많은 사람들에게 열매를 나누어 주었습니다."

"죽음이 끝이 아닙니다."

"우리의 소망은 3층천, 천국입니다. 세상은 잠시 나그네의 여정일 뿐, 애통하는 자의 눈물을 하나님께선 외면치 않으십니다. 말씀 따라 실천하며 살아온 우리의 친구 '진인희'가 우리 곁을 떠납니다. 오늘 헤어지나…"

김목사는 말끝을 잇지 못하고 눈시울이 젖어 울먹였다.

"천국에서 다시 만날 것입니다!"

오열 속에서 춘천공원묘원으로 떠날 운구 채비를 하였다. 운구행렬은 서서히 교회를 나왔다. 성규를 태운 산림원 차는 맨 끝에서 함께 하고 있었다. 인희는 춘천 시내가 내려다 보이는 양지바른 언덕에 잠들었다.

며칠전, 인희네 집.

박여사는 심기가 거칠어질대로 거칠어져 있었다.

"인희야 내 말 좀 들어! 응? 그 사람이 널 위험에서 구해 준 건 사실이야. 그리고 우리가족도 그 사람에게 충분히 고마움을 표시했지 않니! 우리 할 도리는 다한 거야. 그렇다고 그 사람을 결혼 상대로 보다니 한두 살 어린애냐? 일시적 감정에 치우친 행동을 할 나이니 네가?"

"어머니! 제가 일시적 감정으로 말씀드리는 것 아니에요. 깊게 생각했어요!"

"이 어미 생각도 좀 해 다오. 어미 근심이 얼마나 큰지 아니?"
"나도 성규인가 하는 그 사람 탐탁지가 않구나. 네 배필감은 아니야!"
집안은 심한 충격에 휩싸이고

3층짜리 건물을 번화가 중앙로 명동 입구에 1채, 석사동 널찍한 땅엔 아담한 2층 양옥이 있고 건축 자재 유통업 사업장도 가졌다.

부모님 두분 다 대학을 춘천에서 마치셨고, 교내에서 만나 연애결혼하셨다고 어머니께 들었다. 인희가 맏딸이고 2살 아래로 인태라는 아들도 있는 남부러울 것 없는 가정.

"너 지금 제정신이니? 너를 어떻게 키웠는데! 그 보답이 이거야 이 철딱서니 없는 것아. 똑똑한 네가 세상 물정은 모르냐! 결혼은 현실이야 현실!"

양친의 반대에 식사도 거를 정도로 침체했고, 얼굴도 수척해졌다.

"인희야! 당장 그 성규인가 하는 그놈하고 당장 헤어져!"

박여사는 화를 더 이상 참지 못하고 버럭 소리를 내질렀다. 인희는 2층 방으로 뛰쳐 올라가 버렸다.

쾅~ 울음을 터트렸다.
"흐흐흑... 흐흐흑..."

"아이고, 이게 무슨 날벼락이야. 저것이 집안 망신 다 시키네. 아이고, 아이고~~~"
"너 어머니한테 이 무슨 짓이냐. 저것이~"

쨍그렁~ 커다란 거실에서 울려 퍼졌다. 진 사장이 냅다 유리컵을 집어 거실 바닥에 내동댕이쳤다.

"당장 내려오지 못해!" 박 여사는 버럭 위층을 향해 냅다 소리를 질렀다.

어느 날.
인희네 가족은 언성이 높아졌다.

부모님을 설득할 수 없음을 알았다. 불효가 될지라도 부모님과 별거하기로 결심했다. 어찌 아버지 어머니의 마음을 모를리 있으랴만, 결혼은 자신의 일이니 어쩔 도리가 없다.

대학을 졸업하고 소양중학교 2학년 과학 선생님으로 부임하게 되었을 때 아버지로부터 은빛 엘란트라를 선물 받았다. 간간이 시내로 차를 몰고 다니기도 했다. 운전면허 발급은 2년 전에 받았고, 사회봉사 활동 때면 운전도 틈틈이 했다.

"아니? 쟤가 지금 어딜 가는 거야~ 여기 와 앉아!"
어머니, 잠깐만 나갔다 올게요."
"아니, 저녁이 다 됐는데 어딜 가겠다는 거야? 이리 와 앉아!"
"곧 올게요."
"어휴~ 제가 또 내 속을 박박 긁어 놓네~"

"인희야, 어딜 가려고 그러냐?"
"아버지. 곧 다녀올게요. 잠시만 다녀올 데가 있어서요~"
"오늘 얘기 좀 하자."
"아버지, 잠시만 다녀올게요."
차고지 셔터를 울렸다. 성규를 만나려면 가평 읍내에서 40여 분 비포장 길 따라 산속으로 들어가야 한다. 자가용을 이용하기로 마음먹있다.

운전석에 앉았다 시동을 걸었다. 차로 갔다 올 시간은 됐다. 의암호의 지천(支川)에 놓인 공지천교를 건너 강촌길을 달렸다.

25여 분 지나고 가평 읍내에 다다랐다. 읍내에 진입하자 우회전 잠시 후, 작은 다리를 건너자 산길 비포장도로가 시작됐다.

먼지가 시야를 가리기도 했지만 교통 왕래가 거의 없고 듬성듬성 눈이 보이기도 했다. 도로 동결 때문에 운행에 지장을 받을 정도로 위험해 보이진 않았다. 간간이 덜컹거리는 운전석에서 인희는 액셀러레이터를 밟은 오른발에 힘을 가했다.

초행길은 아니다.
벌써 4년이.

새해 1월 겨울이었는데 인희가 다니는 영신교회에서 가평산림원을 방문하여 선교 행사와 각종 나무에 대한 견학겸, 겨울산 산책도 병행할 목적으로 방문했었다.

낯설지 않은 길… 운전하며 가는 것은 처음이지만 이미 버스를 타고 여러차례 성규를 만나러 가 본적이 있는

비포장도로에 접어들자 잠시 후, 저 앞 노루재가 가까워지고 있었다.

제9장

사고事故 노루재

"아, 왜 춥지?"

히터 스위치는 최대치로 올려져 있었다.
싸늘하게 얼굴을 스쳤다.
"바람이 차가워. 아이, 왜 이러지? 창문도 끝까지 올렸는데?"

"으, 추워.. 어머... 점점 더하네. 차가.. 고장 났나 봐?? 어휴~~"

가평 읍내에 들어서서 작은 다리를 건너 비포장길에 들어설 때 까지만 해도 히터는 잘 나왔다. 그런데 느닷없이 싸늘한 한기가 차내에.

길가로 정차했다.
히터 송풍구에 손을 갖다 대 보았다. 찬바람만.
송풍기는 돌아가고 있다, 앞 보닛 뚜껑을 열었다 여기저기 살펴보았다. 아무 이상 없어 보였다. 이탈되거나 부러진 것도 없다.

"아니, 이게 어떻게 된 일이야!? 엔진룸도 정상이야? 그런데 찬 바람이 나와?"

성규를 만나기 위해 그대로 차를 몰기로 마음먹었다. 차문을 닫고 운전석에 다시 앉았다 핸들을 잡았다. 그런데, 한기와 함께 퇴비 썩는 냄새 같은 것이 차내로 들어왔다 소용돌이치는 것이 아닌가?

"아~유 냄새~ 차창도 다 닫았는데, 아얏~? 으으 이게 뭐얏!"

그 냄새의 진동이 냉기와 함께 자신의 얼굴을 때리는 것을 확연하게 느낄 수 있었다. 냄새와 냉기는 없어지지 않고 휘감아 몰아치듯 드세졌다. 가속 페달을 밟았다. 빨리 여기를 지나야겠다고 생각이 들었다. 여기를 벗어나면 냄새와 냉기도 사라지겠지.

"속도를 줄여야지!"
노루재에 다다르자 가속페달에서 오른발을 떼었다.

"아휴, 냄새~"
차내의 악취와 냉기는 더 기세를 떨쳐 갔다.
"으으~ 추워~~"
"이, 이게 도대체 무슨..."

노루재는 가평 읍내에서 가평산림원 방향으로 갈 때는 비포장 평지길로 가다가 좌측으로 급회전 내리막길이다. 오른편으로는 약15m 정도의 벼랑. 그 아래로 가평천이 읍내를 끼고 북한강으로 흐른다. 속도를 완전히 줄이고 아주 천천히 진입했다.

고갯길 꼭대기에 이르는 순간..
"으응~ 아 머리야..."
갑자기 심한 통증과 함께 어지럼이 몰려들었다.

"아아..."
현기증이 머리를 강타했다. 갑자기 꼭대기 비포장 산길이 땅 밑으로 꺼져 들어가는 것만 같았다. 자신도 빨려 들어가는 것만 같았다.
"으음... 아아... 으으음..."

운전대를 꽉 잡았다. 눈을 떠 앞을 보려 애썼다. 사방이 온통 안개 낀 것처럼 희미했다. 주변이 찌그러져 보였다.

고갯길은 거꾸로 뒤집혔다.
"으... 음."

따르릉~ 따르릉~~
"네~"
"혹시 은빛 엘란트라 강원 3너 5823 차주 댁 입니까?"
"네, 그런데요?"
"가평경찰서 교통사고 조사계입니다."
"네에~?"
"교통사고 조사계라고요?"
"아니, 무슨 일이신데요?"
"진인희 씨가 가족이신가요?"
"네, 제 딸인데요. 무슨."
"빨리 후평동 강원병원으로가 보세요."

"네에? 병원이라니요? 아니... 왜요! 누가 교통사고라도 났나요?"
"네."
"네에~? 사고라고요? 정말이에요?"
"네, 알았습니다."
"이게 무슨 일이야, 사고라니? 혹 애한테?"

벽시계는 9시 25분을 가리키고 있었다.
아내와 함께 딸애가 오기만을 기다리던 진 사장도 깜짝 놀랐다.

"여보, 이게 무슨 일이에요?"
당황한 얼굴로 남편을 바라보았다.

"일은 무슨일, 가벼운 접촉 사고겠지. 너무걱정 말어. 인희가 얼마나 야무진 앤데. 허무맹랑하게 교통사고날 애 아냐! 쓸데없는 걱정 맙시다. 별일 있겠어 가봅시다."

안절부절못하는 아내를 진정시키며 괜찮다는 말은 했지만, 불안감이 엄습했다.

제10장

기괴奇怪

뿌연 먼지속~~~
한 떼의 군용 트럭 행렬이 노루재를 향하여 달려오고 있다.

"아앗! 소대장님! 저, 저기 차가 떨어져요!"

뭉게구름 같은 흙먼지 속에 가평 제6야수교 GMC 2.5톤 대열의 선도차 운전병이 소리쳤다.
"응? 어디?"
"어엇. 저 저런! 사고다! 차 세워!"

천 중위는 다급히 소리쳤다. 오후 야전실습 운행을 마치고 귀대 중이었다, 비상 깜빡이를 켜면서 급히 트럭을 정차시켰다.

승용차 1대가 가평천 얼음 바닥에 내동댕이 쳐지고 있었다.
"야 위에 몇 명 내려와!"
가평천으로 급히 뛰어 내려가며 소리쳤다

"후대열 차량들은 그대로 대기하고 있으라고 해!"
적재함에서 병사들이 빨간 손깃발을 쳐들며 소리쳤다.
"전달~"
"현 위치 잠시 대기!"
"현 위치 잠시 대기!"

복귀하던 운전 교육병들도 놀라 가평천 얼음 바닥에 옆으로 뒤집혀 있는 은빛 엘란트라를 바라보았다.

뒤따라 내려온 몇몇 병사들과 함께 천 중위는 하천 얼음을 군화발로 세게 치며 밟았다.
"으음, 두껍구나."
휘익~~~
"어어, 웬 바람이 이리 세냐~"

"어휴, 뭔 냄새가 엄청 나네요, 소대장님!"
얼음 위에 올라선 병사들이 입을 막았다. 천중위 역시 갑자기 닥친 차가운 돌풍과 역한 냄새에 걸음이 멈칫.

"야~ 무슨 바람이 이리 세냐~"
"이 냄새는 또 뭐야~ 어휴~"
코와 입을 손바닥으로 막았다. 돌풍에 몸도 뒤뚱거렸다.

1월 중순, 며칠째 영하 10도를 오르내리고 가평천은 꽁꽁 얼었다. 천중위와 병사들은 사고 차에 다가가려 했다, 망설여졌다.

천 중위가 앞장 서서 코와 입을 손바닥으로 틀어막은 채 한 발 한 발 옆으로 뒤집혀진 사고 차로 접근하였다.

"쉬이익~"

"으엇~ 어이쿠~"

느닷없이 돌풍이 천 중위를 콰당~ 자빠뜨렸다.

"앗, 소대장님 괜찮습니까?"

"아이구, 괘... 괜찮다..."

사고자를 차에서 끌어낸다 해도 방법이 없지 않은가... 안 되겠다

"모두 탑승! 출발한다!" 빨리 병영으로 귀대하여 행정반에 비상 민간용 전화기로 가평경찰서에 사고 났다고 알리는 것이 급선무라고 판단

"탑승!"

"출발!"

군용 트럭 대열은 서서히 노루재를 올라 병영으로 복귀했다.

인희의 얼굴엔 피 흘린 자국이 역력했다.

검붉게 이마에서 턱까지 한 줄기 굳은 핏자국.

사고 지점에 도착한 가평경찰서 교통사고 조사계 현 반장은 곧이어 도착한 견인차와 작업하여 운전석에 쓰러져 있는 사고자를 끌어내 얼음 위에 눕힌 채 살펴보았다.

사고자의 얼굴을 유심히 쳐다보았다. 주머니에서 작은 손전등을 꺼내 비춰 보았다. 이 사고가 운전 실수인지 타살인지 식별해 내는 것도 중요하지만, 중상이라고 판단했다 119로 강원병원으로 후송하는 것이 급선무.

사고차의 차량번호를 살펴보려 손전등을 이리저리 비추어 보았다. 그런데 앞뒤에 부착된 번호판을 알아볼 수가 없었다. 앞 보닛과 뒷 트렁크 똑같이 심히 찌그러져 있었다.

"이상하다..."

사고자의 겨울 코트 안주머니를 열었다. 노란 가죽지갑이 보였다. 춘천시 석사동.
"음.. 강원병원이 후평동에 있으니 가까운 곳에 자택이 있구나."
지갑을 보는 둥 마는 둥 자기 점퍼 안주머니에 넣고 지퍼를 채웠다.

도착한 베스타 119구급차에 사고자를 실어 춘천 강원병원으로 후송했다. 현 반장은 자세히 보려 손전등을 이리저리 비추었다. 고개를 좌우로 흔들었다.

"어떻게 앞뒤만 이렇게 찌그러질 수가 있지...??"

약 20분 전쯤 교통사고 조사계로 걸려 온 천 중위 말이 언뜻 뇌리를 스쳤다. 돌풍, 역한 냄새 썩은 퇴비 같은... 갑자기 차가운 돌풍 그것을 맞고 얼음판에서 나자빠졌다고 이상하다는 말을 몇 차례나 토로하였다.

바람 한 점 없다. 역한 냄새? 없다. 가평 읍내에서 사람을 쓰러뜨릴 정도의 센 돌풍이 불었다는 말도 처음이고, 역한 냄새? 퇴비 썩는 것 같은... 돌풍이야 불 수도 있지. 그렇다 하더라도 퇴비 냄새. 지금 이 겨울에 냄새가 날 수가 없는데. 먼 우사에서라도 바람에 실려 오기라도 했단 말인가.

"그것도 아냐!"

노루재 인근 어디에도 우사는 없다. 더구나 겨울에 누가 퇴비를 뿌려?, 돌풍에 안전운전 부주의로 일어난 단순 사고...

사고 차를 춘천 우두동 대일차량정비창으로 보냈다.

우연의 일치일 뿐야

현 반장 일행은 사고 현장을 떠났다. 교통사고 조사반, 책상 의자에 앉자마자 점퍼 안주머니에 손을 넣었다.

"응~?? 어디 갔어?? 아니~"

"노란 지갑"

사고자인적 사항도 보고 자택으로 전화 해 사고를 알려줄 참이었다.

"아 아니~"

"없어!"

"지갑! 지갑이 없어!"

"어라??!! 분명히 내 점퍼속 안주머니에 넣었는데!"

"아까 분명 내 점퍼 안주머니에 넣고 지퍼까지 채웠어. 사고자 가족에게 알려야 하는데, 몇가지 것들도 조회하고~~"

제11장

기괴奇怪

"아까 현장에서 반장님 점퍼 안주머니에 넣었잖아요?"
"반장님! 혹시 안주머니가 뜯어져서 빠져 버린 것 아닙니까?"

"아냐, 이것 좀 봐. 내 점퍼 주머니 멀쩡해."
같이 출동했던 김 순경과 염 순경에게 점퍼 주머니 속을 끄집어내어 보여 주었다.

"어! 반장님! 반장님 점퍼 안주머니에 넣는 것 아까 봤는데..."
"틀림없지, 자네들도 봤지?"
"네!"
"지퍼까지 채웠단 말야!"
"반장님 점퍼 주머니 정말 멀쩡하네요?"

"우두동에 전화해! 견인차가 도착했는지? 김 순경! 글고 말야, 강원병원에 사고자코트 안주머니에 혹 지갑이 있는지 확인전화 좀 해 ~ 빨리!!"

밖으로 나갔다. 담배 한 대 물었다.
"괴이하네... 허~"

"사고자 코트에 아무것도 없다고 합니다 반장님~, 그리고 대일에 아직 견인차가 도착하지 않았다고 합니다."

"그래? 잠시 후에 다시 전화해. 사고 차 오거든 신원 확인할 만한 게 있는가 차내 좀 살펴보라고 해 뭐라도 찾으면 빨리 내게 연락 하고~"

"아참 견인차가 도착하거든 빨리 보닛을 펴서 차 넘버 좀 알려 달라고 해! 어떻게 앞뒤가 찌그러지냔 말야? 이건 뭐 일부러 해도 안 될 일이야."

10분, 20분 , 30분...

"아직도 대일에 견인차 도착 안 했대?"
"네. 좀 전에 또 전화했는데, 아직 도착 안 했다고 합니다, 반장님!"
"나 원참... 아니, 사고지점에서 대일까지 40분이면 충분한데 왜 이리 늦나? 미치겠구만! 가족에게도 연락해 줘야 하는 데, 사고차 번호판을 알아야 신원조회하지."

1시간도 더 지났다
대일에선 견인차가 여전히 도착하지 않았다고 했다.

"나참, 머리 돌것네."
"안 되겠다! 대일로 가 봐야겠어. 염 순경 차 준비해! 가보자." 급히 경찰차에 올랐다.

처음 노루재 교통사고 소식을 천 중위로부터 접수한 시각은 오후 5시 18분 경, 사고 지점에 도착한 시각은 오후 5시 33분경, 사고자를 춘천 강원병원으로 후송한 시각은 오후 6시경이었다. 사고 지점의 지형을 살펴보고 사고 차를 얼음판에서 끌어내 우두동 대일차량 정비창으로 보낸 시각은 오후 6시 37분이었다.

천천히 운행해도 오후 7시 30분경이라면 대일에 충분히 도착하고도 남았다.

현 반장은 시각를 봤다 오후 8시 30분. 속도 내면 9시경이면 충분히 도착할 수 있다.

염 순경은 속도를 내서 달리기 시작했다. 대일에 들어서자마자 급히 내리며 양 소장을 찾았다.
"양 소장님 계시오? 밤늦게 수고 많수~ 견인차는 도착했어?"

가평경찰서로부터 연락을 받고 견인차를 기다리던 양 소장은 자신을 찾는 소리에 급히 사무실 문을 열며 현 반장을 바라보았다.

"어서 오세요, 반장님~ 그런데 거참 이상하네요. 막 좀 전에 견인차가 도착했고요. 운전 기사에게 왜 이리 늦냐고 물으니 자기도 무슨 일이 벌어진 건지 도통 감을 잡을 수가 없다네요?"

"아 글쎄 오는데 이상하게 길이 햇갈리더니 공지천교에 들어서면서 강원공설운동장 쪽으로 들어간 것 같다고 하네요. 글쎄~ 그길이, 우두동으로 오는 길로 보였다는 거예요!"

"뭐요?? 강원공설운동장은 정반대인데..??"

"글쎄 공설운동장 방향이 대일 길로 알고 막 들어섰는대 갑자기 졸음이 쏟아져 도저히 운전을 할 수 없어 한적한 길가에 견인차를 세우고 깜박 잠이 들었다는 거예요."

"깨서 두리번거리다 공설운동장인 것을 보고 기겁해 시계를보니 오후 8시 48분이라는거예요 바로 조금 전에 도착한 거예요?"

"으으 이 무슨 해괴한..."

"우선 급히 차량번호를 식별해야겠소. 우선 찌그러진 앞이나 뒤를 빨리 펴서 차량번호부터 봐야 하니까 작업 좀 빨리해 주시오, 양 소장!"
"네! 이미 작업에 들어갔어요. 곧 펼 수 있으니 번호 알 수 있어요."
"빨리 사고자 가족에게도 연락해야 하니까, 참 그리고 혹시 견인차 기사가 사고 차에서 노란 지갑 하나 본 것 없소?"

"아뇨, 사고 차에서 뭘 보았다는 말은 없어요."
"그래요?..."

"소장님, 번호판 거의 다 펴 갑니다. 곧 번호를 볼 수 있어요. 이리 와 보세요~"
"어, 그래~ 반장님. 가 봅시다."

[강원 3너 5823, 현대 엘란트라, 은빛]

"빨리 차적 조회해서 가족에게 알려 줘야지!"

현 반장은 소장실로 걸음을 옮겼다. 그때 등 뒤에서 소리쳤다.

"여기 웬 지갑 하나가 있어요~"

뒤돌아 본 순간 머릿속이 하얘졌다
작업원 한 사람이 들고 있는 것!

"그.. 그거 어디서 나왔어??"

"저기 뒷좌석 발판 패드 말예요. 불쑥 튀어나와서 들춰 봤더니 이게 있더라고요~"
"으윽~"
그 자리에서 신음을 토하고 말았다 건네 받았다

소장실로 비틀비틀... 차적조회와 신원조회를 하라고 교통사고 조사계로 지시를 끝내자마자 내리치듯 전화기를 내렸다 이 망할...!!... 윽~

이윽고 결과가 나왔다는 전화를 받고, 사고 차 주의 주소가 노란 지갑속 사고자 주소와 동일 주소, 동일인이라는 것이 확인되었다. 타인 차량 운행이 아닌 자기 소유 차량으로 파악됐다.

현반장은 인희 집에 전화했다. 그 시각이 오후 9시 25분경.
"교통사고 조사 20년에 이런 일은 처음이야."
인상을 찡그린 채 고개를 연신 흔들었다

강원병원으로 가서 사고자 가족에게 몇 마디 물어봐야 할 것 같았다.

"도저히 이대로 교통사고 조사과로 복귀 못 하겠어! 사고자 가족을 만나면 이 괴이한 사고에 무슨 단서라도 나오지 않을까……"

이 기괴한 상황을 가족에게도 말해 주어야 할 것 같았다. 경찰서 복귀를 미룬 채 강원병원으로 차를 돌렸다.

제12장
ECG에 나타난 영혼

《히스꽃 질 때》

눈물을
흘렸습니다.
두눈에 눈물 아냐

심연에서
터져

마음을 태우고
산에 나무들을 태우고 들판을 안아 버릴 것 같이
빗방울처럼
풀과 꽃들을 적시고
광야로 흐르는 눈물입니다.

종이에 쓴 글씨 아니야
손바닥에 휘갈긴 글씨 아니야
허벅지에 그은 몇 마디 아니야

살을 뚫고
피에 닿아 빨간잉크로
뼈에 새겼어

눈물과
글씨가
한장의 노래로

아픔이 아픔으로 남지 않고
가슴에서 가슴으로 이어지고

대지를 가로 지르는
마음의 철로로 놓여

강원병원.

"인희야! 이게 무슨 날벼락이냐, 응? 아 아 하나님! 으흐흐흐흑~~~" 얼굴에 흐른 핏자국은 닦여 평소의 얼굴이었지만 호흡기와 심장박동기가 놓여 있었다.

"정말 내 딸 인희가 맞어? 응? 네가 인희가 맞어? 이 무슨 마른하늘에 날벼락이냐, 아~ 하나님!" 박 여사는 털썩 주저 앉으며 정신을 잃었다.

"앗, 여보! 여보!"
쓰러진 아내를 부둥켜 안았다.

"임 간호사! 보호자분 안정제 준비!"
야간 당직 닥터 민이 소리쳤다.

"인희야, 이게 대체 어떻게 된 일이냐! 으흐흐흑, 아"

응급실에 도착한 현 반장은 닥터 민에게 사고자 도착 시간, 상태를 물었다. 상당히 위중하며, 회복은 어렵다고.

"으음..." 현반장은 사고자를 유심히 쳐다봤다
"이상해..."

아버지 진사장은 당직 의사로부터 회복 불가능이며 곧 임종에 이른다는 말을 듣자 급히 김 목사에게 전화했다. 원장 이 박사에게도 다급히 알렸다.

서울에 더 큰 병원으로 가 보면 어떻겠냐는 실낱같은 희망을 말해 보려 했다.

"네에~? 곧 가겠습니다!"
읽고 있던 성경책을 덮고 기도 했다. 그리곤 황급히 일어났다.

현 반장은 사고 차량 운전자의 부모임을 알고 진 사장에게 다가갔다.
"무어라 위로의 말씀을 드려야 할지 모르겠습니다. 저는 가평경찰서 교통조사계에서 일하고 있습니다."
그리고 점퍼 안주머니에 넣어 둔 노란 지갑을 만져 보았다.

가만히 꺼내 진 사장에게 건네주었다. 그리고 생각에 빠져 들었다. 천중위로부터 사고 현장에서 겪은 이상한 일, 가평천에 닥친 차가운 돌풍, 괴이한 냄새. 거기에다 견인차 기사의 황당한 운행, 그리고 자신에게까지 일어난 일.

응급실 문이 급히 열렸다.

"인희 아버님!"
"아, 목사님!"
"이게 어떻게 된 일입니까? 교통사고라뇨!?"
김 목사는 심장박동기와 호흡기로 응급처치된 인희를 바라보았다.
ECG(Electrocardiogram: 심전도) 모니터가 보였다.

"인희 자매 상태가 어떻습니까, 의사 선생님?"
"최선을 다했습니다만 상태가 너무 위중합니다. 임종이 가깝습니다."
김 목사는 그대로 털썩 무릎을 꿇었다.

"오, 하나님! 이 땅에서 할 일이 아직 남았습니다. 무엇 때문에 이리 급히 데려가시려 하나이까!?"
"진 사장님!"
원장 이 박사가 다급히 병실 문을 젖히며 소리쳤다. 야간 당직 닥터 민

에게 얼굴을 돌렸다

"닥터 민! 환자 어떤 상태인가?!"
"네, 최선을 다했지만..."
닥터 민은 인희의 ECG 모니터를 가리켰다.
원장 이 박사는 닥터 민이 가리킨 ECG를 바라보았다. 순간 이 박사의 표정은 굳었다.

인희의 ECG는 정상적인 파동을 그리지 않았다. 일직선에 가깝다 여린 파동을 이어가고 있다. 이 정도의 미약한 파동이라면 곧 임종을 뜻한다.

힘차게 그리는 정상 파동에서 이런 파동으로 바뀌면 대다수 모든 환자는 7~8분 내에 일직선을 그린다. 의학적 사망 판단을 내리며 곧 바로 영안실로 이동한다.

이 박사는 체념했고, 침통했다.

"미안허이!... 곧 임종이니 마음에 준비를 하게나! 어찌할 다른 방도가 없네."
박 여사와 진 사장은 바닥에 털썩 주저앉아 버렸다.

3분 7분 10분... 12분도 17분도 더 넘어갔다 그러나... ECG는 아주 미약하지만 계속 그 파동을 그리고 있는 것이 아닌가! 원장 이 박사는 흠칫 놀랐다.
"아니, 이럴 수가..."

입을 굳게 다물고 있던 닥터 민이 입을 열었다.

"저... 원장님..."
"왜 그러는가, 민군!"
"말씀드릴 것이 있습니다."
"뭔가??"
"저도 도저히 믿기지 않습니다."
"뭔가? 빨리 말해!"
닥터 민은 인희의 ECG 모니터를 가리키며 말을 이었다.
"벌써 3시간을 넘게 사고자의 ECG가 저렇게 미약한 파동을 계속 그리고 있습니다!"
"뭐, 뭐라고?"
"아, 아니, 이 친구가?? 자네 그걸 말이라고 하는가! 그럴 리 있는가?"
이박사는 두눈을 동그랗게 뜨고 닥터 민을 뚫어지게 쳐다보았다.

"네! 틀림없습니다. 원장님! 일직선에 가까운 임종 직전의 파동이 3시간 넘게 줄곧 보이고 있습니다. 원장님! 저만 본 것이 아닙니다. 임 간호사와 최 간호사도 같이 보았고요."

"아, 아니, 이럴 수가.." 이 박사는 자기 눈을 의심했다.
"아냐! 내가 의료계에 발 디딘 지 30년일세. 수많은 임종을 지켜봤네. ECG 파동이 임종 직전을 그릴 때면 누구나 어김없이 7~8분을 못 넘기고 일직선으로 변했네. 그리고 의학적 사망을 판단 내렸네. 그런데 지금 3시간이 넘게 저 상태가 지속되고 있다고??"

인희의 ECG 모니터를 보는 자기 눈을 의심하였다.

아무 말 없이 이박사와 닥터 민의 대화를 옆에서 듣고 있던 김 목사가 조용히 진 사장에게 다가갔다.

"인희 아버님, 인희 자매의 영혼이 떠나질 못하고 있습니다."
"네에? 무슨 말씀입니까? 목사님!"
"인희 영혼이 누굴 기다리고 있는 것 같습니다."
"네? 누굴요?"
"안성규라고 아시죠?"
"네??..."

다시 순간이 흐르고...

이윽고 진 사장은 무겁게 입을 열었다.
"알겠습니다. 무슨 뜻인지. 지금 성규 그 사람에게 전화하겠습니다."
"아닙니다. 제가 전하겠습니다."
"네! 그래 주시겠습니까, 목사님!"

****

오늘 오후에 만나기로 약속하지 않았던가. 그런데 병원에 있다니

택시가 병원에 도착하자 응급실로 뛰어 문을 열어젖혔다. 인희 부모님과 김 목사가 보였다. 걸음을 옮겼다. 인희 얼굴이 보였다.

인공호흡기와 심장박동기가 놓여 있었다.
다가갔다.

"인희야, 인희야~!!"
세차게 흔들었다.

고요히 잠들었을 뿐

"아흐흐흐흑, 이 무슨 일입니까? 네? 목사님! 인희 아버님! 아~"
성규는 다시 인희의 손을 꽉 부여잡았다. 그리고 얼굴을 내려다 보았다.

그 순간

"삐-" 하면서 ECG가 일직선을 그렸다. 김 목사는 그대로 무릎을 꿇었다.

희끗희끗… 눈발이 흩어지는 춘천공원묘원.

성규는 인희 묘소에 큰 절을 3번 올렸다.
인희의 부모님에게도 인사를 드렸다. 아무 말 없는 인희 부모님을 뒤로 하고 영영 작별을 해야 한다.

마음속에서는 통곡이 흘렀다.

"나 때문에, 나 때문에!"
"아무것도 아닌 나같은 놈에게 왜? 왜?"
"아흐흐흐흐흑~"

"목사님… 그간 고마웠습니다."
김 목사는 성규를 바라보았다 그리고 할 말이 있는 듯한 표정을 지었다.

"안성규 씨. 꼭 전할 말이 있습니다."

"네? 무슨 말씀이신지..?"

"제게 전화 좀 해 주시고 시간을 내어 만나서 얘기 하는 것이 좋겠습니다!"

"네, 전화드리겠습니다."

제13장

Shofar 만남

뚜우우우우~~~
뚜우~ 뚜우~ 뚜우~~~
뚜뚜뚜뚜뚜뚜뚜뚜뚜~~~~~~~~
뚜우우우우우우우우우우우우우~~~~~~~

"오는 일요일 새해 들어 첫 선교 활동지로 가평산림원을 택했습니다. 산림녹화 보전에 애쓰시는 분들께 점심 대접 드리고 선교 및 산책로 걷기가 있습니다. 형제자매님들께서 참석하시어 하나님의 뜻이 가평산림원에서도 이루어지는 시간이 되길 기도합니다."

영신교회 담임 김충헌목사는 오는 일요일 예배시간을 오전으로 일찍 앞당기고, 예배를 마치는 대로 대절 버스로 가평산림원을 방문하는 선교 행사가 있다고 교우들에게 알리면서 설교를 마쳤다.

인희는 학업하랴 성경 공부하랴 시곗바늘처럼 살다 보니. 겨울산 정취도 보고 싶었다.

"안 팀장~ 이번 일요일 춘천 석사동 영신교회에서 산림 견학 겸 선교활동차 방문이 있어 손님들 오시면 산책로 걷기도 예정되어 있으니, 잘 안내하도록! 산책로 정비 좀 해놓게~"

"네, 알겠습니다."

이곳에 발을 디딘 지 벌써 6년이 흘렀다.

군대부터 일찍 다녀오자 해서 앞당겨 입대하였다. 전역 후 다시 왔다. 갈 곳도 없었다. 6년 전 아버지께서 갑작스럽게 쓰러지셨고 집은 풍비박산(風飛雹散)으로 내몰렸다.

잡일 말단직에서, 영림 기능사 자격이라도 따는 것을 목표로. 성 원장은 어린 성규를 볼 때 이런 말을 했다.

"음... 자네 아직 나이가 있으니 틈틈이 공부해서 산림기능사 자격증을 따도록 해."

"네~ 원장님!"

하지만 이런 생각이 들곤 했다.

"다급해서 왔지만 언젠가는 서울로 돌아가야 할까 봐. 하지만 세상사 꼴 안 보고 지내기에는 좋기도 해."

세월만 속절없이. 산산이 부수어진 집안, 가족은 뿔뿔이 흩어졌다. 기댈 곳이라고는 대명천지 어디에도 없다. 책 읽는 것을 낙으로 삼고 숨어 지내듯 살아가고 있을 뿐...

"선교? 선교가 뭐야 뭐... 교회에서 하는 무슨 활동? 하나님 말씀 어쩌고 저쩌고? 어이구, 먹고 살기 넉넉한 사람들이나 하는 거지 젠장~~ 나 같은 놈하곤 아무 상관 없어! 하나님? 하나님이 계시면 세상이 왜 이래? 엉? 그 많은 아픔 고통. 보고 왜 가만 계시지? 왜 세상엔 이다지도 고통이 많냔 말야! 우리 집안이 겪은 아픔 말야!"

절망속에 툭~ 내 뱉었다.

한 해의 끝 날이 가고 새해가 왔다.
"자, 모두 식당으로 모이세요!"

중급 산림원으로 식당을 강당 삼아 사용했다.
"잠시 선교 말씀을 전하고 교회에서 준비해 온 점심 들고, 산림원 견학 및 산보 걷기를 하겠습니다."
오늘은 영신교회에서 선교차 오는 날.
일요일 오전 11:00경 교회에서 대절 버스가 산림원 입구 농로다리 앞에 도착했다.

"어서오세요 목사님!"
"네 감사합니다 초청해 주셔서!"

산림원 직원들과 가족들까지 모여 있었다. 싣고 온 점심과 과일, 과자. 음료수들을 식당으로 옮겼다.
인희도 그틈에 끼어 준비해 온 물품을 날랐다

교우들과 산림원 직원들이 식당에 앉고 서고 자리 잡았다. 김목사가 점심 식사 전에 앞에 나가 설교를 시작했다.

"반갑습니다. 여러분! 오늘 새해 날씨가 청명합니다. 바람도 없어 산책하기도 좋네요. 자~ 여기 모이신 분들께 질문 하나 할까요? 열두 고개 넘기 답을 찾아봅시다~"

"......."

"하나님은 어떻게 생기셨을까? 궁금들 하시죠? 이렇게 말씀하시는 분들 있으시죠... 아니. 안 믿는 사람들 앞에 나타나셔서 내가 하나님이다. 알겠느냐? 이리 하시면 세상에 안 믿을 사람들이 누가 있겠습니까?"

하하하~~ 여기저기서 웃음이 터졌다

"하나님은 왜 사람들 앞에 모습을 보여 주시지 않을까요?"
"아~ 하나님이 없으니까 그런거겠죠...?"
누군가가 말하자 장내는 또 웃음이 터져 나왔다.

김목사도 웃으며
"자~ 여러분들! 어떤 회사에서 입사 시험을 본다고 합시다. 그 회사에서 여러분들에게 시험을 치를 터인데 답을 가르쳐 주고 시험을 치를까요?"

"답을 안 가르쳐 주죠. 하하~"

"네, 답은 나왔습니다. 신입사원 채용 시험에 답을 절대 가르쳐 주지 않죠. 하나님께서도 그러하십니다. 지구라는 별, 이 땅에 살고 있는 우리 사람들에게 답을 가르쳐 주시지 않고 시험을 치르게 하십니다. 바로 그러하시기에 사람들 앞에 모습을 보여 주시지 않으십니다!"

"이것이 첫째 이유요. 둘째는 한나라에 왕이 있다 합시다. 그런데 왕을 백성들이 아무나 시도 때도 없이 왕 얼굴 보고 싶다고 볼 수 있습니까? 똑바로 못 보죠. 왕납시오~ 하면 거리에 백성들 납죽 업드려야죠. 그러나 국가 정사에 꼭 만나야 할 필요가 있을 땐 만나 주시겠죠?"

"……"

"세 번째, 신(神=하나님).
인간(人間).
크나 큰 차이가 있습니다."

"유일하신 신(神=靈=하나님)이십니다. 하나님 외에 다른 신은 없습니다.

하나님은 창조주요, 조물주요, 만물을 지으신 우주 하늘과 땅의 주인이십니다.

시람이 이만큼 내 땅이다. 등기부에 내가 부동산 소유자로 등기되었다고 해서 그 땅을 사람이 만든 것은 아니지요. 사람은 흙을 돌도 바위도 뒷동산에 소나무도 만들 수 없어요.

사람은 어떻습니까? 하나님께서 지으신 모든 만물중에서도 으뜸가는 피조물입니다. 주인은 피조물에게 명령할 수 있습니다. 너희는 이러이러하게 살라고 만든 법이 있습니다. 하나님께서 하명하셨습니다. 그 내용을 적어 놓은 것이 바로 이 책입니다." 성경책을 번쩍 들어 올려 보였다.

"……"

"사람은 하나님을 감히 쳐다볼 수 조차도 없습니다. 해를 맨눈으로 쳐다볼 사람 있습니까? 몇 초도 바로 쳐다볼 수 없습니다.

계속 쳐다보면 눈이 멀 것입니다.

태양도 하나님께서 창조하신 피조물(창조물)중 하나. 저 태양도 사람이 바로 못 쳐다보는데, 태양을 만드시고 그 빛이 땅을 비추게 하사 만물이 소생케 하시고 곡식이 익어 먹도록 하시는 높고 높으신 삼라만상의 주인이신 창조주 하나님을 사람들이 시도 때도 없이 만날 수 있습니까?!"

"원숭이가 진화되어 사람이 되었다고 하시는 분 손 들어 보세요? 고양이가 호랑이와 비슷해 보인다고 고양이가 호랑이 됩니까? 참새가 날갯짓 열심히 퍼득이면 독수리로 변할까요? 미꾸라지가 열심히 헤엄치다 보면 세월이 흘러 흘러 고래로 변할까요?"

'욥기 25장, 26장, 38장'을 힘차게 설교하였다.

제14장

겨울산보

"겨울 산은 풍경이 다르네요."
"그렇지요. 자연 속에서 사람은 살기 좋은 터전을 얻지요. 만물이 얼마나 오묘합니까!"

"네, 정말 그래요."

산림 관리팀장 안성규는 김목사와 함께 앞장 섰다. 인희와 김목사의 대화에 솔깃~ 한마디 끼어들었다.

"목사님! 목사님 말씀 들었는데 처음 들어 봤습니다. 배운 것도 많았습니다.."
"그래요?! 좋은 시간이 됐길 바랍니다."
"그런데 사람이 진화되었다고 하잖아요? 학교에서도 그렇게 배웠고."
"하하하~"
인희도 빙그레 미소를 띠었다.

"진화론이야말로 어처구니없는 허구입니다. 허구도 그런 허구가 없죠. 성경에는 동식물들을 그 종류별로 창조하셨다고 쓰여 있습니다. 벌이 백억만 년 지나면 꿩으로 진화할까요, 하하하~~"

"벌은 벌로서 살게끔 하셨고, 꿩은 꿩입니다.

조약돌이나 해변에 자갈을 보고 이렇게 말하죠. 오랜 세월 물에 씻기고 깎여서 그렇게 동글동글하게 되었다고~ 생각해 보십시오 아무리 물에 부딪혔다 한들 그렇게 되겠습니까? 설악산에 울산바위는 처음부터 큰 바위로 만들어졌고 조약돌은 처음부터 조약돌입니다.

모래는 해변이나 냇가에 있게끔 만드셨죠. 그래야 바다와 어울리잖아요? 해변에 어떤 큰 바위가 있었는데 오랜 세월 부서지다 보니 모래사장이 됐겠습니까? 거꾸로 말해 해변가에 큼직한 바위가 있다면 해변 모래들이 오랜세월 지나면서 서로 엉겨 붙다보니 단단한 바위로 변했겠습니까?"

"아. 네! 저도 이런 생각이 들긴 들어요. 사람들이 공중을 날면 얼마나 좋겠어요. 그래서 몇십 년 몇백 년 천년만년을, 양팔을 벌리고 아무리 퍼덕퍼덕 세차게 흔든다고 사람 겨드랑이에서 어느 날 날개 깃털이 생겨날 것 같지는 않아요.."

"어머! 참 유머가 있는 분이시네요~ 호호호~"

"사람들은 조금씩 진화해서 오늘에 이르렀다고 생각해요. 옛날에는 미개했는데 많은 세월을 거쳐 오늘날의 문명이 이루어졌다고 생각해요.

그러나 처음부터 사람의 신체는 사람의 신체 이대로, 사람의 정신(IQ. EQ, 감정, 분석력, 판단력, 기타 등등)도 처음부터 사람의 정신 이대로 만들어진 것이지요. '아니지... 사람이 점점 발달해서 지금의 높은 빌딩, 자동차, 비행기도 만들지 않냐고? 옛날에는 그렇지 않았다?' 이렇게 반문해요.

언뜻 보면 맞는 말 같아요, 사람의 뇌는 처음부터 고차원으로 만들어졌어요. 거의 무한대로요. 그런 소질을 신(하나님)께서 부여하셨어요. 고용량의 뇌(정신, 혼)를 부여하셨어요. 다만, 처음부터 100% 다 찾아 쓰지 못하고 있는 거예요. 사람은 배우는 존재예요. 배우면서 점점 더 알도록 창조하신 거예요.

그러나 동물을 보세요. 아무리 동물을 가르쳐도 국어책을 읽을까요?"

"하하하~~~ 어떻게 동물이 국어책을 읽겠습니까?" 성규는 폭소를 터뜨렸다

"네... 바로 그거예요. 동물은 처음부터 동물이예요. 그러나 사람은 배움에 따라 같은 나이의 사람이라도 배운 사람은 더 알고 못 배운 사람은 모를 수밖에 없는 것이죠. 못 배워서 모른 것이지. 미개해서 그런 것이 아니잖아요?"

"아... 네... 정말 그렇네요. 그러니 죽자 살자 좋은 대학에 가야 사회에서 출세한다. 잘 된다. 이러는 거겠지요~."

"그릇의 용량이 다르듯이 사람마다 소질과 적성, 능력에 차이가 있지요. 천차만별로 창조하셨습니다. 그래야 사람들이 사회를 이루어서 누구

는 농사짓고, 누구는 소 키우고, 누구는 장사하고, 누구는 정치하고, 누구는 군인하고, 옷 만드는 사람, 집짓는 사람 이렇게 있지 않을까요?"

"음... 그렇네요... 정말..."

"각 사람의 그릇과 소질에 차이이지. 미개해서 그런 것은 아니예요. 사람의 육체도 강한 사람 약한 사람이 있듯이, 사람의 혼(정신)도 다 다르죠. 다양한 모습의 사람들로 창조하신 거예요."
"아~ 네... 그런가요! 으음..."

"동물은 처음 만들어진 본능에서 동물의 뇌를 확장하지 못하죠. 그러나 사람은 배움에 따라 혼도 확장하도록 처음부터 그렇게 세팅(Setting) 해 놓으셨어요.

옛날에는 아주 미개했다고 생각하지만, 그렇지 않아요. 옛날에도 사람들은 현대처럼 모든 걸 생각할 수 있었어요. 어떤 발견을 못했을 뿐이지요. 에디슨이 전기를 발명하기 전까지, 퀴리 부인이 X-RAY를 발견하기까지 몰랐을 뿐이지 미개해서 몰랐던 것이 아니에요. 미개했다면 새로운 발견, 발명을 못 하지요. 발견이 늦었을 뿐이죠...."
"아, 네~"

김 목사는 이렇게 말했다.
"육신과 정신(魂)이 하나로 일체화되어 있다고 생각합니다만, 그렇지 않습니다. 사람의 육체와 혼은 따로따로 존재합니다. 태아는 처음부터 육과 혼이 하나로 되어 있지 않습니다. 정자와 난자가 합쳐져 잉태하게 되면 임신(태아 초기) 되자마자 정신(혼)도 같이 있을까요? 그렇지 않습니다. 태아가

발육하여. 즉 사람의 인체가 어느 정도 모태에서 자라야 그때 정신(혼)이 생깁니다. '혼', 즉 사람의 정신은 외부에서 태아로 들어가 합쳐진 것입니다."

"네에??~~" 깜짝놀랐다

"정자와 난자가 만나자마자 사람의 혼이 생성될까요? 사람의 혼은 산모의 몸 밖, 외부에서 산모의 태아에게로 들어간 것입니다.

사람의 혼은 하늘(천국)에 이미 존재하고 있다고 봐야 할 것입니다.

사람의 혼은 눈에 보이지 않습니다. 사람들이 본래부터 육체와 혼은 하나라고 봐 왔고, 육신이 죽으면 함께 소멸된다고 합니다만. 그렇지가 않습니다."

"아, 아.. 너무 어렵습니다. 목사님. 무슨 말씀이신지 도저히 감을 잡을 수가 없네요."

"좀 더 시간이 필요합니다, 안성규 씨."
"으음.." 성규는 여전히 혼란스러웠다.

"저, 혹시 성경은 읽어 보셨나요?"
"아뇨."
"사람이 갖는 선입견이나 개념과는 전혀 다른 이야기가 쓰여 있어요."
"네, 한번 읽어 보겠습니다."
"네, 성경책은 있으시고요?"
"아니요, 없습니다."

"제가 하나 드릴까요?"

"아닙니다. 춘천에 가서 서점에서 구입해도 됩니다."

"네, 꼭 읽어 보세요. 그리고 의문점이나 잘 모르는 부분들은 목사님께 알려달라 전화하셔도 된답니다."

"네, 그러세요. 부담 갖지 마시고요."

교회에서 만나도 좋으니 언제라도 방문해 달라고 말을 건넸다.

"네! 그렇게 하세요."

"........."

"자~ 출발합시다, 천천히 걷지요~"

성규는 앞장섰다.

겨울 산의 정취를 잠시나마 느끼며 산책이 무르익어 갔다.

김 목사와 인희는 간간이 대화를 나누며 걸었다.

성규는 두 사람의 대화에 흥미가 솟구쳤다. 이렇게 물었다

"목사님, 사람은 왜 존재하게 되었나요? 하나님께서 사람들을 왜 만드셨나요?"

"글쎄요.. 저도 목자[1] 이지만, 모든 것을 어찌 다 알겠습니까? 지구땅은

---

[1] 목자 : 양치는 사람, 목동 = 목사 = a shepherd=a pastor. 사람을 양에 비유. 양은 선도자, 양치기를 따라 이동하므로.

조물주께서 사람들 보고 살라고 만드신 것이지요. 인간에 대한 일종
의 계획하심이 있으시지요. 그 크신 뜻을 사람이 알 수가 있겠습니까?
조금씩 배우는 것이지요~, 이유 없이 창조하지 않으십니다. 만물은 각각
의 용도가 있습니다. 사람은 특별합니다. 하나님께서 가장 아끼시고 사랑
하십니다.

신묘막측(神妙莫測)하게 지으셨다고
성경에 쓰여 있지요."

간이 쉼터가 보였다.

"하늘에 천사들(천군천사天群天使)보다도 사람을 더 귀하게 여기신답니다"

옆에 앉아 있던 인희가 이렇게 말하자, 천사라는 소리에 귀가 번쩍했다.

"네에~? 천사라고요? 그, 그럼 천사가 정말 있단 말입니까!?"
"네, 실제로 존재합니다. 이 역시 하나님께서 만드신 피조물입니다."
"그럼 그 천사들이 어디에 있단 말입니까?"
놀란 얼굴로 김 목사와 인희를 쳐다보았다.

"네, 북편하늘 제3층천 천국에서 살고 있습니다."
"네에?? 북편하늘 3층천요?"
"안성규 씨는 천사란 말을 처음 듣나요?"
놀란 성규를 보며 인희가 물었다.
"네. 전 그저 만화나 동화에 나오는 가상의 존재로만 알고 있습니다."

"아뇨! 실존하는 존재입니다."
"실제로 있다면 왜 안 보이죠?!"

"영물(靈物)이기에 그렇습니다. 사람하고는 차원이 다르죠."
"네?? 차원이 다르다고요?"
"우리 인간들은 제3차원의 한계적 생활을 하고 있어요. 천사들은 제4차원을 넘어서 그 이상의 생활을 하는 고차원의 피조물, 즉 영물(靈物) 들이기에 그렇습니다."

"사람들은 3차원의 세계, 천사들은 4차원 그 이상의 고차원에서 산다고요??"

"안성규 씨는 성경을 깊이 있게 읽어 본 일이 없으시니 이해가 안 될 것입니다. 시간이 좀 걸립니다. 직장 다니시는 분들이 최선의 노력으로 성경공부한다고 할 때 약 4년 정도의 기초 성경공부와 영적체험(靈的體驗), 방언은사(方言恩賜)도 받으시고 더 깊게는 기초공부 시간을 지나서 좀 더 공부하시면 영적 체험 정도에 따라 이해도가 다릅니다.

약 10년 정도 꾸준히 공부하시고 영적 신비 체험도 하시면 하나님께서 실제로 계심을 확신합니다. 유체이탈[2] 체험도 하시면 이해가 빠르실 것입니다.

그러기까지는 하나님 앞에 바로 서야 합니다. 이 기간이 초신자들에게

---

[2] 유체이탈 (遺體離脫): Out-of-Body Experience, 자신의 혼이 자신의 신체에서 분리되어 빠져나와 혼만 별개로 움직인다.

주춧돌이 됩니다."

성규는 어떻게 대답하고 무엇을 물어봐야 할지, 어안이 벙벙~~ 성경이 어떻게 생겼는지 펼쳐 본 일도 한 줄 읽은 일 조차도 없다.

"산림 팀장님!
팀장님은 걸음을 걸어보려는 젖먹이 아기에 속합니다."
"네. 그렇지요. 초신자가 영적으로 성숙하는 단계를 6단계로 나눕니다."

"네? 여섯단계 라고요?"
성규는 눈을 동그랗게 뜨고 김목사와 인희를 바라보았다.

그녀가 다시 말했다.
"참고 삼아 들어보세요~"
"네~"

'첫째단계: 영적 젖먹이(유아기)'
'둘째단계: 유치원초등학생기'
'셋째단계: 청소년기(중고등학생)'
'넷째단계: 청년(대학생)'
'다섯째단계: 아들'
'여섯째단계: 아버지'

"팀장님은 첫째 단계 젖먹이(유아기)에 속하십니다."
"네? 제가 젖먹이라고요? ㅎㅎ 아이고. 제가 지금 몇살인데요...?"
"호호호~ 팀장님은 빨리 성장하실 분 같네요~"

"열심히 성경 공부하셔서 대학생이 되셔야 하겠습니다. 하하~"

세사람은 가까운 친구라도 된 듯 대화를 나누었다.

제15장

위험

"목사님, 기념사진 하나 찍죠?"
"아~ 그래요."

"목사님과 팀장님, 저 아래쪽에서 포즈~~"

"그럴까요~" 김 목사와 성규는 약간 비스듬히 경사진 아래쪽으로 걸음을 옮겨 내려갔다.
"자~ 찍을게요~"
찰칵~

"이번엔 인희 자매~~?"
"네, 목사님."
"아참, 목사님은 돌아갈 준비 하셔야 하니, 팀장님이 한 장 찍어 주실 수 있죠?"
"네!"
그녀는 큼직한 니콘카메라를 건넸다.

난감했다.

"저, 사실은 카메라를 사용해 본 일이 없어서... 찍는 방법 좀 알려주세요~"

"네, 그래요~"

카메라를 받으며 속으로 생각했다.

'어이구~ 굉장히 비싸게 생겼네... 언제 한번 만져나 봤나. 잘사는 사람들은 카메라도 좋은 거 가졌네.'

"여기 뷰 안에 피사체를 잡고, 자동이니까 이게 셔터에요. 누르시면요."

"네, 알겠습니다."

"팀장님~ 찍어 주세요~^^"

비스듬한 언덕 아래 얼음 냇가.

"네~ 찍습니다~"

조심스레 카메라를 만지면서 뷰안에 잡고 셔터를 눌렀다.

찰각~

"찍었습니다~"

"한 장 더 부탁해요~^^"

"네~"

이번에는 건너편 숲쪽 얼음판 위에 올라섰다. 뷰에 그녀를 담는 순간,

"어엇!"

"아아!"

"앗 위험해요!!"
"빨리 올라오세요, 빨리욧!!"

뷰에 눈을 대는데 뒤쪽 숲에서 물체 하나가 움직였다. 드러난 물체 송아지만 했다. 등에는 갈기가 거칠게 솟았다.

"빨리 이리로 올라와요! 빨리욧! 뒤에 멧돼지!"

~~~어느 여름날, 휴무일 혼자 산림원 숲에서 더 깊이 들어가보고 싶어 냇물따라 거슬러 무작정 들어갔었다. 조약돌 깔린 계곡따라 어찌나 깨끗하던지 오후의 햇빛이 이글거리며 냇물에 닿는데 수면이 햇빛을 받아 반짝거렸다. 마치 보석을 쫙~~~ 깔아 놓은 것 같았다.

냇물 속까지 환히 보이는데 물속에 자갈들이 흐르는 은빛 물결의 반짝임 속에서 굴절되어 마치 살아 움직였다. 그리고
조약돌들이 말하는 것 같았다.

"이곳까지 왜 오셨나요? ^^"
"천국이 있다면 이곳 같을거야!"

"아니! 아냐... 천국이 이곳보다 더 좋을 거야. 훨씬 더~~~" 싱긋 웃었다. 이보다 아름다운 보석은 세상에 없을 것 같았다. 찬란하던 그때의 냇물과 사람(성규 자신) 평생 잊지 못할 추억.

그런데 돌아오는 길에서 커다란 수놈 멧돼지와 맞닥뜨렸다. 기겁해 무작정 옆에 나무 위로 기어 올라가 멧돼지가 가 버릴 때까지 기다렸다. 구

사일생으로 돌아온 일이 있었다. 그때 생각하면 아찔하다. 그 후 여태껏 산림원 근처에서 멧돼지를 본 일 없고 까마득 잊었다.

"쇠스랑!"

처음 와서 가장 먼저 손에 쥐었다 삽처럼 생겼지만 평평한 삽날 대신 기다란 쇠창살 4개. 낙엽 더미, 잔 나뭇가지 더미들을 퍼 올릴 땐 제격이었다.

카메라를 쥐었던 성규 손엔 쇠스랑이! 늘 쓰던 몇 개에서 재빨리 하나를 뽑아 움켜 쥐었다. 번개같이 뛰어 내려갔다. 건너편 숲에 커다란 멧돼지는 얼음판에 서 있는 인희를 향하여 돌진해 오기 시작했다.
인희는 성규의 고함을 듣고 뒤를 돌아보다가 그만 놀라 어찌할 줄 몰랐다.

"아악~"

빨리 올라오라는 성규가 외치는 소리에 냇물 얼음판을 지나 몇 발짝 급히 오르다 경사진 냇가 둔덕에서 미끄러지며 쓰러지고 말았다.

"꺄아악~~~"

몸을 제대로 가누지 못하였고, 송아지만큼 큰 멧돼지는 냇가 둔덕에 쓰러진 인희를 향하여 무섭게 돌진했다.

"이야아!~~~"
쇠스랑은 어느 틈엔가 성규의 오른손에서 번쩍 치켜져 올랐다! 아래쪽 냇가 둔덕에 쓰러져 어찌할 줄 모르는 인희를 응시함과 동시에 가로질러

달려드는 멧돼지를 향하여 비호처럼 내달렸다.

사람 손가락만한 송곳니를 드러내며 인희에게 달려드는 순간 몸을 날리듯 움켜쥔 쇠스랑의 긴 쇠촉으로 멧돼지 머리통에 힘껏 내리찍었다.
"퍼억~~~"
"꽤에에엑~~~"
괴성을 지르며 멧돼지는 경사진 아래쪽으로 나딩굴었다. 성규도 멧돼지와 같이 뒹굴었다. 오른손엔 여전히 쇠스랑이 꽉 쥐어져 있었다. 놓치는 순간 멧돼지가 재차 공격하면 죽음밖에 없다. 그 위급한 순간에도 악착같이 쇠스랑을 놓치지 않으려 힘을 다해 꽉 쥐었다.

같이 뒹구는 바람에 쇠스랑이 멧돼지 머리통에서 뽑혔다. 성규는 여전히 쇠스랑을 굳게 움켜쥐고 있었다.
멧돼지는 약간 빗맞았는지 다시 일어서더니 머리통에서 피를 흘리면서도 성규를 노려보았다.

"푸푸, 컥커커커~~" 멧돼지는 거칠게 숨을 고르는가 싶더니 그대로 튀어 오르듯 달려들었다. 쓰러진 성규는 일어설 틈도 없었다. 무릎을 꿇은 채 상체를 일으키며 쇠스랑을 치켜 세웠다. 달려드는 멧돼지를 향하여 온 힘을 오른팔에 집중시키는 순간, 튀어 오르듯 달겨들었고 동시에 뻐근한 통증을 느꼈다.
"으윽!"
멧돼지에게 왼팔을 물리는 순간, 오른팔에 힘을 다해 쇠스랑을 멧돼지의 머리통에 힘껏 다시 찍었다.
"꽤에에엑~~ 푸푸, 큭큭, 푸푸~"
멧돼지는 더 이상 성규에게 달려들지 못하고 펄쩍펄쩍 제자리에서 뛰면서 괴성을 질러 댔다. 돌맹이들이 멧돼지에게 날아들었다.

위쪽에 있던 성 원장과 산림원 직원들이 돌맹이를 멧돼지에게 던졌고, 모여 있던 산림원 직원들이 쇠스랑을 들고 멧돼지를 공격하며 내쫓았다.

큼지막한 멧돼지는 머리통에 피를 흘리며 그대로 냇가 숲속으로 줄행랑쳤다.

"안 팀장. 괜찮나?!"
성원장이 뛰어 내려왔다.
"네."
일어서려다가 왼팔을 움켜쥐고 그대로 주저앉듯 쓰러지고 말았다.
"으윽, 으으으~~"

"박 총무, 빨리 응급구급낭 가져와! 그리고 갤로퍼에 시동 걸어 놔!"
"안 팀장님! 괜찮습니까!? 안 팀장님!"
김목사가 소리쳤고 인희도 소리쳤다.
"어머나, 팔에 피가! 빨리 병원에!"
"응급조치하고, 가평 성심외과로 가자."

그녀는 성규가 자신을 구하려 몸을 던져 멧돼지와 싸운 것을 이내 알아차릴 수 있었다.

****

"어떻습니까? 의사 선생님!"
"네, 다행입니다. 뼈에는 이상 없습니다. 살갗만 찢어졌습니다. 음... 멧돼지는 뼈를 부서트릴 만큼 치악력이 무시무시하죠. 천만다행입니다. 왼팔에 뼈까지 물렸다면 매우 큰 위험을 당하실 뻔 했습니다. 치명상은 다행히 없는 듯합니다. 3주 정도 치료하면 정상 생활이 가능하겠군요."

"아. 천만다행이네 안 팀장! 장하네, 안 팀장!"
성원장은 성규가 불의의 사고를 막아 준 것에 내심 매우 고맙고 자랑스러웠다.

김 목사와 인희가 급히 성심외과로 들어왔다.

"안 팀장님! 상처는 어떻세요? 팀장님 아니었으면 전 큰일 날 뻔했어요!"
"별말씀을요. 정말 다행입니다. 큰일 없이 지나가서요."
"정말 고마워요! 저 때문에 큰 위험에 처하실 뻔 했어요!"
"의사 선생님께서 그렇게 깊이 물리지는 않아서 천만다행이라고 하시더군요. 뼈까지는 물리지 않았다고 알려 주셨습니다. 다행히 옆에 분들께서 도와주셔서 위험은 비켜나갔습니다."
"네, 정말 다행이에요!"

그녀는 환하게 웃었다 왼팔에 쑤시는 아픔도 잠시 소멸됐다. 생활 환경이 좋은 가정이라는 것을 직감적으로 알 수 있었다.
자신과는 너무나 다르게 살아온 티가 역력히 배어 있는...

"고마워요!" 인희는 재차 고마움을 표시하였다. 왠지 모를 쑥스러움, 그렇지만 '나하고는 다른 세상을 살고 있을 거야.'

춘천.

의암호반에 위치한 정감 있는 도시

강촌길~
각양의 카페들~ 가평으로 연결되고 끝에는 남이섬이 있는

'로즈'로 발걸음을 옮기고 있다.

카페 로즈.

춘천 번화가인 중앙로의 명동, 청춘들의 장소.

둥근 원탁과 체크무늬 테이블보, 투명한 유리병에 꽂힌 붉은 생화 장미 한송이가.

카페의 싸리문을 천천히 열었다. 이런 곳은 말로만 들어봤지 난생처음. 분위기가 물씬~ 낯설지만 이내 정감을 느꼈다.
어색한 몸짓으로 사방을 둘러보았다.

창가 테이블에 그녀가. 인희는 싸리문을 열고 막 들어서는 성규를 보았다.

환한 미소로 바뀌었다.

제16장

Say Say it

천천히 걸음을 옮겼다.

"안녕하세요!"
"네!"

"인희씨도 무사하시고, 저도 상처도 잘 아물고 다 나왔습니다."
"네! 정말 고마웠어요! 꼭 차라도 나누고 싶은 마음에서 뵙자고 했어요."

"네! 이렇게까지 안 하셔도 됩니다만."

"제 생명의 은인 이시잖아요!?... 차는 무엇으로 하시겠어요?"
"... ... 글쎄요, 별로 마셔 본 일이 없어서... 같은 걸로 하지요."
"네, 그럼 모카로 하죠."
"네."

"... 이런 질문 드려도 되나요?"

"괜찮습니다. 하시고 싶으신 말씀 있으시면,"
"성규 씨는 왜 산림원에서 일하시게 되셨는지요...?"
"네?..."
"어울리지는 않는 것 같다는 느낌이 들었어요. 제가 불편한 질문을 드렸나봐요."
"아닙니다, 괜찮아요. 인희 씨는 제가 보기에는 아픔을 모르고 지내오신 분 같군요. 저와는 다르게 살아오신 것 같습니다."
"음.. 저라고 특별난 것 있겠어요? 평범한 사람일 뿐이죠."
"그러나 큰 어려움 없이 살아오시고, 하고 싶은 것 하실 수 있는 그런 여건에 계신 분 같네요."

"부모님께서 지원하실 수 있는 정도는 되셨어요. 경제적으로 어려움은 솔직히 모르고 살았어요. 제가 원하는 것도 다 들어 주셨죠."

"네, 그러시군요. 축복된 가정이신 것 같군요.."
"별말씀을요. 남들과 다르진 않아요. 어머니께선 영신교회에서 권사 직분을 담당하세요."
그 말에 뭐라고 대답해야 할지 앞이 깜깜했다. 교회란 곳에 가본 일도, 관심 가져 본 일도 없다.

"부모님께서는 저를 만나는 것에 그다지 호의적이지 않으실텐데요. 병원까지 오셔서 고맙다는 말씀까지 해 주셨고."

"저 솔직히 말할게요. 성규씨와 좀더 대화나 만남의 시간이 필요할 것 같아요."
".. 그게 무슨 뜻인지...?"

"친구나 오빠처럼 지내면 안 될까요?"
"네에~??"
"아니..?? 그, 그게 가능하지가 않아요."
"왜요?!"
"그냥 그럴 것 같네요."

"음... 너무 세상 사람들 시선에 신경 쓰지 않으면 되죠? 너무 자신을 비하하지 마세요."
깜짝 놀라 인희를 바라보았다 왠지 야무진 데가 있어 보였다.

"아직 시간은 있어요."

"세상이나 사회는 냉정합니다. 피도 눈물도 없죠. 인희씨는 그걸 모르는 것 같군요 난 그런 환경에서 살았어요. 어린 시절부터, 인희씨는 이런 나와는 다릅니다 전 아버님도 일찍 돌아가셨고 집안은 풍비박산 났구요."

"다 말하죠. 내가 어떻게 보일지는 모르지만, 난 아무것도 없는 빈껍데기요. 고등학교도 졸업 못했고 고교 입학한 그해 여름에 아버지께서 쓰러지셨고, 비극의 연속, 고교 1학년에 자퇴했어요. 세상의 쓴맛을 너무 일찍 맛봐야 했고...

아버님 돌아가시고 가족들 모두 뿔뿔이 흩어질 정도였고. 겪어 보지 않은 사람은 몰라. 이 정도만 말할게요. 난 희망 없는 놈, 배운 것도 가진 것도 그야말로 최악의 놈입니다!"

"하지만 시간이 아직 있어요. 빈손에서 자수성가한 사람들 주변에 많잖아요. 넉넉한 환경에서 태어난 사람들보다도 더 성공한 사람들도 많아요."

"난 그저 세상사 안 보고 조용히 산골에 묻혀 내가 보고 싶은 책이라도 사서 읽는 낙으로 하루하루 살고 있는 도피자요. 이런 나를 누가 좋아하겠어!"

"너무 비관적으로 세상을 보는 것 같아!"
"내겐 길이 없어."
"누구나 자신만의 소질과 재능이 있는 법이에요. 하나님께서는 누구에게나 다 각각의 능력과 특성을 주셔요."
그녀는 조용히 말을 건넸다.

"난 속 빈 강정이야. 추켜세우지 마요. 하나님? 그런 데에 관심 둘 만큼 여유 없어욧"

"성규 씨는 마음씨도 좋은 것 같아. 외모뿐만 아니라, 호호호! 나를 죽음에서 구해주셨잖아요! 그 같은 급박한 상황에서 남을 구하는 일 아무나 쉽게 할 수 있는 것 아니에요,
아무리 배운 것 많고 돈 많고 그러면 뭐해? 위급한 순간에 등 돌리는 남자, 그런 남자 난 싫어. 자기 몸을 던질 수 있는 성규 씨 같은 사람이 난 좋아!"
"……"

침묵 속 감미롭게 퍼지는 Bette Midler의 〈The Rose〉.

아무 말도 하지 않았다.
흐르는 음악에 기대었을 뿐.

《Say Say it》

창가에 커튼
저녁놀 물들고

붉은 체크무늬 원탁 위엔
청아한 순정이

땅거미가 창문을 연다.
만나자는 약속은 하지 않았다.

재회의 새끼손가락을 걸진 않았다.

흐르는 음악에 몸을 기대며
저 오솔길목에 서 있다.

마음의 끈을 쥐었고

빨간 장미한송이가 힘차게 주먹 잡고
말은 없었지만 소곤소곤
내일을 꿈꾸었다.

누군가 하는 말 들리진 않아도
반짝거리는 눈으론 들었다.
떠나야 한다

하지만
돌아와야 하리

그래!
언젠간 말야

장미꽃가지 하나 꺾어 내게주오
그 자리에 놓으리라
투명한 유리병 한송이 꽂으며
외롭다 말하진 마세요

...아무도 바꿀수 없다고 그때
당신도 그렇게 말했어요
바로 당신이었지 않나요?

없어진 길에 서서
식어버린 꿈 슬픈 추억을
잊었나요?

이해해요 하지만 싫어요
소리치세요!
붉은 체크무늬 원탁에 그리움
지금도
그 자리에 있어요

한송이 꿈

빨갛게 물들였던
우리가

제17장

Say Say it

두 사람은 카페를 나왔다.

"인희! 어디로 가는 거니?"
"응, 오빠! 공지천에 가서 저녁 살게~"
"공지천?"
"응, '로키하우스'라고 있어. 스테이크 잘하는 집이야. 수프 맛이 최고야"
"……~?"

'오늘 많이 먹어야 해! 오빠를 위해 특별히 가는 거야!" 씽긋 웃었다.

인희는 대학 2년생 21살,
성규는 23살.

군대부터 일찍 갔다오자 해서 전역 후 서울에서 정착해 보려 했으나, 갈 곳 없고 집안은 여전히 풍비박산.

공지천교를 건너자 바위가 장식되어 있는 레스토랑 겸 술집

"오빠! 수프 먹어 봐. 여기 수프 맛이 최고야."
성규는 스푼으로 떠 입에 가져갔다. 양식이 뭔지, 포크와 나이프도.

"음, 맛나네."
"응. 맛 괜찮지?"
"맛 좋다!"

"맥주 두 병만 시킬까?"
"응, 그래."
"오빠 주량 세?"
"아니, 거의 못 해. 체질적으로."
"나도 잘 마시지는 못하지만 한 병은 마실 수 있어."
"응, 나도 한 병은 마셔."
"생맥주보단 병맥주가 더 순한 것 같아. 마시기도 좋고."
"응."

흰 셔츠에 나비넥타이를 맨 웨이터가 맥주 두 병을 갖고 왔다. 인희가 맥주를 가득 따라 하나를 성규 앞에 내밀었다.

"자, 건배! 인희의 건강을 위하여!"
"오빠의 건강과 앞날을 위하여!"

"쨍그랑~!"

"오빠! 자책하거나 기가 죽거나 하지 마."
"응, 고맙다 인희가 나보다 어른이다."
"뭐~~ 나도 아직 몰라. 내게 너무 거리감 갖지마??"
"내 처지가 초라하지, 솔직히."
"아냐. 오빠를 만난 것이 자꾸 운명 같다는 느낌이 들어. 나 많이 생각했어!"

"우리 사이에 벽이 있어."
"무슨 벽?"
"살아온 환경이 달라. 사는 방식도."
"오빠 너무 자책하며 사는 거 싫어. 사람 잘나 봐야 얼마나 잘났겠어?"

"눈물 흘려 봤어?"

예상치 못한 물음에 인희는 갑자기 말문이 열리지 않았다.
"눈물??"
"그게 무슨 뜻이야?!"
"이 허벅지 뼈를 긁어 버린 눈물 말야.."
"오빠 허벅지 뼈를 긁었다구? 아... 니.. 그게 무슨 뜻이야??"
성규는 말끝을 흐렸다.

그녀는 잠시 생각 속으로 들어가는 듯했다.

"음... 알겠어. 무슨 뜻인지..."
알아차렸다는 듯 고개를 끄덕였다.
"하지만 너무 아픔만 생각하지 마. 내일의 꿈도 있잖아?"
"응, 그렇지. 근데 내겐 너무 커 아마 평생을 짊어져야 할 아픔이 되겠지..”

"무슨 아픔인지 모르겠지만 밝은 태양도 바라볼 수 있는 현명함도 필요해."

"그래 인희 말이 맞지. 내일로 향해야 하는데 그게 잘 안돼. 세상사 보기 싫을 때도 많고.. 그래서 산림원에서 나무하고 숲속에서만 사는 게 편했는지도 몰라. 벌써 6년 전 일이야. 내가 처음 발 디딘 게 17살 때야 그때가..."

"뭐~17살에??!... 그랬었구나! 그래서 학업도 포기하고 오빠가. 오빠 마음 알겠어. 이해가 돼. 내가 너무 내 생각만 했나 봐. 내가 그런 상황에 처했다면 나도 많이 괴로웠을 거야."

그제야 앞에 있는 남자를 조금 이해하는 듯했다. 비워진 성규의 술잔을 다시 채웠다.

"시간이 많이 갔네. 이만 집에 가 봐야지."
"응, 다음에 또 만나. 약속해 오빠!"

"그래, 또 만나면 좋은 애기 하자. 오늘 너무 어두운 애기만 한 것 같네"
"응, 그래. 다음엔 우리 가까운 데 놀러 가자! 아니면 같이 영화 보러 갈까?"
"영화? 영화 좋지. 나도 영화 보는 것 무척 좋아해. 영화광이야. 내가 표 살게."
"응, 육림극장에서 만나면 되겠다. 거기에서 만나 오빠!"
"그래, 그러자."

로키하우스를 나와 도롯가에 택시 승강장으로 걸었다.

"어서 타. 택시비 내가 낼게."
인희는 택시 기사에게 가평산림원까지 비용을 물어보면서 지불했다.
"택시비 내게 있는데…"
"내 성의야. 거절하면 나 화낼 거야."
"그래. 그럼 잘 타고 갈게."
"응. 그럼 다음에 또 만나는 거야! 알았지!"
"그래~"
그녀는 손을 흔들었다.
성규도 차창밖으로 손을 내밀었다.

뒤 차창을 통해 그녀를 바라보았다.

그녀는 계속 손을 흔들었다. 택시가 커브 길을 들어서자 그제야 몸을 바로 돌려 앉았다.

지나온 자국~ 먹구름이 많았다. 성년이 된 지금도 암흑 속에서 벗어나지 못하고 있다. 생각지도 못한 만남. 정말 나를 가까운 사람으로 보는 걸까…

총총 별밤,
강촌길을 지나서.
택시는 까맣게 어둠 내린 가평 산골로 빨려 들어갔다.

제18장

조소 嘲笑

"강촌길 지날 때만 해도 하늘에 총총 별도 많았는데, 여긴 어둡네, 잔뜩 흐렸어."
"네. 정말 그러네요."
"달도 안 보이고 별도 안보이고 으스스하네~ 그려."
"네~ 기상 상태가 이쪽으론 좋지 않은가 보네요."
"음, 그런가 보이. 밤손님 태우고 여러 번 다녀 봤어 이 길~~ 오늘처럼 깜깜한 밤도 처음이구먼. 오늘따라 유난스럽네."
나이 지긋해 보이는 기사는 얼굴을 찡그렸다.

택시는 냇물다리 앞에 멈추었다
"조심히 가세요. 잘 왔습니다."
두줄기 헤드라이트는 까만 밤을 헤치며 멀어졌다

오늘 만남을 떠올리며 잠을 청했다. 꿈을 꾸었다. 꿈속에서 왼쪽다리를 절뚝대고 있었다. 정처 없이 길을 걸었다. 환하게 웃는 사람들을 만났다.
"여기가 어디야!" 멋진 옷을 입고 장식으로 잘 꾸며진 무대 위로 올라가고 있었다.

"저기가 어디야? 오 멋진데, 나도 올라가야지!" 절뚝대며 다가갔다. 계단과 무대는 대리석으로 호화스럽게 꾸며졌다.

성큼 첫 계단에 발을 디뎠다. 절뚝대는 왼다리부터 울려놓고 오르려다 그만 와당탕~ 뒤로 나자빠졌다. 이번엔 절뚝대는 왼다리로 서서 오른쪽 다리를 먼저 계단에 울려놓으려니 왼다리가 버티질 못했다.
"으음.. 안 되겠다. 다른 통로는 없나?"

무대 위로 즐겁게 올라가는 신사숙녀들이 성규를 보았다.

"아니 저 사람 뭐야~ 왜 여기 왔지?"
"길을 잘못 들었나 봐, 호홋~"
"아니~ 저런 사람 올 곳이 아닌데."
"좀 가르쳐 줘야겠어. 뭘 모르는 사람 같아."
"저 꼴이 뭐야, 에이~"
큭큭 웃는 소리~

어느새 조소 섞인 눈빛이 에워쌌다. 다른 계단을 찾았다. 무대 벽으로 곧장 기어 올라서기로 마음먹었다. 왼 다리를 절뚝대며 무대 난간 벽으로 다가섰다. 두 손과 팔로 무대 난간을 부여잡고 끙끙대며 오르려 애썼다. 그렇게 오르니 올라갈 것 같았다. 마지막 안간힘을 썼다. 상체가 올려지고 이제 오른 다리만 무대위에 걸치면 된다!

멋진 제복을 입은 남자가 다가왔다. 성규의 손과 팔을 발로 꾹 밟았다.

툭 쳐냈다. "아앗~~"

"기분 나쁜 꿈이네!"

세면실로 향하였다. 차가운 물에 세수했다. 오는 일요일 영화 보러 가자고 한 약속이 떠올랐다.

창문을 열었다. 산속 사방은 까만 어둠이 짙었다. 창문을 닫았다.
"이상한 꿈이었어."
왼쪽 다리를 만져 보았다.
"온전하잖아?" 손으로 만져 보고, 일어났다 앉았다 걸어도 보았다.

"아무렇지도 안잖아?"

"이런 꿈은 처음이야…" 그녀를 만나고 꿈을 꾸고 "무대가 참 멋졌는데 그 무대를 울라가려 했는데…"

절뚝쟁이가 고상한 집안의 딸과 애인이 된다고? 내가 사는 이대로 이렇게 살면 되는 거야. 그래! 어떤 날 잠깐 꾼 홍루몽(紅樓夢)일 뿐야.

러브스토리? 현실은 러브스토리를 인정 안 햇!
역경을 뛰어넘으라고? 난 그런 특별한 사람이 못 돼. 인희 그녀를 만나게 되면서 요 며칠 심각했다.

이건 현실이다. 꿈이 아니다.
구원의 밧줄이라도 내게 던지는 걸까?

나침반을 갖추고 든든한 철선의 엔진을 가졌어, 난 난파된 낡은 목선... 떨어져 나간 판자떼기일 뿐야.

제19장

악령惡靈

"킬킬~~~~"
"킬킬킬킬킬~~~~~~"

"저놈 꼴좀 보라구~"
"제깟 주제에. 깔깔깔~"
"깔깔깔~"
"깔깔깔~~"

"담무스(Tammuz) 우리의 왕이시여! 경배받으소서~!"

악마 떼거리들은 담무스 앞에서 게걸대며 납작히 엎드렸다.

"오, 그래. 낄낄낄~~~ 내 너희들의 경배를 매우 기뻐하노라~!"

"왕이시여~ 옛적부터 이 땅은 담무스의 소유였나이다!"

"왕이시여~ 저딴 놈, 단숨에 없애시지 왜 놓아두시나이까? 지구와 2층천을 담무스 왕께서 다스려 오지 않았나이까! 주저하지 마소서!"

"저 놈 저대로 놔두면 반드시 왕께서 하시려는 크신 계획에 걸림돌이 될 것이니이다. 검은 하늘의 왕이시여, 저놈을 치소서!"

"어서 치소서! 어서 치소서!"

"으~~~ 내 너희들의 원(願)을 잘 아노라. 저것 '둘'을 유심히 관찰(Mt. Hermon 200 Watchers)하고 있노라~"

"우리들의 왕 담무스께서 하시는 역사에 경배드리나이다."
악령 떼는 연신 조아리며 경배를 올렸다.

담무스는 악마 떼에게 크게 소리쳤다.

"나 담무스(Tammuz=Azazel=Satan)는 광대한 억겁의 시간 복수의 칼을 갈았다. 난 지구를 사람에게 내어주지 않을 것이야! 그 동산에 두 사람을 완전히 속였고, 내 계략대로 지구별을 내 손아귀에 넣었다. 그런데 나 담무스가 이루고자 하는 나의 원대한 전략에 항거하는 인간들이 있다. 바로 저 '인희'처럼 살아가려는 자들이다!"

"나사렛에 그 자(者)[3]만 아니었다면

---

3) 나사렛에서 온 사람의 아들, 나사렛의 人子= the Son of Man from Nazareth=Nazarene

이 땅에 속한 모든 창조물은 이미 다 내 소유가 되었을 텐데, 우~~ 우우 우우~~~"

이를 빠드득 갈았다 그리곤 두 주먹을 불끈 쥐었다.

"으 으~~~ 난 나의 나라를 넘겨주지 않을 것이야~~~ '선악을 알게 하는 나무'와 '생명나무'가 있는 그 동산의 중앙에서 나의 계략은 적중했고, 인간의 조상과 후손들까지도 내 수중으로 떨어지게 하였지.

사랑하는 나의 군병들아! 너희들은 인희 같은 인간들보다 두 배나 더 노력하라! 알겠느냐!"
"오, 체룹⁴⁾이시여! 경배받으소서!"
새까맣게 모여든 악마 떼는 발광하며 드세게 날뛰었다.

"우리 악령들은 두 배, 세 배 더 노력하여 인간들을 '멸망의 장소'로 끌어 오겠나이다. 하찮은 인간보다야 우리들이 훨씬 우월하지 않습니까?"
악령들은 자기 몸에 생채기를 내며 괴성과 함께 방방 날뛰었다.

"오 체룹이시여, 우리들의 지도자이셨습니다. 하늘에 온 천사들을 호령하지 않았나이까~~! 어서 모든 사람들을 우리들의 손에 떨어지게 하소서."

"내 너희들의 소원을 성취시켜 주겠노라. 그 동산에서 쫓겨난 인간들... 얼마나 떨어지게 하였는지 너희들도 보았지? 난 거기(地獄)에서 늘 기다리고 있노라 킬킬킬~~~"

---

4) 체룹(Cherub): 케룹 = 크룹 = 그룹(한국식 발음), 천국에서 가장 상위급 천사, 대천사.

"엘로힘(ELOHIM=三位 하나님=The Trinity 하나님=여호와=야훼)의 창조물들을 끝까지 파멸시킬 것이야. 그 동산을 회복 못하게 막아야 해. 떨어지는 사람들 그 멋진 광경을 나 담무스는 즐겨 보고 있노라. 으흐흐흐~~~ 내 눈에 가시, 매운 연기, '인희' 저것을 그냥 놔두지 않을 것이야! 킬킬킬킬~ 으흐흐흐~~~ '성규' 저것은 장막절(帳幕節=Sukkot) 에 들어가지 못하게 막아야 해~후매네오나 필레토처럼 비속하고 하늘의 도(道)에서 벗어나서 속이는 말을 종양처럼 퍼뜨리는 그런 배도한 자(이단전파자)로 만들어야 해!, 모세를 대적한 얀네와 얌브레같이~ 얘들아 알겠느냐?"

"아무렴요, 그렇고 말굽쇼~"

악마 떼는 서로 맞장구치며 큰소리로 대답하였다.

"우리들의 왕이시여, 인간 누가 담무스의 지배나 명령을 거부할 자가 누구니이까? 담무스가 주는 그 능력을 누가 외면하겠나이까 인간들에게 뿌리소서! 뿌리소서!"

"얘들아~ 너희들은 먼 옛적 창세 때, 1층천인 이 지구 땅을 '야훼'[5]가 펼쳐 놓기 전부터 셋째 하늘(제3층천=천국)에서 나의 뜻에 따라 나와 같이 행동일치단결 하였다~"

"네 아무렴요~ 그렇고 말고요."

"너희들과 나는 천상에서 큰 전쟁을 치루었노라. 천군 천사들과 맞서서 힘을 다해 싸웠노라. 비록 패퇴하여 2층천과 1층천인 이 지구땅으로 내어 쫓겨났지만 말이다. 미가엘(Michael The ArchAngel) 그에게 패퇴한 걸 생각

---

5) 야훼(YHWH=YAHWEH = ELOHIM =여호와Jehovah=Yeshuah Messiah=예수 그리스도)

하면 지금도 속이 부글부글 끓는다.

너희들과 나는 아름다운 천사의 지위를 박탈 당하였고 처참한 꼴로 변했다 우우우우우~~"

그러자 악령떼들은 더욱 발광하며 미처 날뛰었다.
"우우우우우~~~~~~ 인간들을 다 거꾸러 뜨리자 우우우~~~"

"이렇게 2층천[6]과 1층천(지구)에서 떠돌이로 살고 있으니 말이다.

엘로힘으로부터 쫓겨난 그 화풀이를 2층천과 1층천에 퍼붓고 저주하고 또 저주하고 다 망가뜨리자 애들아~~ 으흐흐흐흐~~~ 킬킬킬...

별들을 파괴하고 인간들까지 파괴하는 것이 나와 너희들의 유일한 즐거움이지 않으냐? 안 그러냐, 얘들아~~~??"

"그럼요. 그렇고 말굽쇼~ 아무렴요!! 우우우우~~~"

"나는 나의 이름을 인간들이 신처럼 떠받드는 담무스(Tammuz)로 바꾸었다. 왜 담무스로 바꾸었는지 너희들도 잘 알고 있겠지?"
악령 떼가 일제히 합창하듯 대답했다.

"그것은 '담무스'가 '하나님의 아들'"이라고 인간들이 알고 있기에 그렇

---

6) 2층천: 3층천(천국)과 1층천(지구) 사이의 우주.

지요. 인간들을 속이기 위함입니다요~ 낄낄낄~~~~~"
악령 떼거지들은 게걸댔다.

"나 담무스가 신(神=하나님)으로 행세하며 오랫동안 인간들을 속이며 지배하여 왔노라. 먼 억겁 천상에서 하늘전쟁 때, 야훼가 풀과 나무와 별과 물고기 새들 그리고 동물들 사람을 창조하기 전, 2층천과 1층천으로 내어 쫓겨났지만.

여기서마저 저 인희같은 인간들에게 패하면 우리는 갈 곳이 없다!! 분발하여야 하느니라 알겠느냐!"

"아무렴요~ 왕이시여 왕과 우리들은 그 날 그 산(Mt.Hermon, 200의 Watchers-5,500여 년전)에서 굳게 손 잡으며 어깨를 이었고 굳게 맹약했지 않습니까! 같이 하나로 행동일치하기로 하였잖습니까! 킬킬킬킬킬~~~~"

"암~ 그렇고말고! 내 그 날을 어찌 잊겠느냐! 우리들은 모두 그 산에서 다시 만났고 굳은 맹약를 했노라~ 모두 어깨를 서로잡고 일치단결을 선언 했노라."

"우리를 가로막는 인희같은 사람들이 점점 많아지고 있다. 이대로 가면 우린 끝장이다. 이대로 물러설 순 없지. 이러할진대 너희 악마들아 두 배 세 배 힘써 분발하라~ 인간들을 꾀어내라~!"
"속여라~~!!"
"'영벌의 장소'로 열심히 던져 넣으라, 알겠느냐!"

"예~ 열심히 일하여 모조리 우리 악령들이 거하는 절망과 흑암의 늪(멸망의 장소, 영벌의 장소=지옥)에 떨어지도록 최선을 다하겠나이다. 담무스시여!"

"나 담무스가 말하노라. 내 뜻을 따르는 인간들에게는 이 지구 땅에서 사는 동안 자고(自高)를 줄 것이요, 내게 거역하여 나사렛의 목수(木手) 그 인자(人子=The Son of Man from Nazareth)에게로 가는 사람들은 '욥의 집안'처럼 처절하게 파괴시킬 것이야~"

그러자 마귀떼(many devils, many demons) 들이 합창하듯 한껏 목청을 드높였다.
"누가 담무스가 주는 그것을 거부하겠나이까? 그걸 거부할 사람은 없나이다. 그리하소서, 그리하소서."

"인희 저것은 내가 직접 나서겠다. 저놈 성규는 내가 쳐 놓은 덫에 걸려 넘어질게니 너희들은 구경만 하면 된다. 내 술수에 안 넘어간 인간들이 있더냐? 으흐흐흐~~~ 제 놈 처지가 고생스럽고 빈궁하고 천시, 무시받는 낙오자이니까. 그 점이 저놈의 약점이다. 그걸 계속 공략하면 제깟 놈 버텨봐야 얼마나 버티겠느냐. 안 그러냐?"

"오~ 왕의 지략이 넘치나이다~ 그리 하소서, 그리 하소서."
"인간 공략법을 크게 외쳐 볼 나의 충복이 어디 있느냐?"

'바벨(Babel)'이 성큼 나섰다.

"오, 나의 수제자, 너를 매우 아끼노라!"
"오, 왕이시여! 왕께서는 이렇게 하명하셨나이다. 사람의 혼과 육신을 공략하되 특히 혼의 공격법 중 으뜸은 '자고(自高)와 속임수'이니 이 자고와 속임수야말로 인간 공략의 최고 책략이라고 가르쳐 주셨나이다."

"악마, 악령, 마귀, 사탄은 없다고 속여라. 하나님은 없다고 속여라. 천사는 존재하지 않는 가상의 동화라고 속여라. 지옥이나 천국 따위가 어디 있냐? 속여라. 속여라. 속여라, 인간은 진화되었다고 끊임없이 학교에서 가르쳐라. 진화론을 모든 사람들에게 널리 널리 퍼뜨려라~~~

인간을 항상 바쁘게 하라 돌아볼 틈을 허용치 말라. 서로 시기하고 분파를 만들어 싸우고 전쟁하게 하여 살육하게 하라. 인간의 육신을 공격해 각종 병을 유발케 하고 정신을 공격해 두려움에 떨게 하고 미치게 만들어라. 인간의 욕심을 더더욱 부풀게 하라.

실패케 하여 희망의 끈을 놓고 낙담하게 만들어라 미쳐 죽게 만들어라."

바벨과 악령 떼는 연신 떠들어 댔다.
담무스는 흡족한 듯 손을 내밀었다.

"그만하면 충분하노라. 인간들에게 던지는 최고의 미끼이지. 낄낄낄"
"그럼요, 그게 최고지요. 아무렴요, 그렇고 말고요, 으흐흐흐~~~"

악령떼는 가평 산골 하늘에 잔뜩 몰려들었고, 성규를 뚫어져라 노려보고 있었다.

"저놈, 저놈을 우리 편으로 끌어들여야 할 텐데…"

****

공지천의 밤하늘은 맑고 총총하였다.

인희는 천천히 공지천교를 걸으며 의암호를 바라보았다. 밤 호숫가의 불빛들이 맑은 하늘의 별들과 어울려 멋진 밤풍경을 연출했다.

여름이었으면 촛불 켠 밤 보트 연인들처럼 노를 젓고 있을텐데. 성규랑 같이.

다리 중간에 이르자 잠시 야릇한 감정에 빠졌다. 공지천교 오른쪽은 의암호의 지천, 어렸을 때
"우리 인희는 나중에 크면 춘천에서 제일 좋은 집안에 듬직한 사윗감을 만나야지~"

세상은 장미꽃 만발한 아늑함~
어렸을 때 빨간 피겨스케이트 신고 타던 때가.

오늘 최악의 처지에 놓인 남자를 만났다. 그 남자를 오빠 삼겠다고 먼저 선언했다. 다른 때 같았으면 서슴없이 택시를 이용 했건만 버스정류장으로 걸음을 옮겼다.

넉넉한 마음으로 천천히 집으로 가고 싶었다. 시내버스에 올랐다. 광주리를 갖고 귀가하는 노점상 아주머니들 허름한 옷의 중년들 그다지 밝아 보이지 않는 젊은이들도.

총총 별밤 속에서 차창밖 하늘을 바라보았다. 멀지 않은 석사동엔 더욱 맑은 밤하늘로 바뀌었고 반짝이는 총총 별들이 집 앞까지 사뿐히 내려오는 것 같았다.

제20장

바람과 라이온

오후의 일요일.

몰래 다가와 성규 팔에 팔짱을 꼈다.
오후 2시. 〈바람과 라이언〉.

춘천 명동서점에서 〈삼국지〉 전집을 샀다. 〈수호지〉, 〈초한지〉도 사고 월간지도 한 권 샀다. 남미 남쪽에 근대판 전설로 찬사와 혹평의 갈림속에서 회자된 책을 고서적 판매점을 뒤져 겨우 구할 수 있었다.

〈천로역정(天路歷程, The Pilgrim's Progress)〉도 샀다. 책 중의 책 〈성경〉을 난생 처음 손에 쥐었다.

가방이 묵직 하였다.
영화 입장권 2장을 끊고 기다리던 중

'리바이벌 절찬 상영 중'

"바람과 라이언? 무슨 영화일까. 오빠 내용 좀 알아맞혀 봐?"

"음 한쪽은 바람, 다른 쪽은 라이온이라는 뜻 같아. 실제 있었던 이야기래."
"응? 그래~?"

1900년대 초 유럽 및 열강의 세력 확장 때 모로코에서 벌어졌던 사건. 한 부족 족장이 미국인 저택을 습격하였고 다수의 사람을 죽이고 미국인 갑부의 젊은 아내와 그녀의 어린 아들을 납치했던 '실제 사건'.

인희는 성규가 들고 있는 영화 전단지를 같이 붙잡으며 쭉 살펴보았다.
"아이, 호호호~ 어느 납치 사건? 실화? 열강들의 영토 확장 그런데 자신을 납치한 그 남자를 연모하게 된다는 얘기도 있네. 아참 재미있겠다
호호호~~~"

극장 앞에 모여 있던 쌍쌍의 청춘남녀들이 두 사람에게로 쏠렸다. 성규와 인희는 다른 연인들 속에서 다정히 극장 안으로 들어갔다.

인희가 초콜릿 2개를 사왔다.

"아까부터 그 가방 묵직해 보이는데, 책이야?"
"응. 몇 권 샀어. 전부터 읽어 보고 싶었던 책들인데 오늘 구입했어."
"음, 독서열! 좋은 일이야. 사람은 책 좀 읽어야 해, 그치?"
"음. 그렇겠지. 정신수양에 좋겠지."
"아, 참! 성경책!"
"응. 샀어! 성경책도 읽어 봐야지. 정말 하나님이 계신지 알아봐야지"

인희는 바짝 다가서며 말했다.

"모든 책을 읽었어도 성경을 안 보면 헛된 독서라고, 오빠도 그런 말 들어본 일 있지?"

"응? 그런가? 들어본 것도 같아. 그런데 정말 그 정도로 중요하니?"

"그렇고말고~ 장구한 세월에 걸쳐서 쓰인 책이야. 수많은 사람들이 읽고 있어. 몇천 년을 계속해서 말야~"

"뭐, 뭐라고? 몇천 년을 계속해서? 그, 그게 정말이니 인쇄술은 독일에서 구텐베르크가 1400~1500년경 발명한 거로 알고 있는데?"

"으응~ 옛날에는 양피지라고

양의 가죽이나 파피루스 같은 것에 일일이 사람 손으로 썼어, 여러 장이 묶여 전해졌어. 오랜 세월을. 중세 때 인쇄술이 발명되자 책으로 대량 인쇄되기 시작했어."

"아, 그렇구나."

고개을 끄덕였다.

귀동냥으로 들어봤을 뿐 첫 장을 본 일도 없었다. 어떤 부류의 사람들이 일요일만 되면 소중히 들고 엄숙한 태도로 교회란 곳으로 가는데, 허리춤에 끼고 정숙한 모습으로 걸어가며 귀히 여기는 책인가 보다 했다.

교회 가는 사람들을 보면 이런 생각도 들곤 했다.

"교회? 어이구~~ 팔자 좋은 사람들이나 가는 거지. 교회가 밥 먹여 줘~ 뭐 십일조를 내라고 한다지? 내야 들어갈 수 있다잖나. 제길~ 그런 델 왜 가지? 뭐 살기 넉넉하니, 그런데도 폼 잡고 가는 거겠지!"

"하나님? 하나님이 있으면 왜 세상 꼴이 이런대... 먹고 살 것도 없는 사람들을 왜 보살펴 주시지 않냐고? 전지전능하다며? 세상의 비참함.
도대체 어디 계신다 말인가."

어느 날 한 여자가 친구로 다가왔다.

그런 한편, 궁금하기도 하였다. 이 책에 무슨 이야기가 쓰였다는 것인지.

위층에 자리 잡았다.

스펙터클 하면서도 경쾌하게 영화는 전개되었다. 작은 한 부족의 족장이지만 자기네 땅을 침범한 열강인 미국을 과감하게 대처하는 주마검객(走馬劍客)같은 남주인공의 기품있는 행동과 용기가 강렬하고 멋지게 그려지고 있었다.

납치 당한 미국인 갑부 여주인공은 언제 죽을지 모르는 상황 속에서 무서움에 떨거나 살려 달라고 애걸하는 대신. 자신과 자신의 아들을 납치한 적장 앞에서 야무지고 당당하게 처신한다.

납치자와 피납자로 조우했지만 서로를 존중해 준다. 납치당한 미국인 부인인 여주인공의 마음에는 어느 틈엔가 알 수 없는 연민의 묘한 감정도 싹트게 된다.

같이 납치된 어린 아들도 어머니와 자기를 납치한 족장과 지내며 그 족장이 보여 준 용기와 기개 있는 결단력과 행동을 보며, 비록 적이지만 어머니와 자신을 대할 때 기품 있는 언행과 신사다움에 어린 마음에도 공경

하는 마음마저 싹텄다.

 납치에서 풀어주고 돌려보낼 때, 피랍된 그녀가 그 족장을 향한 눈물을 보이고 어린 아들 역시 헤어지는 순간 말 타고 다가와 스쳐지나는 그에게 그의 칼을 집어 들어 건네주는 장면은 잊지 못할 명장면으로 남았다.

 성규는 감명 깊게 그 영화를 보고 있었다.
 바람... 저 영화 속의 바람?
 라이언~~?

 영화가 끝나고 아직 해는 밝았다.
 "오빠. 차 한잔해."
 극장 옆에 다가온 택시 문을 열면서 인희가 말했다.
 "어디 가는데?"
 "세종호텔. 닭갈비와 막국숫집이 있는데 거기로 갈까 해. 찻집도 있어."
 "호텔?"
 갑자기 기가 죽었다. 음식값, 찻값이 매우 비쌀 것 같다는 생각이 순간적으로 압박해 왔다. 머뭇거리자 "그다지 비싸지는 않아. 호텔이라고." 인희가 먼저 택시 뒷좌석 안쪽으로 앉았다.

 호텔? 귀족들이나 드나드는 페르시아 왕실같은.

 수정과가 놓였다.
 씁싸름한 계피 맛이 마음을 씽끗~ 씻어 주었다.

 "오빠, 영화 재밌게 봤어? 어때?"

"한쪽은 바람인데 그 바람은 머물지 않고 흐른다고 하는 남자 주인공이 인상적이야."

"그럼 라이온은~?"
"미국. 미국이 강국이니까 사자처럼 주변을 호령하여도 바람은 결코 사자를 두려워하지 않는다는 메시지가 있는 것 같아."
"사자가 아무리 강하고 주변을 점령한다 해도??"
"음.. 어떤 비유 같아!"
인희는 정색하며 다시 물었다.

"비유? 무슨 비유?"
"외면적인 부분과 내면적인 부분을 말하는 것 같아. 강국이라도 인젠가는 소멸된다고 바빌론 제국도 페르시아 제국도, 그리스 로마제국도 처음에는 강했으나 점차 부패하고 나태하여 쇠락의 길로 갔다고. 약소국의 족장이지만 정신만큼은 강국에게 지지 않겠다는 기백을 담은 영화 같아."
"오, 영화평이 멋져! 오빠 독서력이 오늘 제대로 발휘되는 것 같아! 호호호~~~"
성규는 멋쩍다는 듯이 빙긋 웃으며 수정과를 입에 가져갔다. 인희도 같이 들며 미소 지었다.

"그럼 영화 속의 여주인공은 나! 그리고 오빠는??"
"글쎄다, 하하~"
웃으며 수정과 한 모금 넘겼다.

"호호호~~~"
"하하하~~~"

제21장

영적6단계

"얼굴 표정이 왜 그래?"
"너무 두껍고 읽기가 어렵게 보여서."
"읽는다고 알게 되는 그런 책은 아니야."
"여유를 가져야 되겠어. 다른 책들도 몇 권 샀는데
성경은 진도가 늦더라도 병행해서 읽어야 할 것 같다."

"응, 성경에 쓰여 있는 이야기가 실제라고 느껴지기 전까지는 시간이
걸려. 뒤따르는 '성령체험'을 하게 될 때, 그제야 알게 되는 거야
 성경은 소설책이 아니야. 내가 어디에서 왔고, 왜 존재하는지 알려 주는
책이야."
"그... 그렇니?..."

"성경 읽을 시간이 어디 있냐? 인간의 문제는 인간이 해결해야지. 신(하나님)이 무엇을 해결해 준다는 말이냐? 기도한다고 기도대로 되진 않아."

"신(하나님)과 사람과의 커다란 거리감?..."

"산림원 방문 선교때 오빠도 들었지?"
"식당에 사람들이 모였을 때, 설교라는 것을 처음 들었어. 재미있게 말씀해 주셔서 기억이 나."
"기억나는 것 좀 얘기해 봐"

"개인 기업 입사에 비유하셨지."
"호호호, 응~ 그거야."

"답을 가르쳐 주고 시험 보지 않는다고. 입사했다 해도 곧바로 승진하는 것도 아니고, 근무 성적도 좋아야 하고, 근무경력도 필요하고. 한 발 한 발 올라가는 것이라고."

"시간이 걸려 그런 과정속에서 깨닫는거야. 신입사원(초신자)이 그 회사(성경말씀)를 다 아는 것이 아니지. 입사한 때(초신자)부터 진짜 시작이지!"

"성경 말씀 깨닫는 여섯 단계는?"
"첫째는 영적으로 젖먹이 유아라고"
"둘째 단계는?"
"초등학생 어린아이 단계."
"다음은??"
"중고등학생~"
"호호호~ 맞았어요!"
"넷째 단계는 청년, 대학생."
"다섯째 단계는 아들."
"여섯째 단계는 아버지."

"첫째 단계: 영적 젖먹이(유아기)."

"둘째 단계 : 유치원 초등학생기."

"셋째 단계 : 청소년기(중고등학생)."

"넷째 단계 : 청년 대학생."

"다섯째 단계 : 아들."

"여섯째 단계 : 아버지."

"100점 입니다^^"

제22장
지구연수원 地球研修院

"인희야?"

"응?"

"태어나면서부터 고통스러운 삶을 살아간 사람들도 많잖아. 불공평하잖아? 그러면."

"음... 뭐라고 해야 할지 모르겠어. 내 생각으로는 야훼께서는 천편일률적으로 인간들을 만드시지 않으셨어."

"천편일률적으로?"

"사람마다 얼굴이 다 다르잖아? 성품, 능력, 역량, 소질, 적성도 다 달라. 자기가 자신을 결정짓는 것이 아니잖아. 자신이 나를 이렇게 만들어야지 하고 태어나진 않잖아."

"그건 그렇지..."

메시아께서는 천태만상으로 다 다르게 사람을 만드셨어. 내가 나의 주인이 아닌거야. 내가 나를 이런 모양으로 만들지는 않지?! 내 마음대로 만든다면 더 낫게 만들겠지. 능력, 역량 좋은 사람이길 원하잖아. 자신여건에 불평인 사람들이 얼마나 많아? 가정환경도 말야."

"……"

"하나님의 뜻을 보이시려 하심이라고 말씀하셨어."

사람이 다 똑같이 생기고 능력, 소질, 하는 일도 똑같고 얼굴 성격마저도 같다면 미쳐 버리겠지. 사람들이 살 수가 없어 그건 축복이 아니야.

이동하는 철새 떼 중에서도 맨 앞에서 이끄는 새가 있잖아.

산에 나무를 봐도 우람하고 커서 목재로 쓰이고 어떤 나무는 가날프고, 잡목에 불과하지."

"능력도 없고 신체도 허약하고 태어나면서부터 그러면 그 사람만 억울하잖아?"

"참 난해하고 오묘해! 난들 어찌 알겠어 자기 머리에 머리카락이 몇 개인지 세어 볼 사람은 없어. 햇갈려 알 수 없을테니까.
태어나면서부터 소경, 절름발이, 불구자. 최악의 환경에서 태어나 살아가는 사람들이 있다 그들은 천국에서의 상급이 크다고 말씀하셨어.
자기가 원해서 그렇게 태어났겠어? 하나님께서 세상을 운행(다스림) 하심에 따라 보이실 야훼의 신비(The Mystery of God)라고 말씀하셨어.

지구 세상에서 살았던 사람들이 천국에서는 다르게 바뀔 수 있다고 말씀하셨어. 비천한 자가 천국에선 귀한 자로 말야. 자기 처지 때문에 사회와 세상에 화풀이하면 좋게 보시지 않는 거야. 자기 처지에서 출발하여 노력하며 성장하는거지. 가정 환경도 그렇다 볼 수밖에 없어.

'하늘은 스스로 돕는 자를 돕는다'는 속담 있잖아. '진인사대천명'이라고 하잖아? 눈물과 고통 속에서 산 사람들에겐 그만큼의 보상을 해 주신다고 말씀하셨어. 반대로 사회에서 악을 행한 자는 누구든지 그에 합당한 벌을 내리신다고 하셨어.

공정, 공평, 공의의 하나님이셔.

2,000년 전에 예수아메시아께서 이스라엘땅에 갈릴리(Galilee) 지방의 나사렛(Nazareth)이란 작은 마을에 인자(人子 The Son of Man from Nazareth)로 오셨어. 신(하나님)이 사람으로 모습을 바꾸신거야.

그 당시에 수많은 병자와 장애인들을 치유하셨어. 현대 의학 과학으로 할 수도 없는 고차원의 행함이시지. 오늘날에도 마찬가지야 병 고침, 성령 신비체험은 실제로 있어. 관심이 없어 모르거나 못 보거나. 지나치기에 초과학, 초의학 그외 신비한 일이 발생해도 모르고 지나쳐 가고 있는거야.

나를 왜 이런 꼴로 만드셨나요? 하나님(신神=토기장이)께 따질 수가 없어, 금그릇, 은그릇도 빚으시고, 흙그릇도 빚으시고 깨뜨려 버리시기도 하시고 토기장이(神)의 권한이잖아?

사람은 하나님께서 만드신 삼라만상 중에서도 신묘막측한 피조물이야."
"......?"
"신묘막측, 그게 무엇인데?"

"한 번 쓰고 버리는 값싼 존재가 아니야! 뒤뚱뒤뚱 걷기 시작한 아이가 부모 앞에서 방긋 웃으며 재롱떨며 어설피 춤춘다고 해도 그 아이가 얼마나 사랑스럽겠어? 특히 '이스라엘은 예수아메시아의 눈동자'이다 이렇게 말씀하셨어."

"이스라엘? 중동에 어떤 나라 얘기니?

"HEBREW=히브류=나그네=순례자=유대인에 대해 얘기 나눌 기회가 있을 거야."
그녀는 말을 이었다.

"오빠는 사람이 왜 죽는다고 생각해?"
"그거야 나이 먹으면 늙으니까 죽는 것이지."
"오빠는 인생이 뭐라고 생각해?"
"태어났으니까 사는 것이지."
"삶에서 무엇이 가장 중요해?"
"그거야 잘 먹고 잘 살고, 공부 잘하고 경력도 잘 쌓고, 높은 자리에 올라가고 명예도 얻고 즐겁게 부요하고 안락하게 사는 것이지. 거기에 건강까지 있으면 금상첨화겠지."

"음, 물론 그렇게 사는 것도 좋고 복 받은 사람이야 그렇게 사는 것이 잘못되거나 나쁘다는 것이 아니야, 누구나 그러길 바라지. 나도 그래. 사람은 누구나 그러길 바래. 한편, 삶의 질이란 것이 있어."
"삶의 질?"

"그 기준이 달라. 인생 목표가 다르고, 그런데 누구에게나 공통분모가 있어?"

"공통분모? 아.. 잘나나 못나나 잘사나 못사나 학식이 많거나 적거나 약한자나 강한 자나 결국엔 인생 80이라고 백 년 넘기기 어렵다. 사람은 다 죽는다는 것이지."

"안 죽으면 좋을 텐데...?"
"글쎄 안 죽는 사람 본 일 없잖아?"
"죽음으로 끝이라고 생각해?"
"글쎄 그걸 아는 사람 있지도 않고"
"아까 오빠에게 사람은 일회용으로 만들어지지 않았다고 했지?"
"응, 그래 그게 무슨 뜻이니?"
"시간이 필요해 이 뜻을 이해하기까지..."
"......"

"오빠 갈릴레오 얘기 알지?"
"아... 그거... 해가 동쪽에서 뜨고 서쪽으로 지는 걸 매일 보니까 해가 움직인다고 본거지 실은 지구가 도는데."
"성경에는 놀라운 말씀이 있어 약 3,800년 전경에 '욥과 대화(욥기)'에서 현대과학도 몰랐던 여러 사물들에 대하여 알려주시고 말씀하셨어."

"욥기?"

'욥'은 약 3,800년 전 사람으로, 고대 중동의 바빌론 인근(이라크)에 살았다고 전해오는데 욥기에 쓰여 있는 이러한 이유와 근거 때문에 성경은 하나님 말씀이라고 믿는 거야. 이와 같은 예는 성경에 많이 있어. 왜냐하면 하나님이 우주 만물을 만드셨으니 당연히 아시지.

집마다 그 집을 지은 이가 있는 것처럼, 세상만사에 저절로 생긴 것은 아무것도 없어. 모든 사물들은 창조주 조물주 하나님(토기장이)의 피조물(토기그릇)들인 거야.

앞날에 큰 일들도 성경에서 미리 알려 주셨어. '요한계시록'이야. 앞날도 하나님의 장중(손바닥)에 있어, 그렇게 인간의 세계를 계획해 놓으셨어. 먼먼 옛적에 이미 스케줄로 잡아 놓으셨다고 보면 돼.

하나님의 계획대로 세상은 돌아가고 있는 거야. 오늘도 어제도…앞날도.

크리스천들이란 그 예언의 말씀(요한계시록)을 따르고 믿고 그대로 살고자 노력하는 사람들이지. 물론 창세기부터 요한계시록까지 성경 전부를 믿고 따르려 노력하는 사람들이야.

크리스천이라 해도 허점과 온전치 못함이 일반 사람들과 다르진 않아. 크리스천이든 비크리스천이든 다 같은 사람일 뿐야. 다만 부족하더라도 믿고 따르려 노력하는 사람들이지. 온전하지는 못해. 다만 하나님 말씀을 듣고자 하는 마음가짐을 가졌어.

예수아메시아께서 온 삼라만상을 다스리시는 계획이 있으신데, 그 계획의 일부분으로 지구를 만드신 것이야. 그리고 사람이라는 피조물들을 한시적으로 지구로 보내셨어."

"야아~ 너무 어렵다." 성규는 얼굴을 찡그렸다.
"인희야… 어이구~!!"

"우리가 지구 땅에 사는 목적이 무엇인지 깨닫는 것 그것이 지구로 사람들을 보내신 하나님의 뜻이셔. 살아가면서 하나님의 말씀과 목적을 배우고 깨달으며 노력하는거야. 그런 사람들을 크리스쳔이라고 부르는 거야."

"어떤 목적 수행!? 그게 무슨 뜻이니? 너무 어려워서! 휴~~~ 아유~~"
성규는 표정이 굳어졌다.

"마치 학생들이 수련회나 신입 직장인들이 연수원에 입교한 것과 비슷하다고 할까."

제23장

애벌레와 나비

"자기 집(3층천, 천국)을 떠나 연수원인 이 세상(지구)에 입교(태어남)하여 정해진 시간 동안(한 사람의 일생) 실제 체험적 교육 훈련을 받는다~~ 이렇게 생각해 봐."

"어휴~ 꿈같은 애기로 들려~ 인희야."
성규는 황당해, 그만 입이 벌어지고 말았다.

"지구 연수원에 입교(출생)하면 수련하는 교재가 있어야 하겠지?"
"그렇겠지."
"그 교재가 무언인지 맞혀 봐?"
"음. 교재라. 글쎄다."
"힌트 줄게. 오빠 가방에 있어."
"내 가방에?"
"아하~ 성경책을 말하는 구나."
"호호호~~~ 정답입니다."

"아 .. 그럼 신(하나님)께서 성경책을 교재로 입교생(태어난 사람들)들에게 주셨다는 뜻이구나!"
"응! 바로 그거야!"
"휴~ 그럼 나도 연수원입교생이니 교재를 공부해야 된다는 얘기네."

"쉬운 책은 아냐. 그렇다고 못 읽을 정도도 아냐. 무엇인지 알아보겠다는 마음가짐이 첫째야."

"성경, 성경, 하는데 남 얘기로 듣기보다는 직접 읽어 봐야지 그래야 '아, 이게 이런거구나!' 알게 될것 같아. 사정상 교회 출석은 어렵고, 교회는 안나가더라도 산림원에서 읽어 보면 되겠지?"
"음, 그렇게 해도 돼!"
"시간 내서 잘 읽어 볼게."
그녀는 빙그레 웃었다.

"당직 근무 없는 휴무일에 열심히 읽어야지. 당직날이어도 특별히 해야 일은 거의 없고 대기 상태로만 있어 시간은 넉넉해!"
"좋아, 약속이다." 새끼손가락을 내밀었다. 인제 와서 무를 수도 없고, 성규는 인희와 새끼손가락을 걸었다.

저녁 식사를 마치고 봉의산자락을 뒤로 하고 중앙로 로터리 쪽으로 걸었다.

겨울 해는 모습을 감추고. 따뜻함이 컴컴해진 거리엔 남았다.

춘천시외버스터미널을 향하여 천천히 걸었다.

《〈파편〉》

스치는 사람이 있었습니다.

이름은 모릅니다.
몇 살인지 어디에 사는지

그 모습 목소리 또렷합니다.

현실을 잊어 왔을 뿐인데
해와 달이 바뀐 이제서야 깨닫습니다.

우연히라도
만날 것입니다.
보내진 않을 겁니다.
허무히 보내진 않겠어요

모퉁이 길에서 한마디
기억하고
있어요

난
그 거릴 걷고 있습니다.

숙소 관물대에 둘러멘 가방을 풀었다.

"안 팀장 책벌레란 별명이 맞구만, 또 책이야? 하하~"
"네. 저야 뭐 이렇죠, 당직 근무하시느라 수고가 많으시네요~"
"당직 땐 나도 독서 좀 해야 될 텐데 말야. 그게 말처럼 쉬워야지."
"그냥 틈틈이 읽는거죠…"
"아이구, 그게 어디 쉬운가~ 안 팀장이야 쉽지만 간단치가 않더라고."

"양손에 떡은 쥘 수 없으니 한쪽은 버려야죠. ㅎㅎ"
"완전 철학자 다 됐구만!"
"아이구, 비행기 태우지 마요ㅎㅎ"
"잘 자 안 팀장!"
"네, 총무님! 수고하세요."

두 번째 만남, 그녀와 거리가 좁혀져 왔다. 이젠 좋으나 싫으나 성경책 읽기에 돌입해야 했다.

날이 밝자 산림전시관, 식물수종실 및 산책로 점검 정비 등등, 늘 하던 일을 마치고 일과 후 자유시간이 돌아왔다. 취사 아주머니는 점심때에 반찬을 갖추어 놓으니, 밥만 하면 됐다.

무엇부터 읽을까? 삼국지부터 읽고 싶었으나, 아무래도 성경책부터 읽는 게 좋겠다고 마음먹었다.
난생처음 성경책을 펼쳤다. 훑어보니 역시나 읽기가 만만찮아 보였다. 재미도 없고 딱딱하고 흥미로 읽히는 책이 아님을 첫 장을 펼쳐 보니 알 수 있었다.

"아. 고생 좀 해야겠군."

덮었다. 아직 마음의 결심이 덜 된 건가 .

밖으로 나가 서성거리며 마음을 추슬렀다. 인희하고 새끼손가락까지 걸었는데..

다른 책은 미루고 일단 성경부터 읽자. 그리고 춘천 석사동 영신교회도 가 보자. 숙소로 들어가 펼쳤다.

"음... 천지가 창조되고 흑암이 깊음 위에 있고.."
"흑암? 흑암이 뭐야?"

빛과 어둠을 나누시고 궁창(穹蒼, 하늘)을 있게 하셨다. 물이 한곳으로 모이게 하시고 뭍이 드러나게 하셨다. 식물들을 종류별로 창조하셨다. 하늘에 별들을 창조하셨다. 바다에 물고기와 하늘에 새들을 창조하셨다. 동물을 그 종류별로 창조하시고 사람을 창조하셨는 데 '남자'와 '여자'로 창조하셨다..."

"흠..."

창세기 1장.

첫 장부터 막혔다. 아이고~~ 이 두꺼운 책을 어찌 읽는단 말인가? 소설이야 재미로도 읽는데. 어떤 학술 논문 법률 규범 서적이 아니다.

'창세기 1:1, 태초에....'
이 말씀은 그렇다 하더라도 두 번째가 문제였다.

'1:2, 흑암이 깊음 위에 있고...'

흑암이 깊음 위에? '흑암'이 대체 무엇이지? '깊음'은 또 무엇인가?
2절에서부터 난관에 봉착하였다.

흑암이란 말에 무언가 좋은 것은 아니라는 것 같았다. 더 어려운 것은 그 다음 '깊음' 위에 있고.
이 뜻이 무엇이란 말인가?

"휴~ 첫 장부터 막히네. 이 책 읽으려면 큰일 났네..."

****

"아레스(Ares) 나의 전우(戰友)!"
바벨(Babel)이 악령 군단의 선봉장(先鋒將) 아레스에게 눈짓했다.

자네의 전투력을 발휘할 때가 왔다.

우리의 왕 담무스께서 아레스 이름을 부여하신 것은 하늘전쟁 때 용맹을 떨쳤기에 하사하신 이름 아닌가?
"황송하옵니다. 사령관님!"

"저 성규란 놈 갈수록 태산이네. 이대로 놔두면 안 되겠어!"
바벨이 아레스와 함께 성규를 노려보았다.

"대장 각하! 담무스 왕께서 참소를 하셨다 합니까?"

"그럼, 하셨지... 그게 우리 뜻대로 수용만 된다면 무슨 걱정이겠나? 우리 악마들의 왕 담무스께서도 기필코 성취시키려 했다네. 하지만 천지만물의 권한은 '예수아메시아(예수 그리스도)'의 손에 있으니 이를 어쩌겠나 난 발만 동동 구를 뿐이야.

인간들에게 너무 일방적인 은혜를 내려 주시면 하늘과 땅의 질서가 어지럽혀진다고, 하나님께 상소문을 아무리 올려도 그것이 차단당하고 있네."

"이게 다 그 나사렛의 목수(木手), 그 인자(人子)때문이다! 으~~~ 분하고 분하다."
바벨은 두 주먹을 불끈 쥐고 하늘을 향해 휘둘렀다.

'인희와 성규'를 공격하려고 노리던 '아레스'도 아쉽다는 듯 머리를 쥐어뜯으며 버둥거렸다.

새까맣게 몰려 게걸대던 졸개 악마들 역시 쑥덕대며 주먹을 치켜 세우며 휘둘러 댔다.
"자, 가자."
바벨과 아레스는 졸개 악마 떼와 함께 가평산림원 상공에서 떠나 갔다.

하루를 마친 산골엔 한겨울 찬바람이 숙소 창문을 덜커덩~ 두드렸다 늘 그러하듯 이 고요를 친구로 삼았다. 성경책을 펴 놓고 잠시 자신의
  질문들을 꺼냈다.

세상은 왜 좋은 것보다 나쁜 것이 많은 걸까?
인희가 말한 대로 이 성경책에 답이 있는 걸까?

난 나비가 됐으면 호랑나비처럼 큰 날개를 펴고 펄럭펄럭, 속박과 가난과 슬픔과 고통과 아픔과 다툼과 경쟁과 속임과 멸시와 비난의 삶을 떠나 찬란한 평화와 영광의 아름다움이 있는 곳, 저 산 너머 그런 나라가 있을까...

난 주저없이 그곳에 가리라.

난 기어다니고 있다.
난 날수가 없다.
난 꿈틀거린다.

"나비야, 넌 어떻게 해서 나비가 됐니? 다시 애벌레로 돌아가게 된다면 끔찍하겠지?"
"나도 나비가 될래~ 나를 구출해 줘!"

갑자기 앞이 환해졌다 반짝반짝 보석들이 빛나는 것 같았다. 커다란 호랑나비가 나타났다.

성규는 깜짝 놀랐다.
나비는 말했다.

"성규야! 나비가 되고 싶은 게로구나!"
"으... 나비가 말하네..?! 이... 이게 도대체 무슨 일이야?!"

나비가 다시 물었다.
"나비가 되고 싶니?"
"그 그래! 난 나비가 되고 싶어! 희망과 평화의 나라가 있다면 그곳으로 날아가고 싶어!"

"그렇구나~~~ 큰 날개로 훨훨 날아가고 싶은 게로구나. 그래! 그런 꿈은 당연하지! 그 꿈을 잃지 마. 그럼 갈 수 있어! 나를 따라와~"

"엉? 따라오라구? 나비야?! 네가, 네가 그 길을 아니?"
"어서 따라오렴."
호랑나비는 어느 틈엔가 창문 밖에서 날개를 펄럭였다.

재빨리 숙소 출입문을 박찼다 뛰쳐나갔다.

"엇? 나비야, 어디 있니…? 안 보이네! 나비야, 나비야! 어디 있니? 어서 길을 가르쳐 줘! 너를 따라가려고 나왔어!"
호랑나비는 저 앞산 위에서 날개를 펄럭였다.

"나비야, 그렇게 빨리 날면 난 갈 수가 없어! 이리 내려와~"
"넌 나를 따라올 수가 없단다."
"뭐라고?? 네가 길을 가르쳐 준다 했잖아!"

"너를 덮고 있는 두꺼운 고치에서 탈피하는 시간이 필요해. 고치를 찢고 나오는 아픔을 지나야 비로소 나비로 승화된단다~"
산 너머로 멀리 날아가 자취를 감추었다.

"아앗~~ 나비야! 가지 마! 가지 마!"
비몽사몽간에 정신이 번쩍 들었다.

눈 앞에는 성경책이 펼쳐 있었다.

제24장
어린아이와 몽당연필

《〈어린아이와 몽당연필〉》

 어린아이와 몽당연필과
헌 공책과 연못과
작은 종잇장
새벽 밤을 가르고

볕은 창가를 두드린다.

물끄러미 내려보는 아스팔트도로
주머니엔 종잇조각, 몽당연필 하나
문득 문패 없는 주소
낯선 곳

빈터

나무 한 그루
불가항력 괴로움 부딪힘 허망 욕망 전쟁
잃어버린

노을
해가 드리운 웅덩일뿐
늦볕을 물들이고 차바퀴 소리는
사라지는 고통처럼.

용감하게 든든하게 걸어오지 못했다고

슬픔 비겁 회피 비굴 낙오 숨김
햇볕은 하루를 만진다 꺼풀의 두께가 깊게 갈라 놓은 하루

한장 걷어지면 두꺼운 겨울옷만 입고
사람들은
살아

먼 철로의 끝에서
얼음의 발자국
꿈도
추억도 엉겨 붙은 그 찻잔을
마신다.

****

난생처음 읽어보려 했다. 첫 장부터 무슨 뜻인지 알 길 없고

"오빠, 나야~ 다음주 일요일 교회에서 만나."
"응, 알았어! 오전 11시 40분까지는 도착할 것 같아. 음... 예배 시간은 못 맞추지만 점심 식사 때 목사님을 만나면 되겠다."
"응, 그래. 점심 같이 먹자. 목사님이 그때 시간 좀 내어 주신다고 하셨어."
"알았어! 나 혼자 읽으려니 잘 안돼!"
"응! 독학은 어렵지만, 도움을 받으면 돼."
"음, 그럼 그렇게 해서라도 끝까지 읽어 볼게."
"응! 그렇게 하면 길이 나와!"
"안심이다. 다음주 일요일 보자~"
"오빠 잘자~"
"인희도 굿나잇~"

인희는 석사동 버스정류장으로 성규를 마중나갔다. 성규는 교회에 처음 발을 디뎠다.

"성경을 읽기 시작하셨다고 인희 자매에게서 들었어요. 무슨 말씀이 쓰여 있는지 이해가 됩니까?"
"보름 전에 성경책을 구입하고 읽기 시작했습니다. 난해하고 딱딱해서 흥미로 읽어서는 안 될 책이라고 생각이 들었습니다. 첫 장부터 알아들을 수가 없었습니다."

"음.. 그렇지요. 성경은 퍼즐 맞추기와 같다고 할 수 있어요. 앞부분에서 몰랐던 말씀이 나중에 알게 되고, 그런 일이 일어날 것이라고
앞에서 말씀하셨고 말씀대로 실제로 일어났습니다. 일어날 일을 앞에

서 먼저 말씀하셨지요."

"하루에 10페이지는 읽어야 할 것 같습니다. 그러면 금년 말에는 읽기가 마쳐질 것 같습니다. 한 번 더 깊이 있게 읽으면 어느 정도 이해가 될 것도 같고요. 모르는 말씀은 메모했다 도움을 구하겠습니다."

"네, 그러세요."
"그런데 목사님?"

"창세기 1장 2절 말예요. 첫 페이지부터 막히네요. '흑암이 깊음 위에 있다' 2절에 이 말씀이 무슨 뜻입니까?"

"난이도 높은 질문이군요. 그 구절은 목사님들이나 성경학자들도 난해하게 하는 구절이지요."

"흑암은 당연히 사탄과 휘하 악령들을 지칭하지요. 흑암의 세력 또는 공중 권세 잡은 자라고 말해요. 천국에서 살았었는데, 쫓겨난 배도 천사들입니다."

"네에~?? 천국에서 살았다고요? 천국에서 쫓겨났다고요?"
"네, 그렇습니다!"
"쫓겨나서 어디로 갔단 말입니까?"
"2층천과 1층천인 이 땅 지구로 내려왔습니다."
"네에~ 지구로 왔다고요? 아, 아니, 그.. 그럼... 우리 사람들은 어떻게 되는 겁니까?"
"그래서 문제가 되고 있는 것입니다!"

김 목사는 심각하게 얼굴이 바뀌었다.

"창세기 1장 2절 : 땅이 혼돈하고 공허하며 흑암이 깊음 위에 있고 하나님의 영은 수면 위에 운행하시니라."

"사람을 만드시기 전에 사탄과 악마 악령 마귀들(배도한 천사들)이 있었습니다. 천국 천사들인데 하나님께 배도하여 반란을 일으켰고 천국에서 쫓겨난 일이 먼 옛적에 사람 창조보다 먼저 있었습니다.

그때 지구 땅은 이미 창조되어 있었으나 형체만 있었을 뿐 지구 땅에는 아직 각종 식물들 하늘에 별들 물고기들 동물들 인간들은 아직 창조되지 않았지요.

땅이 혼돈한 것은 아직 땅의 모양이 온전히 만들어지지 않았고 형체만 있다는 것이고, 깊음은 땅속의 중심 지구 핵(멸망의 장소=지옥)입니다.

흑암이 지구 핵(깊음=지옥) 위에 있다는 것은 흑암의 세력들(사탄, 악령들)이 장차 '깊음=멸망의 장소=지옥'에 들어가게 된다는 뜻입니다.

"네~ 음... 성경읽기는 중단하지 않겠습니다. 모르면 목사님과 인희에게 도움을 구하겠습니다."

"네~ 그러다보면 점차 알게 됩니다.
성경 관련보조 서적 등도 보시고요."
"네 목사님. 이렇게 알게해 주시니 읽어 볼 자신이 생깁니다."
"성규씨의 열성으로 성경이 바르게 이해되도록 기도하겠어요."

"네, 고맙습니다. 인희 자매님."

세례를 받았다. 크리스천이 되었다.

인희와 성규는 교회를 나와 공지천 공원으로 향하였다.

《〈편지〉》

가까운듯
다가가면

다른 여행지가 될거예요

부드럽게 비치지만
구름에 가리면

소망이며
꿈이며
바람이었고

난 희망 우체부로 변했습니다.

멀리
편지를 전하지요^^

한 장에
사연을 그렸습니다.

로키하우스.

"오빠 오빠 만난 지 벌써 한 달 반이 지났어."
"응, 그렇네 벌써."
"난 부모님이 정해 주는 앞날의 동반자를 만나게 되나 했는데, 꼭 그렇지는 않는가 봐..."

"음... 부모님이 정해 주는 동반자..."
"부모님이 춘천에서 최고 신랑감을 만나게 해 주신다고 어릴 적에 말씀하셨어 호호~~"

"응.. 그러실 거야. 부모님 마음이야 그렇지.. 난 인희가 부럽다."
"음... 글쎄, 모르겠어. 이렇게들 말하잖아. '내 맘대로 되지는 않는다'고..."
"응, 그렇긴 하지. 그러나 그것도 고통이 없을 때 하는 얘기지. 실제로 아픔이나 큰 파도가 닥치면 상상과 현실은 달라!"
"응. 난 아픔이 뭔지 모르겠어. 아파 본 일은 아직은 없어."

"그게 복이다. 인희는 축복을 받았어. 남이 아프다고 나도 시험 삼아 한번 아파볼까? 이런 말 하지 마. 아픔은 장난이 아니야."
"응. 아픔은 싫어. 그런 일 내게 일어나지 않기를 바라!"

"인희를 아프게 하는 일이 생기면 내가 그냥 두지 않을 거야"

"오빠! 나를 위해 목숨을 던질 수 있어?"
성규는 아무 말이 없었다.

"……"
"오빠가 말하기 전에는 나도 말 안 할 거야. 흥~"
"엇, 인희야! 화났니?"
"내가 화 안 나게 됐어, 지금~"
"인희가 여기까지 인도해 주었어. 성경책이 뭔지 쳐다본 일도 없었어. 내겐 크나 큰 출발점이 된 것 같아 인희 아니었으면 아무것도 모르고 그저 하루하루 지내고 있을거야."

"아냐, 오빠를 믿을 수 있어."
인희는 성규 팔을 붙잡으며 가만히 기댔다.
성규도 인희의 손을 살며시 잡았다.

제25장

세상헤엄

"오빠, 검정고시를 통해 방통대에 입학해 봐~"
꿈같은 얘기가.

"방통대? 검정고시?"
성경 공부 1년, 검정고시 1년, 방통대 2년 이상. 앞으로 4년 이상을 공부를 한다?? 먹고 사는 것도 해결하며?
아이구~~~ 까마득...

방통대 경영학과를 마치면 MBA(경영학석사) 과정도 해 보란 것이었다.
착잡한 마음으로 이불을 덮고 잠을 청했다.
그게 가능할까... 아아~ 아이구~~!

거울을 보았다. 나와 같지 않았다. 다들 제대로 가고 있는데 난?

그게 가능할까??

고치에서 탈피하는 아픔~~ 찢고 나오라고...

아.. 난 힘이 없어....
내게 힘을 주오
이 팔에 힘을 주오
이 손에 능력을 주시오
두 다리에 능력을 주사 걷게 하시오
이 마음에 혼에 명철과 지식과 지혜를 주소서

"안녕! 성규야~"

"고치를 벗어야 해! 애굽의 땅에서 영영 자유의 몸이 되지 못하는 거야."
"앗, 나비야! 언제 왔니!? ..애굽의 땅? 애굽의 땅이라니?"
덮고 있던 이불을 젖히고 다급히 물었다.

"그건, 음... 알고 싶니? 성규야?"
"알려 줘! 먼저처럼 날아가지 마! 진심이야. 날 버리지 마!"
자리에서 일어서며 울어 버렸다.

"으흐흐흑~~ 나비야. 내 마음 어떤지 알기나 해?"
"절실한 기로에 서 있어!"
"<u>흐흐흑~~ 으흐흐흑~~~</u>"

호랑나비는 세차게 펄럭였다.
"힘내! 애굽을 탈출할 수 없어!"
두 주먹으로 눈물을 훔치며 자세를 가다듬었다.

제25장 | 세상혜엄

"그래, 안 울게.."

"한 발 한 발 내디뎌 봐! 안 보이던 길이 나타나는 거란다. 갈 수 있어! 불평하지 마!"
"음... 그래, 알았어. 울지 않을게."
"인희를 실망시키지 마! 인희가 말한 길을 흐트러지지 않고 가는 거야."
"까마득해 보일지라도, 가까워진단다."

"인희가 한 말?"
"성규가 고치를 벗고 변화하는 날을 보기를 바라. 네 곁에서 응원할 거란다. 난 친구란다. 힘들고 괴로울 때면 나를 불러."
"나비야, 네가 어떻게 인희를 아니?"
"너를 유심히 보고 있단다."
"뭣!? 나를 보고 있다고?"
"단, 조건이 있어! 인희를 실망시키지 마~ 이 약속을 지킨다면 내 본 모습을 보게 될 거야!"

"본모습? 본모습이라니, 나비가 아니란 말이니?"

"난 나비가 아니란다. 너를 인도하기 위하여 나비로 나타나고 있단다."
"나. 나를 인도한다고...?"
"내가 누구인지를 알기보다는 걸어야 할 길을 가는 것이 먼저다. 알겠니?"
"응, 알았어 나비야! 갈게~"
나비는 성규와 함께 밖으로 나왔다.
"성규야 이만 갈게, 또 보자~"
"아아, 나비야 또 만나~"

호랑나비는 커다란 두 날개를 펄럭이며 성규를 한 바퀴 돌아 원을 그렸다. 그리곤 산림원 앞산 너머로 사라졌다.

인희가 한 말을 다시 상기했다.

검정고시를 마치고 방통대 경영학과를 거쳐.
대학원 편입하여 경영학 석사(MBA) 과정을 가라고.

그렇게 할 수 있을까?
그렇게 갈 수 있을까?

산림원에서 일과 마치면 자유시간은
넉넉하다. 직원들 퇴근하면 조용한 산골로, 혼자만의 시간으로 변하니 제격이다.

거슬러 헤엄쳐야만 한다.
성경책부터 읽고
검정고시
방통대, 해보자

제26장

고치 속에서

다른 출구는 없어졌다.

외나무다리에 올라섰다.
아래엔 해골의 골짜기.

떨어지고 건넜을 것이다.

****

석사동.

"인희야"

"너 성규인가 그 사람 계속 만나고 있지?"
"네. 그 사람이 성경에 관심이 많아서 일정 부분 얘기도 나누고 해요. 목사님과도 면담도 했어요. 세례도 받았어요. 크리스천이 되었어요!"

"그건 그렇다 하더라도 그 사람에게 관심 보이는 것 난 마음이 불편하다."
"그게 무슨 말씀이세요?"
"그 사람과 가까워질까 두렵다, 솔직히."
"왜요!"
"어울리지 않는다. 어찌 경솔하니? 아버지 체면도 있다. 일순간 감정으로 되는 것 아니다."
"일순간 감정이라뇨? 그런 감정으로 만나는 것 아니어요, 어머니!"
"아니, 이것이~ 너 미쳤니? 어디 사람이 없어 그런 형편없는 사람을 만나?"

"그 사람은 제 생명의 은인이어요. 성격도 저와 격이 없어요."
"아니, 얘 봐라. 점점... 너 정말 어디가 잘못됐니? 집안도 없고 학력도 뭐 고등학교도 안 나오고! 허 참... 기가 막히고 코가 막힌다, 엉~!
내가 목사님한테 다 물어봤다. 일순간 감정 갖지 마라."

"성규 씨는 다시 공부하기로 했어요. 머잖아 검정고시 통과하면 방통대 입학해서, 졸업하면 대학원 편입하여 MBA 과정까지 공부하기로 저와 약속했어요, 어머니!"

"뭐? 검정고시를 보고 통신대를 거쳐 대학원에서 MBA를? 너 아주 미쳤구나? MBA?? 그게 그리 쉽게 되는 줄 아니? 공부도 때가 있지, 언제 공부한다는 것이냐?"
"산림원에서 일과 마치고 남은 시간은 공부에 전념하기로 약속했어요!"

"뭐 일과를 마치고? 그게 된다고 생각하니? 인생 망치려고 아주 작정을 했구나. 이것이~"

"당장 헤어져. 너를 어떻게 키웠는데 어미를 이렇게 실망 시킬수 있는 거냐?"
"어머니. 시간이 아직 있어요."
"무슨 시간이 있다는 게냐? 그만 헤어져. 쓸데없는 짓이다. 네 나이가 지금 몇살이니? 결혼 얘기가 나올 나이야. 이것아! 네 앞 길 망친다. 좀 깊게 생각해라."

춘천 유지 모임에서도 딸자식 자랑도 했건만, 자기 며느리로 삼겠다고 농담 반 진담 반 얘기도 오가고 있는데 이 무슨 날벼락인가.

인희는 소양중학교 2학년 과학 선생님으로 성규도 방통대 경영학과에 입학했다.

"축하해! 자! 받아!"
"고맙다. 인희야. 정말 고맙다!"
"아이, 오빤 무슨 그렇게 얘기해? 고마운 건 나지. 오빠가 이렇게 약속을 잘 지켜 주었잖아!"

'카페 로즈'로 향하였다.

"오빠, 차 뭐로 할래?"
"응! 모카로 해야지!"

"난 모카란 커피 인희 만나서 처음 마셔 봤어. 그 맛 아직도 잊지 않고 있어."
"응~ 정말이야?"

"그럼, 인희가 처음 사 준 건데~"
"호호, 나도 오빠 처음 만나던 날 오빠가 무뚝뚝하게 대하던 것 잊혀지지 않아~"

"내가 무뚝뚝 했니?"
"그럼, 그랬지!"
"하하~"

"어머니, 성규 씨는 앞으로 대학원 편입도 할 계획이에요. 지켜봐 주세요. 성규 씨는 신실한 크리스천으로 변했어요. 목사님께서도 성규 씨의 변화에 놀라울 정도라고 하셨어요.
　달라졌어요. 잘 헤쳐 나갈 거예요. 돈은 앞으로 얼마든지 벌 수 있어요."

"그래서, 그 놈하고 결혼이라도 하겠단 말이냐? 엉! 이것아, 결혼은 꿈만 갖고 되는 게 아냐! 너 망치는 꼴 나는 못본다! 더 이상 안 돼! 네 혼사 얘기 춘천 유지 모임에서 벌써부터 나왔어. 며느리 삼겠다는 좋은 집안들이다. 어디 그 근본도 없는 집안 꼴 하며, 무식쟁이 가난뱅이가 감히 내 딸을 넘봐~ 엉~? 내 눈에 흙이 들어가도 안 돼!"

"인희야 그 사람은 너하고 어울리지 않는다. 다 제 짝이 있는 법이다. 집안은 무시 못 한다. 그 사람 뭐가 있니? 학벌이 좋으냐, 앞날이 보이냐, 장래가 기대되냐? 도대체 있는 것은 아무것도 없어. 방통대에 들어가 경영학을 공부한다고? 중간에 공부 포기할 수도 있어. 어찌어찌해서 겨우 졸업은 한다 치자. 빈손에 뭐가 있니? 현실에 부딪히면 어렵게 된다 명심해!"

진사장 역시 딸자식 앞길에 먹구름 들지 않을까 노심초사 했다.

험난한 분위기속에서도
인희는 성규와 결혼하겠다고 마음을 굳혔다.

"여기서 주저앉으면 안 되는데."
"인희와 약속을 지켜야 하는데.."

그 바다를 통과하느냐,
그 물가 앞에서 주저앉느냐.

애굽으로 돌아갈 순 없다!
홍해(EXODUS)를 건널 것이다.

제27장
정오의 발자국

걸어가
걸으라고

방아쇠를 당길 것이야, 건너가.
건너가!

[감히 내 딸을 넘봐?]
박여사한테 걸려온 전화기속 소리. 성규 귀에 윙윙 거렸다.

황금의 날들을 악마들이 훔쳐 갔다. 악물었지만 해골의 골짜기로 굴러 떨어질 것만 같았다.
하루 하루가 지친다.

외나무다리에서 밀어버렷
나를
저 골짜기로 밀어버렷~

《〈정오의 발자국〉》

뾰죽뾰죽 펼쳐진 능선

쏘는 불침
돌밭 언덕길

시침은 꺾였고
신은 낡았다

뜨거운 암봉 길을 오른다.

청춘의 끝자락에 여기 왔다.
12시의 종소리는
들리지 않는다.

불볕아래
아
차가운 뜨거움이여
얼음보다
진하다

中天을 올려다 보았습니다.
이글거리는 태양속에
소망들과

닿지 않은 시간들은 녹아 내렸습니다

골짜기엔
뼈들이 쌓였고
해골들이 구릅니다.

뼈들이 이어지고
살이 오르고
핏줄, 신경이 돌고
두 눈을 뜨리라

인정사정 없는 냉혈, 폭염과 혼란의 미소,
바위 쪼개 터져 나오는 샘물
하늘이여!

"야~~ 아~~~~~"
"야~ 아~~~~ 아아아~~~~~"
(메아리~ 메아리만이~~~)

"오빠. 나 오빠하고 결혼해야 할까 봐~"
"겨, 결혼.. 난 지금 아무것도 없어. 이 상태에서... 어떻게..."

"오빤 뭐 밥 굶을까 봐? 길이 나올 거야."
"길? 길이?"
"내가 일정 부분 생활은 되니까.. 하루 3끼 밥 못 먹겠어?"

성규는 입을 꾹 다물었다.

"부모님 반대가 심하신 건 사실이야, 그러나 그것 때문에 오빠하고 같이 가는 것 피하진 않을 거야~ 뭐라고 말 좀 해 봐, 성규 씨!"

인희는 성규의 대답은 재촉했다.

"지금은 너무 이르다. 내가 합격증을 들고 오면 그때 결혼하자 인희야"

"그렇게 되려면 수년 더 시간이 가야 할거야 그런데 성규 씨가 산림원에서 일과 후에만 학업하는 것에는 시간적으로 한계가 있어. 차라리 우리 결혼하고 오빤 아무 일도 하지 마. 학업에만 전념해. 시간을 앞당기는 방법이 더 나을 거 같아 집에선 맞선 얘기가 나왔어. 춘천 유지 모임에서 부모님께서 말씀을 해 놓으셨어 선보라 하실 거야. 맞선 볼 생각이 전혀 없어 내 인생길 반려자는 바로 앞에 있어!"

"오빠, 너무 부담 갖지 마. 지금 이대로 학업에만 전념해. 결혼한다고 당장 아기 갖는 것도 아니고 좀 늦추면 되지. 우리 둘만 생활하는 것으로 해, 오빠도 졸업하고 합격하고, 어렵게 생각하지 마. 그렇게 살면 되는 거지."

"인희야. 부모님께서 끝까지 반대하시면 어찌할 거니?"
"음. 결정했어. 오빠와 결혼할 거야. 다른 남자는 생각하지 않아!"
"부모님께서 허락을 안 하실 거야."
"아이, 오빤~ 결혼은 당사자가 하는 거지...!"
성규는 인희를 와락 끌어안았다. 그리곤 인희의 입술을 뜨겁게 덮어 버렸다.

인희는 이번 여름방학 때 성규가 당직 없는 날 1박 2일 남이섬에서 보내자고 했다. 서로 바빠 같이 있는 시간은 없었다.

성규도 고개를 끄떡이며 말했다.
"인희야! 그래."

앞날은 성규에게 달린 것이다.
목표에 다다라야 한다.
인희와 행복을 위하여. 하나님께 부복하고 아뢰었다.

"하나님이시여! 아뢰옵나이다. 인희와 행복하게 살고 싶습니다. 저를 외면치 마소서. 저를 돌아 보시옵소서~ 제게 은혜를 베푸시옵소서!"

"이 애굽의 고치를 온전히 깨뜨릴 수 있는 힘을 주소서!
나비처럼 날 수 있는 은혜를 주시옵소서! 오. 하나님!"

"전 아무것도 모르고 살았습니다. 이런 저를 인희는 사랑으로 저를 변화시켰습니다. 저는 인희와 꼭 이루어 내고 싶습니다.

저를
돌아보시옵소서.. 외면치 마시옵소서. 오, 나의 하나님!"

간절히 기도하고 기도했다. 신이 계신다면 신의 은혜가 내려져 달라고 간절히 바랄 수 밖에 다른 길은 없었다.

[네가 걸을지라도 그 걸음이 네게 있지 않노라.]

"으읏... 이 이게 무슨 소리얏!!"
그러나 성규는 계속 말했다
"아... 그러면 어찌하여야 합니까?"

****

잎과 가지들이 초록으로 바뀌었다.
가평에서 만났다.
성규는 말했다.
"인희를 안 만났다면 세상 벽을 넘지 못하고 갇혀 있을거야..."

인희는 빙긋이 웃으며
"오빠의 노력이 값진 거야. 쉽게 넘을 수 없는 벽이었는데."
"나 혼자의 힘으론 불가능했어. 옆에 인희가 있었기에 할 수 있었어!"
"정말?"
"그럼~"
인희를 포옹한 채 키스를 하였다.

"아이~ 누가 봐~"
인희는 얼굴을 돌리진 않았다. 성규에게 모든 것을 맡기기로 하였다.
성규와 인희는 남이섬으로 발길을 향했다. 잣나무 숲길을 걸었다.

세상에 묶인 줄로부터 풀어지리라. 둘만의 배에 돛을 올리리라.

강모래가 쌓인 남이섬 물가 벤치에 앉았다.

지나온 3년 여 세월... 손 한번 다정히 잡아보지 못했다. 이젠 사랑 실은 앞날에 꿈이 실현될 것이다.

성규는 인희의 허리를 세게 끌어안았다.
"아유~ 숨 막혀~"
"응, 그럼 안 되지, 하하~"

여름날 저녁은 더욱 여유롭고 포근히.

"난 꿈이 있어. 초원 언덕에 작은 집을 짓는 꿈이야. 그런데 그 꿈은 현실에선 없는가 봐. 이 세상에선 이루어지지 않나 봐. 그런 곳이 있다면 갈 거야..."
"응 나도 그런 곳에서 살 수 있으면. 오빠 우리 그런 곳을 찾아 가자, 응~? 그곳에서 하얗고 파란 꿈을 이루며..."
"하얀 꿈? 그게 뭔데?"

"음 .. 글쎄글쎄, 그냥 하얀 꿈 같아. 그게 무언진 모르지만."
"...음 내가 맞추어 볼까.."
골똘히 생각하다 이렇게 말했다.

"그건 인희 닮은 딸과 함께 셋이서 초원에서 마음껏 뛰놀며 꽃밭도 가꾸고 오래 오래 행복하게 사는 것..."
"아이~~"
인희는 성규 팔을 세게 꼬집었다.
"아얏~"
"호호호~~~ 난 오빠 꼭 닮은 아들과 단둘이 살래. 오빠는 빠져 줘!"

"뭐? 뭐라고? 에잇~ 숨 못 쉬게 해야지!"
세차게 끌어안고 놓아 주지 않았다.

"악~ 음.. 나 죽을 것 같아, 숨 못 쉬겠어!"
"둘이만 산다는 거 취소해."
"취소 못 하면?"
"취소할 때까지 이 상태 유지."
"항복! 취소!"
그제야 꽉 껴안았던 팔을 풀어 주었다.

"아들 하나, 딸 하나. 넷이서 우리 행복하게 사는거야! 그렇게 살 거야. 누구도 방해 못 해! 절대로!"

"반드시 성공할 거야! 그래서 당당하게 설거야! 인희 부모님 앞에서도 멋지게 나설 거야."

"난 자기를 믿어!"

인희는 더욱 성규 품에 파고 들듯이 기대었다.
둘만의 아늑한 벤치... 영원하리.
사랑한다. 인회야~~

저녁상엔 된장찌개 불고기 상추쌈과 매운 청양고추가 일품이다.
시원한 북한강 바람에 마음도 시원하였다.

쨍그랑~

건배~

땅거미가 물드는데 초록은 짙어가고, 둘은 손을 꼭 잡았다. 그리고 예약한 펜션으로 향했다.

제28장

골방

인희는 마음이 바빠졌다.
내년엔 결혼해야 해

   방 두 개짜리 다세대주택이라도 전세로 장만하고, 방 한 개는 공부방, 혼인신고도 마치고
   성규는 산림원을 그만두게 하고 방통대 졸업하면 MBA 과정에 전념시킬 계획이다.

   부모님께 금전적 지원은 꿈에도 없었다.
   ...성규와 결혼하겠다고 말을 꺼내면.
   당장 집에서 나가라고 대로하실 것이다.

   약속의 선을 그렸다. 후회 없다 삶의 강을 성규 손을 꼭 잡고 건너리니.

   방통대 경영학과 공부에 매진했다. 혼자있는 산속 자신만의 시간이 되어 주었다.

통과하리라.
언제부터인지 기도하는 버릇이 생겼다.
아니 기도 안 하고는 공부에 집중할 수가 없다.
신(하나님)이 계신지 모르겠다. 그러나 계신다면 간절히 아뢰고 싶었다
인희와 결혼도 공부도 다 잘되가고 있다. 세상에 나가서도 성공했다 말하리라.

그렇게... 날이 흐르는데
어느덧 산림원 주변도 붉게 물들고 낙엽이 쌓이고, 인희와 성규와의 만남은 더더욱 깊어가고.

새해 1월의 어느 날, 밤늦게 산림원 당직실에 전화벨이 울렸다.
"따르릉~ 따르릉~~"
"네, 가평산림원입니다. 네? 병원이라고요? 네, 알았습니다. 잠시만 기다리세요."
당직 근무 중이던 영림 신 계장은 급하게 뛰어갔다.

"안 팀장! 안 팀장!"
밖에서 다급한 소리에 펜을 놓고 급히 나갔다.
"신 계장님, 무슨 일입니까?"
"응~ 자네 빨리 강원병원 응급실로 가 봐. 병원에서 전화가 왔어. 김목사라는 분이 전화를 하셨어. 빨리 와 달래! 당직실에 가서 전화 받아 봐!"
"네에? 김 목사님께서??" 급히 뛰었다
"네, 안성규입니다."
"성규 형제! 나 김 목사야! 인희자매가 교통사고를, 빨리 후평동 강원병원으로 오게!"

제28장 | 골방

'네에! 뭐라고요? 인희가?'

오늘 오후에 산림원으로 오겠다고 했었다. 병원에 있다니 택시속에서 무사만을 기도하고 기도했다

응급실 문을 열어젖혔다. 인희 부모님과 김 목사가 보였다. 걸음을 옮겼다. 인희 얼굴이.

인공호흡기와 심장박동기가 놓여 있었다.
다가갔다.
"인희야, 인희야~!!"
세차게 흔들었다.

고요히 잠들었을 뿐

'아흐흐흑, 이 무슨 일입니까? 네? 목사님? 인희 아버님! 아~"
성규는 다시 인희의 손을 꽉 부여잡았다. 그리고 인희의 얼굴을 내려다 보았다.

그 순간이었다!
갑자기 "삐~"하면서 몇 시간째 약한 파동을 이어가던 인희의 ECG (Electrocardiogram. 심전도)가 일직선을 그렸다.
순간 김 목사는 그 자리에서 그대로 무릎을 꿇었다.

이 땅에서 모습을 감추다니, 이 무슨 청천벽력인가?
아!

"오, 하나님! 이러실 순 없습니다! 이러실 순 없습니다"
"이럴 순 없다구욧."

"인희를, 나를 송두리째 앗아가시다니요! 하나님, 이러실 순 없습니다! 아 으흐흐흐흑~~~~~"
울고 또 울었다.
아 으 흐흐흐흑~~"

"이럴 순 없어"
"이럴 순 없어!"

미칠 것 같았다. 반쯤 미쳐 버렸다. 세상을 모든 것을 다 원망하고 원망하였다.

얼굴은 일그러졌다. 충격에서 헤어 나오기란 불가능. 가평을 떠나자. 더 이상 이곳에 머물 수가 없어.

"아! 으흐흐흑~ 이건 꿈일 거야, 이건 현실이 아냐! 인희는 살아 있어
살아 있어!
살아 있어!"

서울의 어느 골방.
눈을 떴다.

지난날의 회리~~~!!
여기는 어디인가?

먼저 간 인희 앞에서 당당해져아 한다. 난 성공해야 한다. 돈도 많이 벌어야 해. 세상에서 멸시하던 눈총들을 난 잊을 수 없다. 나를 멸시하던 눈총들을 다 쓰르뜨려 짓밟아 버릴 거야~

"다 죽여 버릴 거야, 다."

"다 죽여 버릴 거야! 다!"

세상을 향한 분노가 휩싸여 왔다.

"인희가 왜 죽었는지 그 이유를 반드시 밝혀낼 거야. 인희의 원수를 찾아내 그 죗값을 처절하게 물을 것이야! 반드시, 반드시!"

"야 이 사람들아 난 일어설 거야. 인희를 꼭 만날 거야! 하늘 끝까지 가서라도 만난다! 인희는 내 곁에 있어! 오늘도 내일도 같이 있는 거야!"

세상은 빠르게 변해 가고 있었다.

개인 컴퓨터가 나오고 대중화가 되고.
원도95란 소프트웨어가 나온 지 벌써 두 해가 되었다, 사람들 손에는 휴대폰이라는 신통방통한 물건이 쥐어졌다.

너도나도 새천년 뉴 밀레니엄(New Millennium)의 새 시대가 도래할 것이라고, 인류가 꿈꾸는 신시대가.

새천년

주식시장에서는 HTS(home trading system)가 나타나 사용되고 있다. 이대로 공사판에만 나갈 순 없다. 방통대 졸업하려면 계속 학업해야 하는데,

또 MBA는? 막막하였다.

깜깜한 벽이 막았다.

"이 모든 게 돈 때문이다. 돈 없어 내가 이 지경이 됐다. 세상에 복수하려면 돈을 벌어야 한다. 돈! 그래!"
학업은 이젠 단념해야 한다. 차라리 돈 버는 길로 가자.
"주식시장에 HTS 시스템이? 그것으로 큰 돈 벌었다는 사람도 있다는데... 개인 컴퓨터에 HTS를 이용해서 홈트레이딩하는 방법을 찾아보자! 수중에 큰 액수는 아니지만."

종목 검색과 증권사 문의, 종목 찾기에 전력을 다했다. 한 종목이 눈에 띄었다. 아프리카 콩고에 금광 개발권을 딸 수도 있다는 뉴스가 연일 화젯거리가 되고 있었다.

"금광 개발??"
소규모 회사로, 각고의 노력과 열정으로 콩고정부로부터 신뢰와 호감을 한 몸에 받고 있다고. 개발권만 획득하면 노다지 방석에 앉는다.

한쪽에선 콩고 정부가 개발권을 승인해
준다고 보고 있고, 다른 쪽에선 개발권 승인을 받는다는 것은 허구이고 한탕 노리는 큰 손들이 퍼뜨린 속임수라고 인터넷 주식 카페 창에선 다투고 있었다.

저점에서 상당히 상승하고 있다.
개발권을 따면 엄청난 주가 상승이 올 것이다. 반대가 되면 한 순간에

휴지 조각. 매수할 것이냐? 말 것이냐? 개발권 가부는 보름 후쯤 결정될 것.

 망설이며 이틀간의 고민 끝에 매수 버튼으로 손을 움직였다. 큰 액수는 아니다 갖고 있는 모두를 베팅했다. 그리고 일당벌이 생활로 버텨 나가기로.

 하루하루가 타들어 갔다.
 콩고로부터 개발권 승인이라는 낭보가 들려오느냐!
 아니냐.

제29장

웃음소리

피를 말리며 보름여가 지난 어느 날 밤, 8시 뉴스.

한국의 한 중소기업이 아프리카 콩고 정부로부터 대형 금광의 개발권을 승인받았다는 첫 뉴스가 터져 나왔다.

"뭐! 뭐라고 정말이야? 정말이냐구??"

"정말 된 거야? 아~ 흐흐흐, 이게 꿈이냐 생시냐!"

다음 날 아침 제일인력소개소에 나가는 것은 제쳐 버렸다. 컴퓨터를 켰다. HTS 창을 열어 놓고 증권 게시판을 보니 온통 도배되고 있었다.

"그래! 나에게도!"

주가는 요동칠 것이다. 9시 30분 주식 거래가 시작되자 빨간색 점선이 점프하듯 상한가로 표시되었다.

"우아~~ 점상이닷!"

순식간에 전일 주가에서 약 25% 정도 상승하였다. 매수 대기만 백만 주를 가볍게 넘겼다. 매도 주식 수량은 '0' 이었다. 지금 팔 이유가 전혀 없기에 주가 상승세가 계속 이어질 것이다.

'최대한 고점에서 매도해야 해.'
그리고 최대한 저점에서 재매수.

N자 상승하락장이 반복되면. 이 파도만 잘 타면 상상 못 할 거액으로 변한다.
고점 매도 저점 매수, 이것만.. 이것만...

점상을 찍으며 활활 불장을 연출했다.
그러다 거래 시간 내내 하락 상승의 패턴으로 세력들이 주가를 위아래로 흔들어 댔다. 겁나고 졸리는 사람들은 매도치고 더 상승한다고
보는 사람들은 이때다 하고 흔들어 댈 때마다 저점 매수를 걸어 놓았다. 점상을 며칠째 찍을 때 파는 사람이 없어 매수하려 해도 매수할 수가 없다.

마음이 요동쳤다 계속 보유하기로. 본격 하락세로 바뀌기엔 너무 이르다.
종가는 전일가와 비슷한 가격으로 마무리. 다음날 역시 횡보.

그러더니 거래 시간이 끝날 즈음인 오후 3시
가 가까이 오자 불기둥이 솟았다. 종가는 다시 상한가.

게시판에는 미처 날뛰는 글들로 도배되었다.
2~3배가 더 뛰고서야 본격 하락세로 접어들지 않을까... 다시 N자 상승과 하락이 몇 차례 더 반복하게 된다면, 이 파도만 잘 타면 그야말로 집 사고 차 사고 향후 평생 먹고 사는 문제는 해결된다.

계속 상승장. 수일의 거래일이 그렇게 갔다. 이젠 욕심을 접어야 하는가? 더 상승할 것도 같았지만 매도 버튼으로 손을 움직였다 전량 던졌다.

엄청난 차익이 발생했다.

역으로 고점매수 그만큼 엄청난 손해.

(합법적인 도박판)

이제 남은 것은 어떻게 전개될까, 어떻게 대처 하는가 보유 전량을 매도한 후 계속 주가 흐름을 지켜 봤다.

상승 하락 반복시 저점 매수 고점 매도, 이것마저도 성공한다면 엄청난 거금이 손에 들어온다. 꿈에서나 꾸어 볼. 한 번 더 사활을 걸 것이냐…

주가는 상승세와 하락세들 번갈았다. 며칠은 최고점에서 횡보하듯 하더니 급작스럽게 주가는 하락세로 돌아섰다. 점하로 떨어지기도 했다. 여기저기서 죽는다고 아우성판으로 돌변했다.

고점 매수자들은 죽을 지경일 것이다. 그들은 낭떠러지 추락을 경험하고 있다. 허나 고점 매도 친 사람들은 룰루랄라…더 떨어져라 쾌재를 부르고 있다. 죽는 사람이 있어 살고, 사는 사람이 있어 죽는다.

콜로세움의 격투장 피의 한 판!

한 번 더 죽겠다는 각오로 저점으로 보이는 순간에 매수 버튼을 누를 것인가. 모험은 여기서 그칠 것인가.

한번 더 저점 매수에 배팅하기로 마음을 굳혔다. 이 무모한 도전은 처음이자 마지막. 이제 더 하락은 하지 않을 것 같다고 생각이 드는 시점에 매수 버튼을 누르기로.

저점으로 보이는 금액대를 잡았다. 수익 난 금액 모두를 배팅했다.

목이 타들어 가기 시작하였다. 죽느냐, 사느냐, 상승으로 마감할지 하락세를 더 갈지... 알 수 없다. 오후 3시 30분, 결국 더 하락한 가격으로 끝났다. 가슴이 뜨끔했다.
"내가 너무 서둘렀나. 으음..."
결국 뜬 눈으로 지샜다.

날이 밝았다. 부스스한 얼굴로 찬물에 세수 하고, 마음을 가다듬었다.

컴퓨터를 켰다. HTS 창을 켰다. 거래 시간이 되자 역시나 주가는 어제의 종가보다 더 하락세로 떨어지고 있었다. 견디기 힘들었다.
호가창 보는 것이 겁나고 아팠다. 성규는 호가창을 꺼 버렸다. 종가만 다시 보자. 오후 3시를 지나서 호가창을 보고, 더 하락했다면 미련 없이 즉시 던지겠다고.

밖으로 나왔다.
방화사거리에서 서성였다. 이곳에서 시간을 보내다가 집에 가서 종가를 보자...

아! 내가 할 수 있는 것은 아무것도 없구나.

천애 고아같은 자신을 보며 세상을 향한 원망과 들어 줄이 없는 이 땅에서 있다. 발걸음을 천천히 옮겼다. 집에 도착 HTS를 켰다. 소용돌이치는 번민을 누르며 호가창을 보는 순간... 오마이 갓!

이것이 사실이란 말입니까?
호가창에는 하락의 밀꼬리를 길게 단 채 장대 불기둥이 솟구쳐 있었다.
상한가!

하루 전에 최저점이라고 판단하고 올인 하였던 주가가 성규가 재 매수한 가격에서 훨씬 더 아래로 떨어졌다가 다시 급등하여 상한가로 멋진
불기둥을 그렸다.

뒤로 벌렁 나가 자빠졌다.
몸을 이리저리 굴렸다.
온몸이 뒤틀려 왔다.
"으하하하~~~ 성공이닷! 성공이야. 대성공이닷! 이제 만져 볼 거다!
돈뭉치를 말이다! 아하하하~~~ 아하하하하하~~~~~~~~~~"
"아하하하하하~~~~~ 아하하하하하~~~~~~~"

주가는 그렇게 몇 차례 더 N자 상승과 하락을 반복했고 그때마다 고점 매도와 저점 매수를 완벽하게 못했지만 어느 정도 성공을 연이어 나갈 수 있었다.

어마어마한 아라비아 숫자가.

"사람들아 봐라. 이 숫자 보이지? 이 숫자가 몇 개냐~ 한번 세어 봐라!

아하하하~~~"

"아하하하하~~~~~~"

처절한 웃음~~~ 으흐흐흐흐
"왜 그동안 돈 때문에 눈물을 흘렸단 말인가? 너희들아~ 아라비아 숫자 보이지? 세어 봐!!"

"아하하하하하~~~~~ 아하하하하하~~~~~~~~ 아~ 하하하하하하하~~"

방화동에 낡고 우중충한 골방에선 웃음이 끝없이 터졌다.

다음 날.
우선 이사할 집부터 알아보기로 했다.

재개발 가능성이 있는 동네로 아파트 단지로 재개발되면 집값이 뛸 것이니까. 서울에서 전철역을 낀 낡은 동네를 찾아 나섰다. 발품을 팔아 보자.

전철 3호선 은평구가 눈에 들어왔다. 서울 서북부에 위치, 동네 대부분이 오래된 빌라들로 이루어졌고. 그중에서도 전철역을 낀 동네를 찾다 보니 녹번역이 눈에 들어왔다.

녹번역삼거리 통일로와 붙어 있는 동네를 걸었다. 안으로 들어갔다. 폭이 좁아 주차가 어려울 정도였다.
낡고 허름한 판잣집도 보였다. 좁은 골목길에 소방차 진입은 불가능했다.

"이런 동네라면 반드시 아파트 단지로 재개발 될 거야."

"녹번역 인근 오래된 빌라 2채를 매입하자."

한 채는 월세를 놓았다. 남은 돈에서 일정
금액은 한국 10대 기업 중 1등이라는 S기업의 주식 매입에 올인. 향후 기업 가치가 엄청 크다고 들었다. 당분간 생활비 걱정 사라졌다.

못 마친 방통대 경영학부를 마저 마치기로 하였다. MBA 공부는 접기로 하였다.

생활비와 시간도 있고 어엿한 내 집도 2채나 있다. 허름한 빌라이지만 먹고 사는 만사 걱정도 없어지니 공부도 잘 되었다.

어서 방통대 공부를 마무리 지어야겠다고 생각했다. 경영학부를 졸업했다. 운전 2종 면허도 땄다. 갤로퍼를 구입했다.
예금통장엔 당분간 쓸만한 돈도 있다.

"이젠 무얼 해야 하나…"
적막이 흐르는 허름한 빌라 작은 거실 커피믹스 한잔~~ 떠돌며 눈물 짓던 내가 아니다, 세상사 돌아가는 것 쯤은 알아들을 정도의 식견 있는 사람으로 변했다.

"아하하하핫~~~"

호쾌하게 웃었다.
지난날 주마등 불빛이 다가온다.

북한산에 올랐다.

겨울 산행이다.
삼송리. 고양시도 보였다. 사모바위를 거쳐 백운대를 올랐다

가평을 떠난 지 넷째 해가 다가오고 있었다. 영신교회 김 목사를 본 지 벌써 3년이 지났다. 풀지 못한 매듭.
"인희."

그 사고가 왜? 일어났단 말인가?
나의 사랑 나의 천사. 그녀가 아니었으면 현재의 나는 없다. 가평 산골짝에서 낙엽을 쓸고 쓰레기 청소를 하고 있을 것이다.

"나의 사랑, 나의 천사~ 어디에 있니!"

춘천을 가봐야겠다.
겨울 산행을 마치고 다음 날.

"네~ 영신교회 김충헌 목사입니다."
"목사님, 저 안성규입니다. 그간 안녕하셨습니까!"
"오...! 안성규 씨, 이게 얼마 만이요! 그간 어떻게 지냈어요?"
"네! 잘 지내고 있습니다! 목사님을 뵙고 드릴 말씀이 있습니다."
"아! 그래요? 날짜를 정합시다"

김 목사는 빨리 만나 보고 싶다며, 하루 정도 시간을 내어 주겠다고 약속했다. 목요일 오전 11시로 약속 날짜를 잡았다.

"네! 목사님 감사합니다! 그럼 3일 후 목요일 오전 11시까지 도착 하겠습니다."
"네~ 안성규 씨 꼭 오세요. 꼭 하고픈 얘기가 있어요. 3일후 봅시다!"
"네!"

가속 페달을 밟았다. 경춘국도에 접어들었다. 3년 전 가평 산골짝을 떠나오던 때가 뇌리에 스친다.

구원의 Shofar를 불어 준 인희.
나 때문에 죽었다. 나를 살리고 그녀는 없다.

난, 난… 아무것도 인희를 위하여 한 것이 없다.
나를 만나러 오던 날 노루재에서 일어난 인희의 엘란트라 승용차 추락사고 지점, 그곳을 다시 가 봐야겠다고 생각했다. 가평 노루재를 먼저 들르기로 마음먹었다.

그리고 춘천공원묘원에 인희의 묘소에 참배하고 김 목사를 만나는 순서로 정했다.

갤로퍼는 어느덧 가평 읍내로 들어서서 작은 다리를 지나 저 앞 노루재에 다다르고 있었다.

제30장

히스꽃을 바치다

노루재.

차에서 내려 사방을 둘러 보았다.

겨울철 도로 동결 및 '안전 운전부주의에 따른 교통사망사고사'

"아냐... 아냐."
"쉽게 사고 날 인희가 아냐...!"

춘천공원묘원에 잠들던 날, 김 목사는 꼭 할 얘기가 있다고 만나서 얘기하자고 했다. 며칠 후 김 목사를 만났고 이상한 말을 들었다.

이 사고가 인희의 운전 미숙이나 실수가 아니라고 확신찬 목소리로 말했다.

강원병원 응급실에서 가평경찰서 교통사고 조사계 현반장이 노루재에서 기이한 일들이 있었다고 응급실에서 소상히 알려 주었다고 말했다.

천중위가 교통사고 조사계로 신고할 때 노루재에 당시 상황도 소상히 전해 주었다. 현반장 자신에게도 일어난 기이한 일들......

성경 말씀을 읽어 보긴 했지만, 확신이 아직 서지 않았다. 자세히 알아볼 마음의 여유도 없었다. 악령들이 있다는 김목사의 말... 당장 믿기 어려웠다.

3년이 흘렀다.

"이 사고의 연결 고리를 찾아내야 해."

"인희야~! 으흐흐흐흑~~~~~"
"아흐흐흐흑~~~ 아, 으.. 흐흐흐흐흑~~~~"

춘천공원묘원으로 향했다.

죽지 않았어, 죽지 않았어. 잠시 헤어진 거야.
인희 묘소로 발걸음을 움직였다.
손엔 '하얀 히스(Heath)' 한 다발이 쥐어져 있었다. 풋풋한 향기를 머금은 히스꽃을 묘소에 놓았다.

"인희야? 인희는 무슨 꽃을 좋아해?"
"응~ 히스꽃(Heath)~"

제30장 | 히스꽃을 바치다

언젠가 물었었다

"히스꽃? 그게 뭔데?"

"… ……"

"난 처음 들어본다.. 히스꽃이라.. 그런 꽃도 있니?"

"난 하얀 히스를 좋아해!"

늦가을부터 겨울을 지나 초봄에 걸쳐 피어."

"뭐? 겨울에도 피는 꽃이 있구나."

"호호.. 오빤, 꽃은 다 봄여름에만 피는 줄 알았지?"

"응. 꽃 종류도 잘 몰라."

성규는 머리를 긁적거렸다.

"참.. 동백꽃이 있지? 동백꽃은 겨울에 핀다지?"

"호호호~ 동백꽃은 늦겨울에 피어~ 오빠 동백꽃 좋아해?"

"그럼! 난 꽃 중에서 동백꽃을 제일 좋아해~"

"왜?"

"응~ 그냥 좋아해. 왠지 내 마음 같아서."

"오빠 맘하고 동백꽃 맘하고 같은 거야, 그럼?"

"어떤 사진에서 봤는데 눈이 있는데 빨간 꽃이 피었더라고. 그걸 보니아 너도 내 맘 같구나 이런 생각이 드는거야."

"음…"

"인희는 왜 히스꽃을 좋아하니?"

"응~ 비밀~ 난 그 언덕에 핀 히스를 한 움큼 내게 주는 사람과 결혼할 거야~.

"엉? 그 언덕? 거기가 어디니~??"

"힌트 줄까?"

"응, 그래."

'난 캐시(Cathy)가 될 거야, 캐서린(Catherine Earnshaw) 말야~"

"응, 점점 더 어려워진다. 캐시는 누구고 캐서린은 누군데.. 캐시, 캐서린 동일 인물 같다."

"어떤 여주인공의 이야기야. 남주인공은 히스클리프(Heathcliff)야."

"어디 영화 제목이니?"

"응~ 영화로도 나왔고, 어떤 책이야. 그 책의 두 주인공이야. 그리고 페니스턴 바위언덕 (Penistone Hill)이 나와."

"어, 그러니? 그런 이야기도 있니? 알았어! 그 책 꼭 읽어 봐야겠다~"

"인희야, 네가 내 곁에 있을 땐 히스꽃 한 송이도 주질 못했구나. 인제, 인제 와서 히스를 바친다. 이 바보가. 네가, 네가 좋아하는 이 꽃을 건넨다. 이 바보를 용서해 주겠니? 인희야. 대답해, 대답하란 말야! 아흐흐흐흑~~~ 으흐흐흐흑~~~"

꿇어앉아 대성통곡하며 울부짖었다.

"인희야~"

"인희야~"

"아으흐흐흐흑~~~~"

"으으흐흐흐흐흑~~~~~"

하얀 눈꽃이 하나 둘...

묘소에 흩뿌려진 하얀 눈발을 무릎을 꿇고 손으로 쓸어내렸다. 그리고 일어섰다. 양 불엔 굵은 눈물이 흘렀다.

"인희야 다시 올게, 또 만나~~~"

시계를 보며 액셀러레이터를 밟았다. 20분 후 쯤 교회에 도착할 것이다. 휴대폰으로 곧 도착한다고 전화하였다.

"목사님! 안녕하세요!"
차에서 내린 성규가 큰소리로 인사하자 김 목사는 환하게 웃었다.

"어서 오시오 안성규 씨! 이게 얼마 만이요? 하하하~ 그간 어찌 지냈소~?"
"목사님도 건강하시고요? 방통대도 마쳤습니다."
"오! 그래요! 잘하셨습니다. 공부도 마치셨다니, 잘되었습니다! 자~ 들어갑시다!"

제31-1장

사람의 시작

"커피 한잔합시다~"
"감사합니다^^"

"목사님 성경책 한 번 더 읽었습니다."
"오~ 그래요? 잘하셨습니다! 한 번도 쉽지 않은데 말씀의 흐름 정도는 아실 순 있지요?"
"네. 어렴풋합니다. 어려운 구절들이 중간중간 있구요. 전혀 알 수가 없는 구절도 있고요."

"네~ 그 방대한 분량을 혼자 공부할 수 없지요."
"네."
"1,600여 년에 걸쳐서 말씀 주실 때마다 쓰였지요, 긴 공백기도 있었고요"
"네."
"성경이 하나님말씀이란 근거는 장구한 세월속에서 서로 어긋나지 않는다는 것입니다. 이런 책은 있을 수가 없지요 또한 이세상 현실에서도 과학 의학 기타 어떤 것으로도 설명할 수 없는 신비한 일들이 벌어지기 때문입니다 더구나 쓰여진대로 현실세상에서 그대로 일어났습니다.

*구약시대 : 창세기~예수님 초림(BC 4년),
*신약시대 : 예수님초림~십자가 대속(AD 30년) ~요한계시록의 백보좌 심판및 새 하늘과 새 땅."

"새천년이 무엇입니까?"

"7년대환란을 예수님께서 종식시키시고 다시 오시는 때(지상재림)부터 1,000년의 기간입니다

그 1,000년은 인간이 인간을 통치하는 시대가 아닙니다. 신권통치[神權統治]입니다 사람이 사람을 다스리는 것은 그때부터 영원히 없습니다 천년끝에 백보좌 심판이 있고 새 하늘과 새 땅이 열립니다. 구원받은 신실한 크리스천들이 영원 영생 화평과 기쁨 영광 축복 속에서 늙음, 병, 죽음이 없는 '개개의 완전체[永遠人間]'으로 승화, 성화되어 영원영생합니다."

"아... 믿어지지 않네요!"
"성령체험을 하시면 믿어지게 됩니다."
"아... 네~"
"이스라엘에서 구약 말씀을 일점일획도 어긋나지 않게 손으로 쓰는 사람을 서기관이라고 불렀습니다.

왕
대제사장
제사장들

서기관들

장로들

'산헤드린공회' 그 아래 일반 백성들.

인간이 이 지구 땅에 존재하게 된 이유,
실제 있었던 사건들을 기록 및 인류 앞날을 경고.

성경 공부는 혼자로는 불가능하며. 조력자가 있어야 합니다. 참된 조력자를 만나야 합니다

삯꾼 가짜 이단 목사, 선교사던지 전도사던지 평신도이던지 이런 사람들 안 만나는 것이 사는 길입니다"

"그럼 가짜를 어떻게 구분해 냅니까?"
"올바르게 알고자 하면 성령님께서 바른 조언자나 참 된 목사로 연결되도록 인도해 주십니다. 영적체험, 환상 또는 천사가 나타나기도 합니다."

"아... 저도 그런 인도하심을 받고 싶습니다."
"성규 씨가 바르게 걷고자 하면 인도해 주십니다."

"위조지폐 분별법이라고 들어 보셨죠?"
"위조지폐요?"
"진짜 화폐를 아는 것입니다. 진짜 화폐를 알면 위조지폐범들(가짜 삯꾼, 이단 목사 신학자들)이 여러 방법을 동원해서 이리저리 바꾸어 가면서 성경 말씀을 속이려 해도 분별해 낼 수가 있습니다.

참크리스쳔으로 살 길 희망하면 성령님께서 인도해 주십니다."

"아~ 네~ 으음..."

"하나님께서 하시는 우주 만물의 일에 종(從, 下人). 동역자들을 크게 둘로 대별합니다

1. 귀 뚫린 종
2. 7년짜리 종.

가령 평생 주인집(하나님)에서 일하는 종(목사 선교사 전도사 등등)으로 살아가겠다고 본인이 원하면 그 주인집 문기둥에 귀를 대고 송곳이나 못을 박아 귀를 뚫습니다(구약시대, 현시대에서는 비유적표현). '너는 이 집에서 평생 일해라 이런 의미'입니다.

7년짜리 종은 귀는 뚫지 않고 6년간 주인집에서 일하고 7년째가 되면 더 이상 종으로 있지 않고 풀려나 세상으로 나가서 바깥 세상일 하며 살겠습니다 이런 의미이지요."
"네~"

"귀 뚫린 종으로 일하다 어떤 이유로 그만두고 세상일을 할 수도 있고. 세상일만 하며 살아오다가 귀 뚫린 종이 되겠습니다. 이런 경우도 있고요.

예수님의 십자가 보혈(십자가에서 죽으심= 대속代贖)로 인간들은 구약의 '모세 율법'의 속박에서 벗어나게 됐습니다. '신약시대 교회'가 생기기 시작했습니다. 사람을 구원하시려 하나님께서 사람(나사렛의 인자人子=The Son of

Man from Nazareth)으로 오셨습니다.

"구약 율법(모세율법)을 다 지킬 인간은 한 명도 있을 수 없으니까요. 인간이 인간의 노력으로 인간을 구원 할 수가 없다는 뜻입니다"
"아... 네."

"그렇다면 구약 율법을 폐기 하셨느냐? 아닙니다. 폐하지 않으셨습니다! 인간들이 다 지키지 못하기에 못 지키는 부분을 예수님께서 대신 십자가에서 죽으심으로 인간들의 죄를 대신 갚아 주셨습니다[대속代贖]

자기 살기도 바쁜데 누가 누굴 구원하겠어요? 다만 협조는 가능합니다"
"아~ 네, 무슨 뜻인지 이해가 옵니다."

"교회란 뒷동산에 모여서 성경 공부하든지 누구네 집에 몇 사람이 모여서 가정교회를 하든지. 하나님 말씀 들으면 그 모임이 교회입니다. 교회 건물을 뜻하는 것이 아니지요 물론 대도시의 큰 교회 큰 건물도 필요합니다. 당연히 있어야 합니다. 큰 교회든 작은 교회든 하나님의 말씀대로 가느냐? 아니냐? 이것이 척도입니다.
"아 그렇습니까?!"

[성경 : 인간 교육 계획표]

"인간 교육 계획표라고요?"
"네, 그렇습니다."
"자세히 설명 좀 해주세요"
"하나님께서 인간을 어떤 방식으로 교육 훈련하실까에 대하여 미리 짜

놓으신 '스케줄'입니다."

'네에, 스케줄이라고요?? 무슨 뜻인지? 이해가 안옵니다"

"마음만 급하다고 알아지지 않습니다. 서서히 깨달아야 합니다. 구약:39권, 신약:27권
66권으로 하나님말씀은 변함없이 이어져 갑니다."

구약 '창세기~말라기'. 대략 3,500여 년 전~2,400여년 전. 약 1,100년에 걸쳐서 선지자나 특정 인물들에 의하여 쓰여졌다.

"출애굽(EXODUS)이라고 들어보셨죠?"
"네, 모세 5경[7]의 두 번째입니다."
"이스라엘 족속이 애굽(이집트) 에서 400년 동안 노예 생활을 하며 살았는데, 모세를 지도자로 해서 이집트 노예 생활에서 탈출하게 되었습니다. 탈출 후 사우디아라비아의 북부 광야에서 40년간 광야 생활하게 되는데, 그 40년 광야 생활 때에 모세가 하나님 말씀을 받았습니다.

구약 끝나고 약 400년 공백기가 있었고 공백기 후에 다시 쓰이기 시작한 것이 신약입니다."

*신약 : 마태복음~요한계시록. 약 2,000년 전부터 1,900여년 전까지 대략 100여 년에 걸처 쓰여졌다.

---

7) 창세기,출애굽기, 레위기, 민수기,신명기

*BC 4년(예수님 탄생)~AD 95년경 예수님의 열두 제자 중 한 사람이었던 사도 요한이 하나님께로부터 받아 쓴 요한계시록.

신약은 로마 제국의 초창기에 쓰여지기 시작했다. 당시 이스라엘의 왕은 '헤롯왕'.
로마에서 파견된 총독은 '본디오 빌라도'.

주로 이스라엘과 서아시아 지방, 로마에서 쓰였고 AD 95년경에 사도 요한이 밧모섬에 유배됐을 때 쓴 '요한계시록'을 끝으로 신구약 마침.

성경에 마지막 장이자 신약의 마지막 말씀인 요한계시록에는 인류의 앞날에 일어날 일들이 계시되었다

무려 1,900여 년 전에 오늘날과 앞날에 일어날 일들을, 그 까마득한 옛날에 미리 알려 주셨다.

"네~에??"

"이스라엘이 헬라 제국(그리스 알렉산더 제국)에서 갈라져 나온 안티오코스 왕국의 지배를 받았는데 독립전쟁을 하여 이기고 하스모니안 왕조(BC 142-BC 63, 약 79간 지속)를 세웠습니다.

이스라엘 국가를 되찾아 독립했으나 다시 로마의 지배를 받게 됐습니다."

(코가 조금만 낮았더라면 역사가 바뀌었을 것) 이집트의 여왕 클레오파트라 7세

제31-1장 | 사람의 시작 211

가 그녀의 정부(애인)였던 안토니우스(로마 제국 초기 직전의 로마의 막강한 실력자)와 연합하여 본국 로마에 대항하다가 사령관으로 임명된 옥타비아누스와 전쟁 - '악티움 해전 - BC 31년 9월 2일, 그리스 이오니아해의 악티움곶'에서 옥타비아누스가 승리하게 되는데, 이로써 옥타비아누스(줄리어스 카이사르의 양아들)는 로마 제국의 초대 황제 '아우구스투스 황제'가 되었다.

로마 제국의 초대 황제 아우구스투스황제 때에 이스라엘에선 신약의 말씀과 사건들이 시작 되었다.

'앗! 그런가?'
중학교 때 로마의 삼두정치 : 카이사르, 폼페이우스, 크라수스에 대해 배웠던 역사시간이 번쩍~ 뇌리를 스쳤다.

구, 신약 합치면 약 1,600년 동안 쓰였다. 중간에 공백기 400여년을 빼면 약 1,200년에 걸쳐서 그때 그때 주신 말씀들을 모아 놓았다. 주 무대가 '이스라엘'과 '중동', '이스라엘 인근 서아시아 지방' 그리고 '그리스, 로마'였다.

이스라엘 : '표본 및 푯대-타산지석(他山之石)'. 이스라엘족속을 보고 옳고 틀린 점, 좋고 나쁜 점을 배워라. 하나님께서 특별히 정하신 본보기감.

"성서가 이스라엘만을 위하여 내려 주신 말씀이 아니란 뜻 입니다."
"아~ 네... 이해 됩니다."

"이스라엘은 잣대이다. 남의 나라 역사 이야기가 내 나라 대한민국하고 나하고 무슨 상관이야? 그걸 왜 알아야 하는데? 이런 의문이 들지요."

성규는 고개를 끄덕였다.

"너네들 이스라엘 잘 봤지? 너희들도 잘못하면 이스라엘 꼴 난다. 이방 나라 사람들에게 경고하셨습니다.
　세상사 사람역사가 하나님 말씀대로, 성경에 써진 대로 되었고, 현재도 그대로 되어져 가고 있습니다."
"아, 그런가요... 음..."

성규는 문득 이런 의문이 들었다.

"목사님, 그럼 도대체 사람은 언제 처음 만들어졌습니까? 하나님께서 사람을
언제 처음 창조하셨습니까?"

"성규 형제는 언제라고 보십니까?"
"글쎄요... 몇백만 년 전이다. 신석기. 구석기 시대를 말하고.. 통 모르겠습니다."

"성경 창세기에 단서가 있습니다."

"창세기요? 하지만 통 모르겠던데요"
"아담과 하와의 자손들을 역산해 보면 아담과 하와가 선악과(선악을 알게 하는 나무의 열매)를 먹고 영원 영생을 잃어버린 때를 알 수 있습니다. 아담이 930세를 살고 죽었고 후손들이 태어나고 그 후손들의 연수를 역산하면 알 수 있습니다.

제31-1장 | 사람의 시작

{아담이 선악과8)를 먹어 죽음이 시작, 930년을 살고 죽었다. 아담과 하와가 선악과를 먹기 이전에 몇 년을 살아오고 있다가 선악과를 먹었는지는 알 수 없다}

성규 형제, 아담이 선악과의 법(하나님의 명령)을 계속 지켰다면 아담과 하와는 오늘도 살고 있을 겁니다. 6,000살도 더 넘게 살고 있을 거란 말입니다. 믿어지십니까?"

"아이고, 하하. 아유~ 목사님, 전 전혀 믿어지지 않습니다.."
"하하~~ 성규 씨, 6,000살이 많게 보입니까? 사람은 죽지 않게 하나님께서 창조하셨습니다. 6,000살은 어린애입니다. 영생하라고 하나님께서 창조하셨지만 인간이 잘못을 범하여 겨우 7~80세로 생이 단축되게 바꾸어 버리셨습니다.

허나, 회복하는 날 우리는 영원 영생합니다. 하나님께서 내려 주시는 은혜요, 인간들이 잘해서가 아니죠."

"아유.. 도저히 전 믿어지지 않습니다. 정말 그렇게 될까요?? 저는 통 모르겠습니다."
"네, 성규 형제의 마음 이해합니다. 이런 말 했다가는 미친 놈 소리 듣습니다 믿어지지가 않는 것입니다."

---

8) 창세기 3장 3절: 동산 중앙에 있는 나무의 실과는 하나님의 말씀에 너희는 먹지도 말고 만지지도 말라 너희가 죽을까 하노라 하셨느니라.

"네. 저도 어서 성령 체험을 하고 싶습니다."
"하나님의 은혜가 성규 형제에게도 임재하시길 기도하겠습니다."

"그런데요... 선악과 먹은 죄가 그렇게 큽니까?"
"선악과는 하나님께서 정하신 법입니다. 선악과가 귀중해서가 아니고 독이 들어 있어서도 아니고 사람이 창조주 만물의 조물주 하나님의 명령(법)을 지키느냐를 보시는 시금석이었습니다. 선악과를 통하여 시험하셨습니다. 그런데 끝내 아담과 하와는 못 지켰습니다."

"아... 그런 의미가 담겨 있는거였군요."

'선악과를 먹은 때부터 죽음이 시작됐고 아담과 하와가 선악과를 먹은 그때부터 현재까지를 대략 6,000여 년을 잡습니다."

"네?? 아니 몇백만 년은 됐을 거라고 그렇게 말하지 않습니까? 구석기, 신석기 시대, 유인원 類人猿,
 오스트랄로피테쿠스,
 크로마뇽인,
 네안데르탈인,
 Homo sapiens를 배웠잖습니까?"

"하하하~~~ 허구도 그런 허구가 없습니다 그것은 아버지 어머니 할아버지 할머니가 원숭이라고 말하는 것과 뭐가 다르겠습니까? 하하하~~~"
"아~ 네! ㅋㅋㅋ~~"

"고양이가 호랑이 닮았다고 세월이 가면 호랑이로 변합니까? 미꾸라지가 진화하더니 고래로 변할까요? 원숭이는 처음부터 원숭이로 창조하셨습니다"

"아... 네..."

"사람은 처음부터 사람으로 창조하셨습니다(아담, 그의 아내 하와).

사람이 하나님의 명령을 어긴 때부터 현재까지 약 6천 년이 흘렸다는 뜻이고, 아담이 최초 창조된 때는 알 수 없지요.

아담과 하와가 창조되고 얼마의 세월을 살다가 선악과를 먹었는지 모르기 때문이죠. 흔히 말하길 지구가 만들어진 것은 수백만 년 또는 그 이상도 더 되었다고 말들 하지요. 수십억 년이 되었는지도 모르죠. 창세기 1장에서 창조 순서를 일부분 알려 주셨습니다. 성규 형제도 창세기 읽으셨지요?"

"네."

"그 순서를 보면 아담(사람이라는 뜻)이 맨 나중에 창조되었습니다. 왜 맨 나중에 창조하셨을까요?"

"글쎄요. 아! 지구에 있는 만물을 다스리라고 창세기에 쓰여 있습니다."

"네. 정확히 보셨습니다. 지구를 잘 관리하고 다스려라, 이렇게 아담에게 명령하셨습니다.

아담 창조보다 이 지구땅이 먼저 창조됐지요

억겁의 시간 전 일겁니다

6일 창조는 '24시간×6일'을 말하지 않습니다

하나님의 하루는 인간들에게는 1,000년처럼 긴 시간이라고 말씀하셨

습니다

　사람이 어찌 신(ELOHIM=三位 하나님=The Trinity 하나님)을 말 할수 있단 말 입니까!

　또한

　창세기 1장 3절에 빛이 있으라, 태양 빛을 말하는 것이 아닙니다. 장차 오실 인간들의 구세주이신 예수님을 뜻합니다(흑암을 물리치신 분).

　2절에 흑암이 깊음 위에 있고 신(성령)은 수면 위에 있으셨다는 뜻은 악령과 성령이 그 먼 먼 옛적에 이미 공존하고 있었다는 뜻입니다(1, 2층천에 공존).

　태양은 넷째 날에 하늘에 별들을 만드실 때 태양도 달도 별들도 만드셨습니다."

　"아아.. 그런가요? 아.. 목사님. 또 하나 궁금한 것이, 그럼 천사들은요?"

　"아~~ 그들 역시 피조물들입니다. 창세기를 깊이 있게 읽어 보셨다면 단서를 찾을 수 있습니다. 창세기 1장 1절에 태초에 하나님께서 천지를 창조하셨느니라 하셨습니다.
　무량 억겁의 먼 먼 옛적에 창조하셨다고 봅니다. 아담 창조 그보다 훨씬 이전에 천사들이 먼저 창조되었지요. 아주 먼 먼 옛적이었을 겁니다. 지구 땅이 온전한 모습을 갖추기 이전이었습니다.

창세기1장 2절에 흑암이 깊음 위에 있다고 하셨고 3절에 빛이 있으라 말씀하셨습니다.

지구 땅이 온전히 모습을 갖추기 전에 하늘 천국에서 하나님께 배도하여 쫓겨난 천사들(사탄과 졸개악령들)이 지구주변 공중에서 배회하였고, 사탄 악령들을 물리쳤던 하늘에 천군 천사들도 천국에서 오가며 이 땅 지구에 머물렀을 것입니다.

성령님께서도 물론 천국에서 오셔서 머무셨고 왕래하셨다고 저는 봅니다."

"그럼 이 지구 땅은 6천 년 전에 만드신 것이 아니고 먼 억겁의 때에 만들어졌고, 창조 6일은 인간의 하루, 24시간의 6일이 아니라는 말씀이지요?"

"네. 그렇습니다. 지구와 천사가 창조된 때 그리고 최초의 사람 아담이 창조된 때는 알 수가 없지요.

(선악과를 먹은 때부터 930년을 살고 죽었다)

인간의 생각과 시각, 기준으로 보면 안 되지요."
"으음.. 이해가 됩니다."

"성경은 하나님께서 인간에게 내려 주신 말씀입니다. 지구에 있는 만물과 하늘에 해와 달과 무수한 별들을 보면서... 아 신(神=하나님)이 계시는구나! 믿게 되는 것입니다.

어느 우주비행사가 우주에 날아올라 지구를 보았답니다. 그렇게 아름다울 수가 없다는 것입니다. 우주에서 지구를 봤을 때 저절로 아! 하고 감탄하면서 저것(지구)은 신(하나님)의 작품이다! 이렇게 저절로 알아지더라는 거예요. 그런데 이상한 것은 그속에 사람들이 서로 싸우고 전쟁하고 있다는 거예요?!......"

"저도 사람들이 왜 그렇게 싸우며 전쟁을 하는지 도통 모르겠습니다."
'그 이유가 있습니다. 좀 더 얘기 나누다 나중에 말씀 드리겠습니다.'
"네, 정말 알고 싶습니다. 목사님!"

"성경에 기록된 대로 세상사가 되어 갔고 오늘날도 성경에 써진 대로 세상이 움직이고 있습니다. 창조주 조물주이시니 지구 세상사가 하나님 말씀 그대로 되는 것입니다. 그 누가 이렇게 할 수 있습니까?

특히 요한계시록에는 앞날에 일어날 일들이 기록되어 있습니다. 장차 겪을 일들...

금년(2000년도)이 새천년이 시작하는 첫 해 입니다. 요한계시록의 새천년(New Millennium). 그리고 대환란과 연관성에 주목해야 합니다."

"네? 대환란? 연관성? 자세히 듣고 싶습니다!"

"... 요한계시록을 읽어 나가면서 찬찬히 공부하셔야 할 과제입니다. 한 번 읽는다고 파악되지 않습니다 저도 다 알지 못합니다."

"아.. 네...?"

"성경은 갈릴레오의 지동설보다 훨씬 전에 지구가 둥글고 허공에 떠 있다고 기록하고 있습니다. 자동차 비행기처럼 말, 마차 타던 시대와는 근본적으로 다른 교통수단이 생겨날 것이라고 약 2,600년 전에 구약 성경 '다니엘서'를 통하여 알려 주셨습니다.

전쟁 무기로는 활, 창, 칼 대신에 탱크, 미사일, 핵무기 등등이 나타나게 될 것도 요한계시록에서 1,900여 년 전에 미리 알려 주셨습니다.

손으로 쓴 편지보다는 컴퓨터 및 휴대폰, 사람 형상(인공인간=AI 휴머노이드 로봇)들이 나타날 것을 까마득한 옛날 1,900여 년 전에 계시하셨 습니다

이런 것들이 나타날 즈음이 되면 인간 역사가 거의 끝나는 시점이고 신(하나님)께서 지구 세상을 다스리시는 새 1,000년의 시대가 가까이 이르렀다고 말씀하셨습니다

이런 물건이나 생활 도구들이 나타날 것이라고 수백 년 전에 얘기 꺼냈다간 어떻겠습니까? 갈릴레오보다 더 미친놈 되는 겁니다. 끌려가 곤장을 많이 맞았겠지요. 죽였거나요. 세상을 혹세무민한다고요. 오늘날 보면 어떤가요? 그대로 되고 있잖아요!

하나님께서 실제로 계신 증거가 아니고 무엇이겠습니까? 무신론자나 성경에 무관심인 비크리스천, 크리스천초신자나 이단에 속아서 제대로 알지 못하는 크리스천, 그날그날 살기에 바쁜 무신론자적인 현대인들은 현 세상이 성경대로 되어 가고 있다는 것을 까마득히 모른 채 하루하루 살고 있는 거예요.

돈 벌랴 좋은 집 마련하랴, 좋은 직장 구하랴, 늘 바쁜 것이지요. 성경말씀을 손에 쥐여 주어도 내 팽개칩니다. 별 미친놈 다 본다고 눈살을 찌푸리죠.

계시(예언)는 창조주 하나님⁹⁾만이 할 수가 있습니다. 왜 그렇죠, 성규 형제?"
"모르겠습니다."
"앞날을 그 누가 알겠어요? 앞날을 이러이러하게 만들어 가겠다고 계획하고 그대로 만들어 낼 수 있는 창조주 만물의 조물주이시니 예언(계시)하실 수 있지요.

무(無)에서 유(有)를 만드시니 예언할 수가 있잖아요? 예언하신대로 그대로 하시면 되니까요.

예언은 창조주 하나님, 조물주 하나님의 주권입니다."

"아하! 그렇네요 아아…"
성규는 머리를 끄덕였다.
김목사는 말을 계속 이었다.

"천국도 본래는 천국이라 따로 칭할 이유가 없었지요. 2층천과 1층천을 만드시기 전에는 천국만 있었습니다. 창세기 1장 1절 태초에 천지를 창조하시느니라, 천지(天地)에서 천(天)은 3층천 천국을 말하는 것이 아닙니다.

---

9) 창조주=야훼=여호와=엘로힘(ELOHIM=三位 하나님=The Trinity 하나님) = 예수아메시아 =지저스 크리스트=예수 그리스도 =예수님=사람들의 주인님 =주님

천天 - 2층천(우주).

지地 - 1층천(지구및 대기권정도의 범위).

'천국=제3층천'은 하나님께서 계신 곳으로, 태초보다 먼저 이미 영원 전부터 있었습니다. 천국(제3층천)은 이미 있었고,

2층천(우주 하늘)과 1층천(지구와 대기권)을 어느 시점에 새로 만드셨다는 뜻입니다(천지창조). 아마도 천사들을 만드실 그 즈음보다 먼저 천지天地 (2층천-우주,1층천-지구)를 창조하셨다고 저는 봅니다.

천사도 사람도 창조하시기 훨씬 이전입니다.

자, 이제 '사탄 악령들'에 대해 말해 봅시다. 그 창조물(피조물)들은 천국(제3층천)에서 살던 천사들 입니다.

악령들이란, 본래 천사들로 천국(3층천)에서 살고 있었는데 하나님께 배도하였고[10],

그 벌로 천국에서 쫓겨났습니다.

쫓겨난 후 1층천(지구 세상)과 2층천(우주)으로 내려오게 되었습니다. 천국

---

10) 이사야 14장
    13 네가 네 마음에 이르기를 내가 하늘에 올라 하나님의 뭇 별 위에 나의 보좌를 높이리라 내가 북극 집회의 산 위에 좌정하리라
    14 가장 높은 구름에 올라 지극히 높은 자와 비기리라 하도다
    15 그러나 이제 네가 음부 곧 구덩이의 맨 밑에 빠치우리로다

에서 쫓겨난 천사들(사탄과 악령들)은 2층천과 1층천에 대비 3층천을 천국이라고 말했습니다. 악령들은 쫓겨나 악령들이 되기 전에 그들이 살던 그곳을 그리워하며 천국이라고 말하게 된 것이지요."

"아, 네~ 그런가요...!"

"요한계시록에는 장차 일어날 일들이 기록되었습니다. 앞날에 일어날 일들... 성규 씨는 깊이 있게 읽어 보셔야 할 것입니다."

"네! 요한계시록을 잘 읽어 보겠습니다!"

"그리고 먼먼 옛적 하늘(천상=제3층천=천국) 에서 무슨 일이 일어났었는지. 이것이 아주 중요합니다. 이것이 사람들과 연관되어 있습니다."

"목사님! 가 보지도 못한 천국에서 일어난 일을 사람이 알 수 있나요?"

"성경에 기록되어 있습니다."
"앗 , 그런가요?! 아, 네. 으음..."

"그리고요. 성경 말씀을 놓고 이 사람은 이렇다 저 사람은 저렇다, 견해가 서로 다르다고 하더라고요. 주장이 다르면 어떻게 되는 겁니까? 어느 쪽이 바른 해석인지 알 수가 없잖아요?"

"성규 형제가 궁금해하는 마음 이해합니다. 성경의 올바른 해석은 오직 하나입니다. 사람들이 싸우는 것은 자기가 내놓은 자기 견해가 옳다고 주장하는 것이지요.

오만과 교만 아집, 뾰죽뾰죽 튀어나온 인간의 죄 된 심성을 갈고 닦게 해 주어 온화하고 화평의 사람으로 변화 시킵니다. 이런 책은 성경이 유일무이(唯一無二)합니다."

"아! 그렇습니까?"

"지금은 부족하더라도 찾아가는 것입니다. 세상 다 아는 사람 누가 있습니까? 어떤 목사도 어떤 성경학자도 어떤 법률가도 어떤 정치인도 어떤 과학자 생물학자 의학자도 노벨상 100개 받은 천재가 있다해도 다 압니까?? 우리들은 작고 적은 일부분을 아주 조금 아는 것이죠.

이 세상 사람들이 서로 아껴 주고 사랑하고 서로 화목하게 살면 얼마나 좋겠어요."

이 말을 듣는 순간 성규는 가슴이 울컥했다.
숨겨 놓을 수밖에 없었고, 아프게 살아온 지난날이 가슴속에서 올라오는 것 같았다.

그래! 서로 아껴 주고 사랑하며 화목하게 사는 것… 그러나 그것을 거의 모르고 살았다. 가슴 한편에 멍든 것을 숨기고… 세상을 얼마나 원망했던가.

"지금 이 순간도 이쪽에서 저쪽을 비난하고 싸우고 전쟁도 서슴치 않습니다. 마음 아픕니다."

"사람들이 서로 싸우고 전쟁을 하는 이유가 왜 그런 것입니까? 서로 도우며 아껴 주면 서로 간에 득이지 않습니까? 전쟁해 봐야 서로간에 피해만 발생하잖아요?"

"성규 씨 말대로 그리 살면 얼마나 좋겠습니까? 그런데 그런 이상향 유토피아 낙원은 이 세상에선 결코 이루어지지 않습니다.."

"왜요...!?"

"인간의 불완전성 때문입니다. 동시에 인간의 노력과 능력과 이성으로는 이루어 낼 수가 없다는 것을 하나님께서 인간들에게 알려 주시는 것입니다. 불완전한 피조물들이기에 할 수 없습니다."

"하지만, 그렇더라도 나쁜 것은 서로 간에 하지 않으면 되는 것 아닙니까? 득이 되지도 않고 그렇게 전쟁 해봐야 피해만 발생하고 좋을 게 없잖아요?"

"그렇지요. 근데 그게 안 된다는 것 입니다. 강건너 불구경이란 속담 있잖아요. 내 집에 불나지 않은 것이면 불구경 한다고, 내 가족, 내 집안의 일, 나와 관련된 일이 아니면 남이 사...
이것이 인간의 한계입니다.

가난한 자의 백만 원을 빼앗아 자기 돈 9천9백만원에서 모자란 백만 원을 채우려 한다잖아요.

물론, 사람이 다 그렇다는 것이 아닙니다. 맨손에서 노력하며 정당하게 부를 일군 사람들 많지요. 그런 사람들에게는 배워야 합니다. '일하지 않으면 먹지도 말라, 언제까지 게으를 거냐?'라고 성경에서 게으름뱅이들을 질책하셨습니다."

하지만 여전히 성규는 의문을 풀 수 없었다.
인간사에 끊이지 않고 계속되고 있고, 앞날에도 계속될 모든 아픔, 고통, 눈물, 싸움, 전쟁,

그리고 너와 나 넘을 수 없는…

1 늙음
2 병들고
3 죽음.

이를 피해 갔거나 피할 수 있는 인간은 단 한 명도 없다

"인간은 왜? 늙고 병들고 죽어야만 합니까? 모든 인간이 가진 이 숙명…대체 왜? 그런 것입니까?"

"그것은 이 지구 세상은 사람보고 깨달으라고 하나님께서 계획하시고 운행하시는 '인간의 체험 교육 훈련 연수원'이기 때문입니다."

"네에~ 무슨 뜻인지…?"

"어린아이의 성장 과정에 비유해 봅시다. 어린아이는 부모의 고마움을 모릅니다. 맛난 것 먹고 장난감 주면 좋다 하고 자기가 하고픈 것만 하려 그래요. 앞마당 좀 깨끗이 쓸어라 하면 싫다고 하고 그 시간에 밖에 나가 놀겠다고 하겠지요. 그러하기에 하나님께서는 인간에 대한 트레이닝, 훈

련시키시고 교육시키신 다음에 '알곡과 쭉정이'를 키질하십니다."

"네? 알곡과 쭉정이라고요? 키질 하신다고요!?"
"차차 아시게 될 것입니다. 또 다른 하나는 가장 큰 문제인데, 다름아니라 사탄(Satan)이 개입하고 있기에 그렇습니다."

"네? 사탄이라고요?"

눈이 동그랗게 떠졌다. 성경을 두 번이나 읽었지만 온전히 알지 못한 것이 많았다

"교회에서도 사탄과 휘하 졸개 악령들(many devils, many demons)이 하는 짓들을 말해야 합니다. 그런 교회도 있지만 그렇지 못한 교회도 많으니까요. 출석교인들에게 험한 내용의 말을 잘 안 하려 해요. 듣기 거북하거나 무서운 말, 하나님께서 진노하실 때 어떤 무서운 벌이 사람들에게 내려졌었는지를 말하기 꺼립니다.

대부분의 출석 교우들이 그런 말 듣기들 싫어하죠. 복 받는 얘기, 어떡하면 내가 잘되고 내 가족이 잘되고 내 사업 잘되고 직장에서 승진하고 출세하고 명예 명성을 얻을까, 이런 얘기 위주로 교회에서 말해 주면 듣기 좋아합니다.

병원에서도 못 고치는 병이 낫는 치유 체험, 방언도 받고 기타 신비 체험, 영적 체험 이야기를 해주면 귀가 쫑긋 올라갑니다(번영 기복 신앙, 신비체험 은사 위주의 설교).

특히 성경 말씀을 왜곡하는 이단 가짜 삯꾼 목사 선교사 전도사들이 헛된 말을 퍼뜨리며 가짜 조언자 역할을 합니다. 그들은 먹고 살고 돈 벌고 자기 명성 쌓는 직업으로 그 타이틀을 얻어 이용해 자기 배를 불리는 데 탁월하지요. 그런 자들 만나면 인생 망합니다. 절대 피하십시오.

자기 자신의 명성이나 부귀 높임 받는 데에 성경을 사적으로 이용하는 그런 자들을 조심하십시오. 안 만나는 것이 사는 길입니다. 잘 분별하셔서 그들에게 속지 마세요. 그런 자들 때문에 바르고 참된 목사님, 선교사님, 전도사님들까지도 사회로부터 외면 받기도 합니다. 그들 뒤에 사탄이 있습니다.

성경 말씀은 조각조각들이 구. 신약에 걸쳐서 방대하게 나누어져 있습니다. 그것들을 모아 잇고 집짓기 완성시키는 일이 성경공부입니다.

귀뚫린 종들은 높임 받는 직책도 아니요, 자기 명성 쌓는데 성경을 이용해서도 안 되며 자기 부를 얻는 데 이용해서도 안 되지요. 항상 낮은 자세를 지녀야 합니다. 자기를 높이면 목사(목자) 자신에게 불행이 찾아오게 되어 있습니다. 양(크리스천)들은 양치기 주인(참된 목자)을 따라갑니다.

목사님들이 처한 어려움도 많습니다. 출석 교우들에게 듣기 나쁘거나 하나님께로부터 벌 받는 무시무시한 이야기를 하면 이 교회 안 나오겠다 이럴 거 아닙니까? 그런 것들 때문에 올바른 하나님 말씀 전하는 목사님들의 입장에서도 바른 말씀을 전해야 하는데. 출석 교인들이 듣기 좋은 말, 어떡하면 자기 가족, 성공, 출세. 잘 되는 것... 이런 이야기 듣기를 원하기에 성경대로 바르게 전하는 일에 현실적 고충과 어려움도 많이 따릅니다."

제31-2장

현재의 경점(更點)

"성규 형제? 금년이 몇 년도인지 아시죠?"

"그럼요. 2,000년도 아닙니까?"

"네, 이전과는 다르게 흐르게 될 것입니다."

"네에? 이전과는 다르다고요?"

"이전 세상과는 다른 기점(起點)이 될 것입니다."

"무슨 말씀인지요?..."

"새 시대 새 천년은 축복의 새 1,000년으로 들어가게 됩니다 허나... 으음..."

"무슨 뜻인지요??"

"그 축복의 새1,000년이 시작하는 전에 인류는 감내하기 어려운 대변란,대환란에 처해집니다"

"네에~... 그, 그게?? 무슨..."

"지구세상은 AD 2,000년대에 들어갔습니다

구약시대(BC) 4,000년, 신약시대(AD) 2,000년을 지나 이제 남은 1,000년이 우리를 기다리고 있습니다 인류는 그 시기를 거쳐야만 합니다 아직 시간적 차이는 있습니다 AD 2,000년이 지났다고 곧바로 하루, 1년의 오차도 없이 요한계시록대로 세상이 되는 것은 아닙니다 인간이 인간의 잣대로 년대별로 크게 구획지어 나누어 보았을 때 AD 2,000년이 지나고 있지만,

엘로힘께서 행하시는 새천년의 싯점은 인간이 알 수 없습니다

새천년의 시작은 성부하나님께서 정하십니다
예수님께서 그 시간을 늦추고 계십니다 인간구원을 위하여 늦추고 계십니다 그러나 언제까지나 늦추고 계실까요?"

"아! 저는 통 모르겠습니다"

"새 천년은 파괴된 '에덴'을 회복하는 기간입니다 그것이 없다면 인간은 세상에서 살아야 할 이유가 없어집니다 살다가 죽더라도 죽어서 헤어졌던 내 가족 부모형제자매, 이웃들, 사랑하는 사람들을 다시 만나는 '영생영원영광축복낙원'의 소망이 있기에 세상에 고난도 감내하며 살 수 있지요

그 소망이 있기에 우리는 웃을 수 있고, 흑암에 부디쳤을때에도 희망을 가질 수 있습니다

그렇지 않다면 삶에 의미가 도대체 무엇이란 말입니까?

순식간에 시간은 가고 한줌 재로 변하는 것이 '인간의 끝'이라면 아무리 열심히 산다한들 부질없는 짓 아닙니까?

분명 무엇인가가 숨겨져 있습니다."

"아아, 네..."

"4번째 봉인(封印)이 떼어진 시대가 바로 현 시대 입니다"
"아... 그... 요한계시록 말씀입니까?"
"네!"
"으음, 목사님 계시록을 2번 읽어 보았습니다 그런데 도대체 알 수가 없습니다 그 뜻을요."

"예전 사람들은 도저히 알 수 없었습니다 허나, 오늘날에 사는 사람들은 계시록에 써진 글자(문장, 문맥)를 보고 바로 오늘날을 가리키고 있다는 것을 눈치챌 수 있어요."

"창백한 말... 그리고 땅에 1/4을 다스리고 이 뜻이 무엇입니까?"

"요한계시록 6장 8절 이군요..."

김목사는 천천히 일어났다 책꽂이에 성경을 집어 펼쳤다

'요한계시록 6장'

8 이에 내가 바라보니. 보라. 창백한 말이라 그 위에 탄 자의 이름은 사망인데 지옥이 그와 함께 따라다니더라 그들이 땅의 사분의 일을 다

스릴 권능을 받아 칼과 기근과 사망과 땅의 짐승들로 죽이더라

창백한 말(시대상황을 표현)

- 칼 : 전쟁, 근대에 1, 2차 세계대전, 여러 전쟁, 그리고 대환란 직전에 있을 '1차 곡마곡 전쟁'으로 추정

- 기근: 근현대의 식량부족및 경제적 불균형

- 사망: 전염병, 자연재해, 대지진및 쓰나미(화산폭발, 해일)

- 땅의 짐승들: 각종 테러 및 비상식 불법적 행동

"아마겟돈전쟁이 무엇입니까?"
김목사는 성경책을 성규에게 건네 주었다
"찾아 보세요."

'계 16장'

12 여섯째 천사가 자기 병을 큰 강 유프라테스 위에 쏟아부으매 그것의 물이 말라서 동쪽의 왕들의 길이 예비되더라

14 그들은 마귀들의 영들로서 기적들을 행하며 땅과 온 세상의 왕들에게 나아가 하나님 곧 전능자의 저 큰 날에 있을 전쟁을 위하여 그들을 모으더라

16 그가 히브리말로 아마겟돈이라 하는 곳으로 그들을 함께 모으더라

"계시록 16장 16절 : '아마겟돈 전쟁'은 악령들 및 그들과 함께한 악의 인간들을 전쟁으로 벌을 내려 심판하는 전쟁입니다

'아마겟돈(Armageddon, 그리스어 음역)'은 이스라엘의 북쪽 지중해 연안에 있는 갈멜산 아래쪽의 므깃도(Megiddo) 언덕평야 지대를 말합니다"

"그 아마겟돈 전쟁이 언제 일어난단 말입니까?"
"저도 모릅니다. 세상 돌아가는 것을 보고 알 수 있다고 성경에서 말씀하셨습니다.
'잠 속에 있지 말고 깨어 있으라'고 말씀하셨습니다."

"... 전 뭐가 뭔지 모르겠습니다."
"오늘날 세상 돌아가는 것을 보십시오. 계시록의 말씀 그대로 나타나고 있습니다.

무려 1,900여년 전에 사도 요한이 밧모섬에 유배됐을 때 하나님 말씀을 받아 적었습니다"
"1,900여년 전에요??"
"1,900년 전경에 기록된대로 현재 세상에서 실제로 일어나고 있습니다!"
"네에~??"

"마치 '노아의 때'와 같다고 알려 주셨습니다."
"'노아의 때'요?"

"그렇습니다"

"언뜻 이해가 안갑니다…"

"노아가 방주를 짓고 있으니 주변사람들이 몰려와 야 너 뭐하고 있냐? 이 맑고 화창한 날에 그 큰 배를 왜 만드냐 이 놈아~ 조롱하며 깔깔깔 댔겠죠"

"노아의 방주가 실재로 있습니까?"
김목사는 성경책을 펴서 찾아 보라고 했다

창세기 6장

14 너는 고펠나무로 방주물 짓고 방주 안에 방들을 만들며 역청으로 그 것의 안팎을 칠할지니라.

8장

4 칠월 곧 그달 십칠일에 방주가 아라랏 산에 머물렀으며

"… … 그렇다면 목사님! 노아의 방주가 실재로 있어야 할 것 아닙니까? 방주를 찾은 사람이 있습니까?"

"앞으로 발견 되리라고 봅니다 사람들을 각성시켜야 할테니까요"[11]

"노아가 600세 되던 해에 대홍수가 일어났다고 성경에 기록되어 있습니다 약4,400여 년전 입니다 집중호우가 내려 둑이 터져 마을 휩쓸고 지나간 뉴스 보신 일 있죠? 지구 가장 높은 산까지 다 물로 휩쓸어 버리셨습니다 미국의 그랜드 캐니언 대협곡도 그때 패어져 생겨났을거라고 보는 과학자들이 있습니다 어마 무시무시무시 했을 겁니다"

성규는 그만 입을 다물고 말았다

"성규 형제! 노아의 홍수로 벌 하시기 전에 큰 비밀이 인간사(人間事)에 숨겨져 있습니다."

"비밀이요??"
"네!"
"듣고 싶습니다."

"Mt.Hermon(헬몬산. 2814m. 레바논, 시리아, 이스라엘 3국의 국경접경지역. 지구침범-5,500여년 전)

이 가려진 커튼, 묶인 장막을 풀어야 합니다

---

11) 2010년 홍콩 크리스천들이 탐사대들 조직해 '튀르키에'의 '아라랏산에 등정' 하였다. 아라랏산 해발 4,200m 지점에서 노아의 방주를 발견했다. 동영상을 찍어왔고 역청(pitch, 송진)을 칠한 고펠나무(gopher wood, 노송나무) 토막을 갖고 왔다. 세상에 공표하였다."

그것들(쫓겨난 배도천사들=악령들)이 이 山에 내려왔고 인간의 비극은 시작되었습니다

'200의 Watchers - 관찰자들'=사탄Satan의 수하들중 200의 우두머리급 악령들=천국에서 하나님께 대들고 배도하여 쫓겨나 2층천에서 떠돌다가 약 5,500여년 전에 1층천(지구인간세상, 헬몬산)으로 내려왔다

"에녹1서(외경外聖經)에 상세히 기술되어 있습니다, 읽어보세요."
"아 아...네"

"그때부터 인간들은 본격적으로 파괴 당하기 시작했습니다."
"……"

"그것들 200의 Watchers는 하늘전쟁때 사탄을 따라간 우두머리급 배도천사들로 20의 우두머리 들이 자기 수하에 9씩 데리고 내려 왔습니다. 그것들이 2층천에서 호시탐탐 지구침범을 노려왔던 것이죠 결국 실행하였습니다.

물론 이보다 먼저 Satan(가장 상위의 배도천사=Azazel)은 이미 지구땅에 먼저 내려와 있었고, 결국 '아담과 하와'를 속여 '선악을 알게 하는 나무의 열매'='선악과'='하나님의 법'을 어기게 만들었던 것입니다

사탄은 그후 계속 인간들을 어지럽히다가 자기 수하 우두머리급 200의 악령들(200의 Watchers)을 헬몬산으로 내려오라고 불러들였던 것입니다. 그리고 그 후 본격적으로 졸개악령들까지도 지구로 내려왔습니다"

"그래서 그 후 어떻게 됐습니까?"
"차마 입에 담기 힘든 처참한 일들이 벌어졌습니다"
"알고 싶습니다 목사님!"

"사람과 악령들 사이에서 하이브리드인간(hybrid 인간=混成인간= 잡종인간)들이 태어났습니다 이집트에 피라밋도 하이브리드 인간들이 쌓았습니다

네피림(Nephilim=거인들)이란 천국에서 쫓겨난 배도천사들(악령들)이 거인으로 변모한 것입니다 그들과 인간여자들 사이에서 잡종인간 (하이브리드 인간=네피림및 반수반인 인간들)들이 태어났습니다."

'창세기 6장'

2 하나님의 아들들이 사람의 딸들의 아름다움을 보고 자기들의 좋아하는 모든 자로 아내를 삼는지라

4 당시에 땅에 네피림이 있었고 그 후에도 하나님의 아들들이 사람의 딸들을 취하여 자식을 낳았으니 그들이 용사라 고대에 유명한 사람이었더라

5 여호와께서 사람의 죄악이 세상에 관영함과 그 마음의 생각의 모든 계획이 향상 악할 뿐임을 보시고

7 가라사대 나의 창조한 사람을 내가 지면에서 쓸어 버리되 사람으로부터 육축과 기는 것과 공중의 새까지 그리하리니 이는 내가 그것을 지었음을 한탄함이니라 하시니라

"인간들이 변형되어 태어났단 말입니까?"

"엄청난 거인으로 태어나기도 했고, 머리는 사람 그 아래로는 동물, 반대로 머리는 동물 몸통은 사람(牛獸牛人) 입니다. 이는 하나님의 창조법칙에 정면으로 반기를 든 것입니다

하나님께 정면도전한 것이지요 이것이 노아의 홍수로 다 쓸어버리시는 진노를 하시게 된 근본적 인 이유입니다"

"아…"

"하나님의 아들들이란 쫓겨난 천사들(악령들)을 말합니다"

"네… 음… 네피림의 유골이 발견됐다는 사진을 본 적이 있습니다 그 정체를 몰랐었는데… …아!"

"목사님 그럼 악령들은 노아의 홍수 때 죽었단 말입니까?? 이젠 세상에서 없어진 것입니까?"

"아닙니다 그것들은 죽지 않습니다. 영체(靈的存在)입니다 악령들은 네피림의 육신 또는 잡종인간들의 육신에서 빠져나왔습니다 고차원적 피조물이기에 3차원 생활을 하는 우리 사람들로서는 알길이 없지요, 그렇지만 그것들도 피조물들이기에 한계는 있습니다"

"…네, 조금 이해가 됩니다 그런데 오늘날에는 반수반인, 네피림 이런 사람들이 없잖아요?"

"노아의 홍수로 쓸어버리신 후, 물체적육신에서 빠져나온 악령들을 더 이상 자기들 마음대로 할 수 없게 하나님께서 어느 선까지는 제한 하셨습니다. 악령들은 노아의 홍수 이후 현재에도 여전히 보이지 않는 영靈의 형태로 이 세상에서 활동하고 있습니다"

"사람들과 같이 있다는 말씀입니까?"

"네 그렇지요 사람의 모습으로 변형도 할 수 있으니까요, '이스카리옷 유다(예수님을 은 30을 받고 배반한 사람)를, 너는 사람이 아니라 마귀라고 말씀하셨습니다"

"아... 목사님! 오늘날은 도대체 어떤 시대입니까?"

"성경에서 답을 찾아야 합니다. 요한계시록대로 세상이 가고 있습니다.

인간적 잣대의 천년이 아니고
하나님께서 정하실 천년을 말합니다 그러니 현재가 AD2,000년이 시작되었다 해도 이것은 인간의 천년이지 하나님께서 행하시는 새천년은 아닙니다 그 싯점은 인간이 알 수 없습니다

새천년의 시작은 성부하나님께서 정하십니다

하나님의 새1,000년에서 사람들은 파괴된 '에덴'을 회복시키는 일을 하게 될 것입니다

"아... ...! 으음. 그럼 그 새천년이 올 즈음에 세상에는 무슨 징조가 있겠습니까?"

"네 아주 중요한 질문을 하셨습니다 새천년이 시작하기 직전에, 인류에게 감당키 어려운 대변란(7년대환란)이 닥칠 것입니다"
"네에?! 그 그럼, 그 때를 알 수 있나요??"

"아마도... ... 그것은 사회의 시스템이 대규모로 바꾸어지는 때가 그때가 아닐까? 합니다

헨리포드가 자동차를 만든 때가 100여년 전쯤 입니다 100년여 전과 비교해보면 지금 세상은 많이 달라졌습니다

또 다시 초고속 디지털 전자전기 기계문명으로 전환되고 있습니다

지금은 카드로 상거래및 금전거래를 합니다만 지금의 카드를 대체하는 무엇인가가 나올 것입니다

그리고

사람과 거의 같게 움직이는 인공인간 (AI휴머노이드 로봇)을 각 가정에서 하나씩 놓고 심부름꾼(가정부) 노릇을 시킬 그 즈음이 아닌가 합니다. 인공인간이 사람을 대체하여 대중화될 즈음 또한 지금의 카드가 없어지고 그 무엇인가가 카드를 대체할 때... ..."

요한계시록 13장

12 그가 먼저 나온 짐승의 모든 권세를 그 앞에서 행하고 땅과 땅에 사는 자들을 처음 짐승에게 경배하게 하니 곧 죽게 되었던 상처가 나은 자니라

13 큰 이적을 행하되 심지어 사람들 앞에서 불이 하늘로부터 땅에 내려오게 하고

14 짐승 앞에서 받은바 이적을 행함으로 땅에 거하는 자들을 미혹하며 땅에 거하는 자들에게 이르기를 칼에 상하였다가 살아난 짐승을 위하여 우상을 만들라 하더라

15 그가 권세를 받아 그 짐승의 우상에게 생기를 주어 그 짐승의 우상으로 말하게 하고 또 짐승의 우상에게 경배하지 아니하는자는 몇이든지 다 죽이게하더라

16 그가 모든 자 곧 작은 자나 큰 자나 부자나 가난한 자나 자유인이나 종들에게 그 오른손에나 이마에 표를 받게 하고

17 누구든지 이 표를 가진 자 외에는 매매를 못 하게 하니 이 표는 곧 짐승의 이름이나 그 이름의 수라

18 지혜가 여기 있으니 총명한 자는 그 짐승의 수를 세어 보라 그것은 사람의 수니 그의 수는 육백육십육이니라

"절대 짐승의 우상(형상, AI휴머노이드 로봇)에게 절하지 마세요. 그리고 손이나 이마에 그 어떤 표도 받지 마세요 그런 사람은 지옥으로 던져버리시겠다고 말씀하셨습니다"

14장

9 또 다른 천사 곧 세째가 그 뒤를 따라 큰 음성으로 가로되 만일 누구든지 짐승과 그의 우상에게 경배하고 이마에나 손에 표를 받으면

10 그도 하나님의 진노의 포도주를 마시리니 그 진노의 잔에 섞인 것이 없이 부은 포도주라 거룩한 천사들 앞과 어린 양 앞에서 불과 유황으로 고난을 받으리니

19장

20 짐승이 잡히고 또 그 앞에서 기적들을 행하던 거짓 대언자도 그와 함께 잡혔는데 그는 짐승의 표를 받은 자들과 그의 형상에게 경배하던 자들을 기적들로 속이던 자더라. 이 둘이 산 채로 유황으로 불타는 불 호수에 던져지고

20장

1 또 내가 보니 한 천사가 바닥없는 구덩이의 열쇠와 큰 사슬을 손에 들고 하늘로부터 내려와

2 마귀요 사탄인 그 용 곧 저 옛 뱀을 붙잡으니라. 그가 그를 붙잡아 천 년 동안 결박하여

3 바닥없는 구덩이에 던져 넣어 가두고 그 위에 봉인을 하여 천 년이 차기까지는 그가 더 이상 민족들을 속이지 못하게 하니라. 그 뒤에는 그가 반드시 잠시 동안 풀려나리라.

"표를 받거나 그 형상(AI 휴머노이드 로봇)에게 경배하면 하나님을 배도하고 사탄을 따르겠다는 의미가 됩니다.

예수님께서 지상재림하시고 새천년을 시작하시기 직전에 7년대환란을 종식시키시고 사탄과 그 두짐승을 지옥에 던져버리십니다

졸개악령들은 천년이 끝날 때까지 계속 인간정화교육용 도구로 사람들과 공존케 하십니다. 천년 끝에 이르면 지옥에 있는 사탄을 잠깐 풀어놓으십니다

천년 끝날 때 즈음, 마지막으로 인간정화용 도구로 사탄을 한번 더 사용하십니다"

(2차 곡마곡전쟁 심판)

"그러면 도대체 언제 이런 일이 벌어진다는 것입니까?"

"글쎄요, 그것을 아는 사람은 없습니다. 개인적 사견을 말한다면 아주 먼먼 훗날은 아닐겁니다 왜냐하면 요한계시록에 쓰여있는대로 현시대에서 그대로 나타나고 있기 때문입니다

성경에는 '그 날과 그 시는 아무도 모른다'고 쓰여 있습니다 허나, 세상 돌아가는 징조를 보면 알 수 있다고 쓰여 있습니다

'하늘만 쳐다보고 있으란 말이냐~?'

현실은 현실대로 살아가십시오. 어차피 사람들은 사탄과 그 수하들과 악령들을 따라가는 사람들과 세상에서 공존하며 같이 살아가야 합니다.

마치 지구라는 커다란 수족관에 사람의 천적인 물고기들(악령들)도 같이

넣어졌다고 보세요 새천년이 끝나는 날 백보좌심판때까지 악령들과 공존하며 같이 살아갑니다

2차곡마곡전쟁으로 새천년에서의 배도자들을 벌하시고, 마지막으로 백보좌심판을 하십니다 그 후에 비로소 새하늘과 새땅이 열립니다.

Mt.Hermon에 5,500여년 전 200의 Watchers들이 내려와 사탄과 함께 본격적인 지구침공(세상사람침공)을 허락하신 이유이기도 합니다"

마태복음 25장

13 그런즉 깨어 있으라 너희는 그날과 그 시를 알지 못하느니라

16장

2 예수께서 대답하여 가라사대 너희가 저녁에 하늘이 붉으면 날이 좋겠다 하고

3 아침에 하늘이 붉고 흐리면 오늘은 날이 궂겠다 하나니 너희가 천기는 분별할 줄 알면서 시대의 표적은 분별할 수 없느냐

"자 계속 말해봅시다
특히 현대전(現代戰)에 미사일을 보십시오"

요한계시록 9장

15 네 천사가 놓였으니 그들은 그 연월일시에 이르러 사람 삼분의 일을 죽이기로 예비한 자들이더라

16 마병대의 수는 이만만이니 내가 그들의 수를 들었노라

17 이같이 이상한 가운데 그 말들과 그 탄 자들을 보니 불빛과 자주빛과 유황빛 흉갑이 있고 또 말들의 머리는 사자 머리 같고 그 입에서는 불과 연기와 유황이 나오더라

18 이 세 재앙 곧 저희 입에서 나오는 불과 연기와 유황을 인하여 사람 삼분의 일이 죽임을 당하니라

19 이 말들의 힘은 그 입과 그 꼬리에 있으니 그 꼬리는 뱀 같고 또 꼬리에 머리가 있어 이것으로 해하더라

"핵전쟁이 발발한다고 요한계시록에 기록되어 있습니다.

잘 생각해 보세요. 계시록은 약 1,900년 전경에 쓰였습니다. 당시에는 활, 창, 칼이 전부 다 였습니다. 전쟁을 아무리 많이 한다 한들 어찌 그 연월일시 즉, 한 날. 한 시에 전 세계 인구 1/3이 한순간에 몽땅 죽겠습니까? 핵전쟁 말고는 없습니다.

계시록을 쓴 요한이 그 당시 보기에는 대륙간 핵 탄도탄 발사대를 그 옛

날에 전쟁하는 기마대의 마차(전차)로 표현할 수밖에 없었을 겁니다.

뱀 같은데 머리로 해한다는 뜻은 핵탄두를 말하는 것입니다. 그렇게 '대륙간탄도핵미사일(ICBM)' 이 날아가니 불 뿜는 연기를 보고 긴 꼬리가 달렸다고 그 옛날엔 그렇게 표현할 수밖에 없었을 것입니다.

미사일은 2차대전 때 나치 독일에서 만든 V2 로켓이 최초였습니다 (1944년). 아득한 그 옛날에 꿈도 못 꾸었을 때입니다. 그러니 '요한'이 이렇게 표현하였던 것입니다.

9장 16절 마병대의 수가 '이만만' 이라는 것은 20,000 × 10,000= -2억의 군대로 볼 수 있습니다. 엄청난 군병이 동원된다는 의미입니다."

요한계시록 8장

7 첫째 천사가 나팔을 부니 피 섞인 우박과 불이 나서 땅에 쏟아지매 땅의 삼분의 일이 타서 사위고 수목의 삼분의 일도 타서 사위고 각종 푸른 풀도 타서 사위더라

"성규 형제, 피 섞인 우박이 무엇이겠습니까?"
"아... 모르겠습니다.."

"현시대의 전쟁 무기입니다.."
"네에? 전쟁 무기라고요?"

"1,900여 년 전에 '사도 요한'이 오늘날 시대를 전혀 알 수 없었으니 그렇게 자기 나름대로 표현할 수 밖에 없었겠지요. 피 섞인 우박이란 현시대의 각종 포탄 및 미사일들을 말합니다.

피가 섞인 것처럼 우박이 땅으로 내려 쏟아진다는 것은 포탄및 미사일이 날아가고 떨어질 때 모양을 보고 그렇게 말한 것입니다. 꽁무니에서 빨간 불이 내뿜어지니 요한은 그걸 피가 섞였다고 표현하였을 것입니다.

미사일이 하늘에서 땅으로 떨어지니 우박이라고 말할 수밖에 없었겠지요."
"아, 정말 그렇군요. 아. 먼먼 옛날에 요한이 현대전쟁을 보았네요."

"그러면 인류가 감내키 어려운 그 대환란이 오면 전세계는 어떻게 되는 것입니까? 다 죽는 것입니까?!"

김목사는 다시 성경을 펼쳐 보였다

"그러나 이것을 아셔야 합니다. 구원의 신비가 대환란 및 핵전쟁 발발 전에 일어납니다."
"네에~~?? 구원의 신비라뇨?"
"전 세계에서 수많은 사람들이 일시에 사라집니다."
"무슨 말씀이십니까"
"신실하고 진실된 크리스천들이 갑자기 지구상에서 사라진단 말입니다."
"네에~~?? 무슨 말씀인지요?"

요한계시록 7장

13 장로 중에 하나가 응답하여 내게 이르다 이 흰옷 입은 자들이 누구며 또 어디서 왔느뇨

14 내가 가로되 내 주여 당신이 알리이다 하니 그가 나더러 이르되 이는 큰 환난에서 나오는 자들인데 어린 양의 피에 그 옷을 씻어 희게 하였느니라

고린도전서 15장

51 보라 내가 너희에게 비밀을 말하노니 우리가 다 잠잘 것이 아니요 마지막 나팔에 순식간에 홀연히 다 변화되리니

52 나팔 소리가 나매 죽은 자들이 썩지 아니할 것으로 다시 살아나고 우리도 변화되리라

"아.. 믿기 힘드네요. 정말입니까!"
"믿기 힘드십니까? 저도 믿기 힘듭니다... 그러나 믿습니다!"
"왜요!?"
성규는 큰 목소리로 김 목사에게 되물었다.

"묻는다면, 성경에 쓰인 대로, 세상은 그대로 실제로 일어났으니까요~ 성경이 인간 역사이고, 인간의 지나간 역사가 바로 성경 말씀
그 자체입니다."

데살로니가 전서 4장

16 주에서 호령과 천사장의 소리와 하나님의 나팔로 친히 하늘로 좇아 강림하시리니 그리스도 안에서 죽은 자들이 먼저 일어나고

17 그 후에 우리 살아남은 자도 저희와 구름 속으로 끌어올려 공중에서 주를 영접하게 하시리니 그리하여 우리가 항상 주와 함께 있으리라

"'7년대환란' 직전에 예수님께서 하늘 공중으로 내려오십니다(공중재림)."[12]

1. 하나님 안에서 죽은 자들이 먼저 부활되어 공중으로 들려 올라가 예수님을 만난다.

2. 그 다음 그 당시 살아 있는 참된 크리스천들이 변화되어 올려져 공중으로 올라가 예수님을 만난다. 그리고 낙원으로 올라간다

3. 그런 후 이 땅 지구는 '7년대환란'으로 들어간다.

   대환란 =7년 대환란
   전3년반 + 후3년반=7년

---

[12] 공중재림(7년대환란 직전): 신실하고 참된 크리스천들이 변화되어 하늘 공중으로 들어 올려져 공중에서 예수님을 만나고 낙원(3층천 = 천국의 어느 한 곳)으로 올라간다 (구약시대의 엘리야, 에녹처럼)

전3년반- 요한계시록에 쓰여 있는 7나팔 재앙

후3년반- 요한계시록에 쓰여 있는 7대접 재앙

4. 예수님재림 : 지상 재림(7년대환란 종식)- 예수님 공중 재림 이후 7년이 지나고 예수님께서 이 땅 지구에 다시 내려오시는 지상 재림을 하신다. 지상재림 직전에 7년대환란을 종식 시키신다(사탄과 두짐승및 두짐승을 따라간 인간들을 모두 지옥에 던져 버리신다. 새천년 시작)

"아! 아!......"
"믿어지십니까?"
"꿈에도 몰랐습니다... 그런 일이 성경에 기록되어 있는지..."

"목이 곧다고 말씀하셨습니다"
"교만함을 지칭합니까?"
"네 그렇습니다 인간의 역사가 증명합니다."

'하나님 왜 그렇세요? 참견마세요 우리일은 우리가 해결한다구요 하나님 없이도 우리 잘 할거예요 참견좀 그만하세요!'

'너희들 하고픈대로 다 해봐라. 그 증명이 7년대환란입니다 그 대환란 속에서 깨닫게 됩니다 - 인간이 인간을 구원하지 못한다는 것을.'

"누가 누구를 다스립니까? 사람 잘나봐야 거기서 거기입니다 문명을 이루었다고 환호했습니다 온전한 문명입니까? 그 폐해가 뒤따랐습니다. 한쪽에선 결국 핵무기를 만들었습니다 요한계시록에서 알려주셨습니다 인간은 끝내 그 무기를 발사한다고."

(성규는 아무말 도 할 수 없었다.)
"…… …"

"목사님? 이해가 안되는 의문이 있습니다 어떻게 신(하나님)이 사람(예수)으로 왔단 말인지 이해가 잘 안돼요."

"네…… 1982년 예수님의 피가 실제로 발견됐습니다.

미국 테네시주 매디슨시의 한 병원에서 남자 간호사 및 마취사로 일했던 'RON WYATT (Ronald Eldon Wyatt. 1933.6.2. ~1999.8.4.)'라는 사람이 있었는데, 와이어트의 고고학박물관이 미국 테네시주 네슈빌(Nashville)시에서 남쪽으로 55마일 떨어진 곳에 위치해 있습니다.

1982년 초에 고대 이스라엘의 솔로몬왕 때 지어졌던 예루살렘 성전에 있었던 언약궤와 예수 그리스도께서 1,952년 전경(AD 30년 십자가대속)에 흘리신 십자가의 피가 발견되었습니다.

이스라엘 정부는 정치적 혼란과 종교충돌 위험 때문에 발표를 안하고 있습니다."

"지금 당장! 모든 사람에게 이 사실을 보여 주면 더 좋지 않나요? 안 믿던 사람들도 하나님 계심을 알게 되지 않나요??"
그러자 김 목사는 빙그레 웃었다.

"아니, 목사님 왜 웃으십니까?"
성규는 의아해 하며 되물었다.

"성규 씨, 순수하십니다."

"네? 순수하다니요? 저는 그 언약궤가 모든 사람 앞에 당장 보여 주었으면 좋겠는데요?"

"사람들이 관심조차 갖지 않을 겁니다. 손에 쥐여 줘도 믿지 않을 겁니다. 사람을 속인다고 할 겁니다. 조작한 거라고요."

"아... 네.. 그 그런가요? 아..."

"론 와이어트가 예레미야 동굴에서 발견한 이 언약궤를 보겠다고 1995년에 6명의 사람들이 자기들 마음대로 이 예레미야 동굴에 들어갔다가 들어가자마자 즉사했다고 합니다.

천사가 언약궤를 지키고 있는 것입니다.

론 와이어트가 이스라엘 정부로부터 동굴 탐사를 허락받고 아들 둘과 처음 탐사를 시작했는데, 나중에 아들 둘은 집으로 돌아가고 다시 몇 사람과 탐사를 계속했습니다. 약 2,600년 전에 이스라엘이 바빌론의 느부갓네살왕(이라크의 옛 제국)에게 패망(BC 586)하기 직전에 예루살렘 성전의 제사장들 또는 당시 이스라엘의 선지자였던 '예레미야'가 그 동굴에 솔로몬 성전의 '언약궤'를 숨겨 놓았다고 추정되어 왔는데, 그때 숨겨 놓은 언약궤가 론 와이어트에 의하여 약 2,600여년이 지나서 오늘날 현시대에 발견된 것입니다.

지금으로부터(AD 2,000년) 약 1,970년 전 예루살렘 다윗성 인근에 있는 골고다(Golgotha. 수난의 언덕. 해골의 땅)에서 예수 그리스도께서 십자가에서 인간들의 죄를 대신하여 죽으셨습니다(AD 30년) 그때 십자가 나무의 아랫부분이 바위 땅 틈에 박혀 세워졌는데 바로 그 아래(약 20feet, 6m 아래)가

'예레미야 동굴'이었습니다.

십자가에서 죽으실 때 그 지역에서 지진이 부분적으로 일어났습니다. 예수님의 피가 십자가를 타고 바위틈으로 흘러내렸는데 지금부터(AD 2,000년) 약1,970년 전에 그렇게 흘러내린 예수님의 피가 약 1,952년이 지난 1982년에 론 와이어트에 의해 발견되었습니다. 그래서 그 피를 채취해 혈액 전문 연구소에 가지고 가서 성분 검사를 의뢰했는데 그 오랜 세월이 지났는데도 그 피가 살아 있다는 것입니다 썩지도 마르지도 않았는 것입니다.

의학적, 생물학적, 과학적 분석 결과 그 피는 사람의 피가 아니라는 것입니다. 사람의 염색체 개수와 다르게 전부 24개(x 23개, y 1개)로 밝혀졌습니다.

놀라운 것은

우리네 남자처럼 염색체 23쌍 46개(xx 22쌍, xy 1쌍)가 아니고, 예수님 피의 염색체는 24개입니다. x 23개=처녀 마리아=인성(人性), y 1개=지구 외부에서 들어온 영적인자(靈的因子= 神聖)입니다 이스라엘의 혈액 전문연구소에서 의학 생물 과학적으로 증명됐습니다. 이는 무엇을 뜻하는지 성규씨 아시겠습니까"

성규는 머리를 가우뚱했다.
"글쎄요. 감이 잘 안 옵니다. 으음..."
"예수 그리스도는 신성(神聖, 100%, deity)과 인성(人性, 100%, humanity)을 동시에 지니셨다는 뜻입니다.

예수님께서 십자가 대속하신 후 열두 제자들과 함께 성경 말씀을 전파하던 동역자들이 사역하던 1세기 초중반 ~ 5세기경 약 400년간 당시 세간에는 '예수님은 100% 사람이다' 이렇게만 주장하던 부류의 사람들이 있었고 (Ebionism, Arianism)

다른 한 쪽에선 '아니다 100%신이다 (Gnosticism, Docetism)' 이렇게만 주장하는 부류의 사람들이 있었습니다.

다른 한편에서는 신성과 인성을 동시에 지니셨다고 믿는 사람들도 있었습니다.

그러다가 5세기 초부터는 인성과 신성을 동시에 지니셨다고 믿게 되었습니다.
예수님은 인성(人性)과 신성(神聖)을 동시에 지니셔야 합니다. 왜 그래야만 하는지 성규 형제? 이해할 수 있습니까?"

"잘 이해도 안 되고 모르겠습니다."

"그 이유가 있습니다. 사람 중에 완전 온전한 사람 있습니까?"
'아뇨, 없습니다. 그런 사람 단 1명도 있을 수가 없습니다."

"네 그렇습니다! 그러기에 완전무결하신 신(하나님)만이 사람의 죄(흠, 결점)를 대속하실 수가 있습니다. 죄인이 죄인을 용서할 자격을 가질 수가 없는 것입니다. 무결점의 완전하신 하나님이 오셔야만 사람의 흠결점(죄)을 해결해 주실 수가 있습니다. 하나님 외엔 그 누구도 그 무엇도 사람의 죄를 대속할 수가 없는 것입니다.

어떤 분들은 예수님이 '반은 사람이고 반은 신(하나님)이다' 이렇게 보시는데, 만약 반만 하나님이시라면 반은 사람이기에 사람의 죄를 대속할 수가 없게 됩니다. 100% 하나님이셔야 (神聖100%) 완전하시기에 인간의 죄를 용서하실 수 있습니다. 동시에 100% 사람이어야 (人性100%)

사람 스스로가 행한 죄에 대한 죄값을 받는 것이 되기 때문입니다

하나님으로만 100% 존재하면 신(神=하나님)이 시기에 신께서 사람의 죄를 받을 수가 없는 것입니다. 그렇기에 인성(人性)과 신성(神聖)을 동시에 지니셨던 것입니다.

예수님을 인자(人子)라고 부르는 뜻은 하늘에서 내려온 사람이란 뜻입니다. 사람들끼리 인자라고 쓰지 않습니다.

예수님 외엔 100% 무죄한 사람은 세상에 단 한 명도 있지 않았고, 있으려야 있을 수도 없는 것입니다."

"아~ 아. 네, 무슨 뜻인지 이해가 옵니다!"

"자! 계속해서 말씀드리겠습니다.

5세기 초, 그로부터 약 1,500년이 흐른 1982년에 예수님의 피가 론 와이어트에 의하여 발견되었고, 예수님의 피가 생물 의학 과학적으로 증명되었습니다

만일 마리아가 우리네와 같은 남자와의 육신적 결합에 의한 임신으로 예수님을 출산했다면 예수님의 피는 xx 염색체 22쌍 (44개) xy 염색체 1쌍 (2개)으로 모두 46개이어야 하지 않겠습니까?!

마리아가 처녀인데 성령의 신성(神聖, 지구 밖에서 온 한 개의 염색체 y)에 의하여 잉태하였음이 증명되었습니다. 약 2,000년 전에 성경에 쓰여 있는 그대로 처녀 잉태의 성경 말씀이 서기 1982년에 의학 생물 과학적으로 증명된 것입니다."

누가복음 1장

29 처녀가 그말을 듣고 놀라 이런 인사가 어찌함인고 생각하매

30 천사가 일러 가로되 마리아여 무서워 말라 네가 하나님께 은혜를 얻었느니라

31 보라 네가 수태하여 아들을 낳으리니 그 이름을 예수라 하라

"하나님께서 왜 사람 모습을 하고 지구 땅에 오셨을까요?"
"모르겠습니다."
"인간의 모양으로 와야 인간들과 대화도 하실 것 아닙니까? 만일 사람의 모습이 아닌 하나님의 모습으로 이 지구 땅에 오시면 인간들하고 대화가 되겠습니까? 사람들이 무섭고 신비해하거나 제대로 대면도 하지 못할 것입니다. 그러하기에 야훼(하나님)께서 신의 모습이 아닌 평범한 인간의 모습으로 오신 것입니다. 그래야 하나님께서 인간들과 마주 얼굴 보며 서로 격이 없게 대화를 나눌 수 있지 않겠습니까?

출애굽기에 보면 이집트 탈출 후 광야 생활을 하던 이스라엘 족속들이 하나님이 보고 싶다 보게 해 달라고 모세에게 졸라댔습니다. 그러자 하나

님께서 신의 모습으로 나타나시자 이스라엘 사람들이 무서워 벌벌 떨며 죽을 것 같다고 아우성치며 다시는 하나님을 안 보겠다, 안 보게 해 달라고 모세에게 다시 간청했습니다.

무에서 유를 창조하시는 하나님이십니다 우주에 삼라만상 만물을 만드셨습니다. 사람도 만드셨는데 처녀 잉태인들 못 하실 게 무어란 말입니까?

그후 마리아는 자신의 남편 요셉과의 사이에서 자녀를 출산하게 되는데, 이때 태어난 예수님의 친동생들은 예수님과 같은 성령 잉태가 아니요,
우리 보통 사람들과 마찬가지로 남녀의 성결합에 의한 염색체 46개인 우리와 같은 사람들입니다.

사람은 원초적 죄와 항상 짓는 자범죄(스스로 짓는 죄)때문에 늙음, 병. 죽음 이 3가지 숙명에서 벗어날 수 없는데 이 근원적 문제를 해결해 주시려 사람의 모습으로 오신 것입니다. 자기(예수님)의 생명을 사람을 살리시려 십자가에서 사람 대신 죽으신 것입니다.

{{인간은 자기를 구원하시는 구세주 예수 그리스도를 영접하여야 합니다. 사람은 성경 말씀을 듣고 읽고 배워야 합니다.
자기 생명보다 더 귀한 것이 어디에 있습니까!}}

아무리 돈이 많은들, 지식이 높은들, 명예가 높은들, 지위가 높은들, 늙지 않고 병들지 않고 죽지 않는 사람 있습니까?

아무리 과학 생물 의학이 발달해도 늙음, 병, 죽음 이 3가지를 없앨 수 있나요? 그런 신약이라도 만들 수 있나요?"

"불가합니다."

"네, 인간은 늙고 병들고 죽는 것을 해결할 수 없습니다."

"아아... 네 이제서야 이해됩니다! 목사님."

"이 뿐만이 아닙니다 놀라운 말씀이 성경에 적혀 있습니다."

"UFO와 현대 교통수단의 발달에 대해서도
그 옛날에 말씀 하셨습니다"
"네? UFO라구요??"

"구약 스가랴(약 2,500년 전)에 UFO에 대해서 이미 쓰여 있습니다."

스가랴 5장

1 그때에 내가 돌아서서 눈을 들어 보니 날아가는 두루마리[13]가 보이더라

5 그때에 나와 말하던 천사가 나아가며 내게 이르되. 이제 눈을 들어 앞으로 나아가는 이것이 무엇인지 보라, 하기에

6 내가 이르되, 그것이 무엇이니이까? 하니 그가 이르되, 앞으로 나아

---

13) 날아가는 두루마리 : 긴 원통형의 UFO.

가는 이것은 에바[14]니라 하고 또 이르되. 온 땅에서 두루 그것들의 생김새가 이러하니라, 하더라

"성규씨,
UFO는 이집트 고대벽화에 그 단서가 있습니다 집에 돌아가시면 그 실마리를 찾아보세요"
"네. 잘 찾아보겠습니다"

"왜 UFO를 성경에 기록해 놓았을까요?"
"글세요... 모르겠습니다"
"저는 이렇게 생각합니다 그 먼 옛적 하늘전쟁때 천군천사들과 배도천사들이 UFO를 타고 전쟁할 수도 있었겠구나 하는 생각도 들어요.

스가랴서를 통해 UFO를 말씀하셨는데

악령들이 UFO를 타고 나타나 자기들이 하나님이라고 사람들을 속일 수도 있구요 외계인인 자기들이 하나님이라고 속이면 어떤 사람들은 넘어갈 것이잖아요 제 개인 견해입니다만, UFO를 타보고 싶어하는 사람들도 많겠지요 태워 화산분화구(지옥통로)에 던져버릴 수도 있구요.

또한

---

14) 에바: 바구니,그릇,접시를 뜻하는 히브리어. UFO를 지칭한다. 그 옛날에는 모양을 보고 그렇게 설명할 수밖에 없었을 것이다.

다니엘서(약 2,600년 전)에는 사람의 지식이 급속히 발달하여, 새로운 교통수단과 생활 도구들이 나타날 것인데, 그 즈음이 되면 예수님 재림(7년대환란, 새천년)이 가까운 때라고 예언되어 있습니다."

다니엘 12장

4 다니엘아 마지막 때까지 이 말을 간수하고 이 글을 봉함하라 많은 사람이 빨리 왕래하며 지식이 더하리라

8 내가 듣고도 깨닫지 못한지라 내가 가로되 내 주여 이 모든 일의 결국이 어떠하겠삽나이까

9 그가 가로되 다니엘아 갈지어다 대저 이 말은 마지막 때까지 간수하고 봉함할 것임이니라

제31-3장

New Millennium
-영원의 관문(關門)

요한계시록 21장

10 성령으로 나를 데리고 크고 높은 산으로 올라가 하나님께로부터 하늘에서 내려오는 거룩한 성 예루살렘을 보이니

16 그 성은 네모가 반듯하여 장광이 같은지라 그 갈대로 그 성을 척량하니 일만 이천스다디온[15]이요 장과 광과 고가 같더라

---

15) 1스다디온: 대략 180m~200m(stadion stadium), 고대 그리스 거리의 단위,
고대 그리스의 경기장
12,000x200m=2,400km, 가로세로 높이가 같은 정육면체의 거대한 집. 27절 어린 양의 생명책에 기록된 자들이 입성한다.

17 그 성곽을 척량하매 일백사십사 규빗[16]이니 사람의 척량 곧 천사의 척량이라

27 무엇이든지 속된 것이나 가증한 일 또는 거짓말하는 자는 결코 그리로 들어오지 못하되 오직 어린 양의 생명책에 기록된 자들뿐이라

22장

1 저가 수정같이 맑은 생명수의 강을 내게 보이니 하나님과 및 어린 양의 보좌로부터 나서

2 길 가운데로 흐르더라 강 좌우에 생명나무가 있어 열두 가지 실과를 맺히되 달마다 그 실과를 맺히고 그 나무 잎사귀들은 만국을 소성하기 위하여 있더라

"새천년의 끝에는 백보좌 심판이 있습니다."

"성규 형제와 저도 백보좌 심판대 앞에 서야 합니다. 새천년의 끝날에 예수님께서 백보좌 심판을 하십니다.

이미 지옥에 있던 자들도 다시 불러옵니다 그리고 둘째사망을 심판 내

---

16) 1규빗: 대략 50cm(cubit), 고대 이집트 바빌로니아에서 사용된 길이 단위
　　팔꿈치에서 가운뎃 손가락끝까지
　　144×50cm=72m

리십니다. 지구세상에 태어나 살다가 죽어서 지옥에 떨어진 사람들인데, 이들이 백보좌심판으로 불려나오게 됩니다 그리고 최종 지옥심판을 받는데 두번째 죽는다하여 '둘째사망'이 되는 것입니다

천국입성자들은 둘째사망이 없고, 지구세상에 태어나 살다가 죽어서 천국입성하였으니 백보좌심판 때 천국입성합니다

사탄 악령들과 그것들을 따랐던 인간들은 백보좌심판에서 '영벌의 장소(The Lake of fire)'에 떨어집니다 영원히 지옥에서 벌 받으며 영생하게 됩니다."

"목사님도 저도 생명책에 올라가도록 열심히 기도하겠습니다."
"성규 형제! 기도도 중요하지만 행함이 먼저입니다."
"행함이라고요?"
"행함이 없고 말만 해서 생명책에 이름이 올라갈까요? 한 사람이 산 일생을 보고 백보좌 심판을 내리십니다. 우리 사람들은 온전치 못하더라도 하나님 말씀에 합당하도록 노력해야 합니다. 사람이 현세상에서 살 때 산 그대로를 보시고 심판하시겠다고 말씀하셨습니다

계:22장

11 불의한 자는 그대로 불의하게 두고 더러운 자는 그대로 더럽게 두며 의로운 자는 그대로 의롭게 두고 거룩한 자는 그대로 거룩하게 둘지니라.

12 보라, 내가 속히 오리니 내가 줄 보상이 내게 있어 각 사람에게 그의

행위에 따라 주리라.

이 세상 삶이 허무한 것이 아닙니다. 귀하고 귀중한 것입니다. 일생을 보시고 백보좌 심판을 하시기 때문입니다."

"사람의 삶이 거저 온 것이 아니고 아무 의미가 없는 것이 아니네요. 아주 중요하네요... 개인의 삶을 보시고 백보좌 심판을 하시니까요. 행함이 없는 예수님 영접은 허위이니까요."

"그렇습니다. 최종 심판이 내려진 후에 구원을 받은 천국입성인간들은 영생영원축복화평영광의 삶을 시작합니다. 인간이 지구세상을 다스리는 역사는 완전한 종말을 고합니다. (인간이 인간을 다스릴 수가 없는 것입니다.) 구원받은 사람들(영원인간들)은 '하나님께서 하사하시는 하늘에서 지구 땅으로 내려온 거대한 정육면체의 집(새 예루살렘성)'으로 들어갑니다.

지구1층천은 새 땅으로 온전히 회복됩니다. 새 예루살렘성 밖에 지구표면은 에덴정원이 됩니다. 또한 악령들이 파괴한 2층천도 영원인간들이 새롭게 가꾸어 나가게 됩니다.

영화에서는 마치 인공인간 로봇 기타 등등이 등장하여 우주로 나아간다고 스토리를 만들기도 하지만 그것이 아닙니다. 영원인간들이 1, 2층천을 가꾸어 나아갑니다. 1, 2층천은 영원인간들의 생활권입니다."

"아.. 그렇습니까?"

"그럼 천사들은 1, 2층천에는 오지 않나요?"

"아닙니다. 현재와 같이 1, 2층천에 자유로이 왕래합니다. 필요가 있을 때면 오지 않겠습니까~ 인간들과 교류도 계속하겠지요. 다만 천사들의 주된 생활권은 3층천(하나님께서 계시는 천국) 입니다

높은 상급을 받은 영원인간들은 지도자급이 되어 하나님 계시는 3층천 천국에 왕래 하리라 봅니다."

"아! 네 그렇군요."

"영성 높은 충성된 하나님의 자녀들과 낮은 계층의 구원받은 사람들 또는 부끄러운 구원받은 사람들(겨우 지옥 면한 사람들)과는 상급이 다릅니다."

"구원은 받았다 해도 천국신분에 차이가 있군요."
"네, 그렇지요. 구원받은 사람들이라고 해도 다 같은 신분이 아닙니다.."

"영원인간들에게는 늙음, 병. 죽음이 없습니다. 서로 다툴 이유가 전혀 없습니다. 그 원인이 완전히 해결되었기 때문입니다. 사탄, 악령들, 사탄과 악령들을 따른 인간들 그들이 모두 다 영벌의 장소(The Lake of fire)에 떨어진 이후의 1층천과 2층천은 완전한 화평평화, 불로, 무병, 영원, 영생, 무고통, 속이는 것이 없고 싸움 전쟁이 없습니다. 죽음이 없습니다. 화목과 화평 평화 사랑 영광이 영원한 곳입니다.

현재 지구에서 가장 자연 경치가 으뜸인 곳도 비교 불가입니다. 처음의 에덴으로 돌아가는 것입니다.

100년, 천 년, 만 년, 백만 년, 억만 년, 몇천억 만 년이 가도 늙음, 병, 죽음이 없습니다.

진시황제가 늙지 않고 병들지 않고 죽지 않으려 온갖 방법을 다 동원했다지요? 한반도에 경남 해금강까지 제주도까지 사람을 보냈다 하지 않습니까? 오늘날에도 마찬가지입니다. 만약 불로초, 불사의 명약이 실제로 있다면 너도나도 그 불로초 명약을 사러 끝이 안 보이게 줄을 설 것입니다.

성규 씨는 이미 그 불사의 명약이 어디에 있는지 알아냈고 찾아가고 계십니다. 부디 찾아 가지십시오."
'네, 알겠습니다. 찾아 가지겠습니다."

"목사님. 어떻게 사람이 늙지 않을 수가 있으며 병이 어떻게 없을 수가 있으며 어떻게 죽지 않을 수가 있습니까?"

"하하하~ 천사와 같이 됩니다. 인간의 육신을 재창조 재생 하십니다. 현재의 육신이 아닙니다 지금은 썩고 죽는 육신입니다 영성체의 육신으로 재창조하십니다. 새 예루살렘성에는 생명수와 생명나무가 있습니다.

천국에서는 결혼하지 않습니다. 자녀를 낳으며 살지 않습니다. 개개인이 완전영성체가 됩니다 가정을 꾸려서 열심히 돈 벌어야 먹고 사는 그런 곳이 아니란 말입니다. 4차원을 넘어서 그 이상의 고차원의 세계입니다. 승화, 성화된 완전한 개개의 완전체로 바뀝니다. 천국에서 병원이 필요할까요? 학교에 가서 배워서 스팩 쌓아서 좋은 직장 구해 돈 벌어야 할까요? 현재의 지구 땅에서 사는 것처럼 그런 3차원적 생활이 아니란 말입니다.

고치를 찢고 나온 나비처럼, 이전에는 애벌레로 꿈틀꿈틀... 기어다녔습니다. 그러다 나비가 되어 훨훨 나니 그 차이는 얼마나 엄청나겠습니까~

영원인간들이 천국을 버리고 다시 애벌레(구원받아 승화 성화 되기 이전에 3차원적 지구 생활)로 돌아가겠습니까? 절대 그러하지 않지요~!!

성규 씨도 유체이탈 체험을 하시면 확신이 서게 됩니다."

"으음... 목사님, 신비체험했다는 사람들이 있는데 성령체험이 아닌 사탄이 주는 악령체험도 있다고 하네요 전 모르겠습니다 그런 체험 해본 일도 없구요"
"네... 음 ..."

"우리는 신비 체험 있을 때 그것이 '성령역사' 인지 '악령역사'인지를 구분해야 하는데, 초신자 때는 구분이 어렵습니다. 때론 어느 정도 수준에 올라선 크리스천들 조차도 자기 욕심이 앞서다 보면 분별력이 어두워져 악령 역사를 성령 역사로 오판하는 경우가 있습니다.

이런저런 체험했다고 자랑하는데 그런 행동은 하지 마셔야 합니다 초신자때에는 성령체험을 자주 하게 되는 경우가 많습니다 그 이유는 무신론자. 진화론자. 무관심자였다가 예수님을 자신의 구세주로 영접했기에 확신을 주기 위하여 성령체험(신비체험)을 하게 해 주십니다

그런데 신비체험만 쫓게 되면 사탄악령들이 중간에 끼어들어 잘못된 방향으로 그 사람을 속이기도 파탄나게 하기도 합니다"
"아... 네 으음..."

"영靈의 세계는 사람으론 알기 어렵습니다 3차원의 세계가 아닙니다. 너무 신비위주로만 가면 악령들이 중간에 끼어드는 경우가 많으니 주의해야 합니다

유일한 대처 방법은 먼저 성경 공부를 올바르게 제대로 하면 사탄 악령 마귀들이 주는 악령 역사를 깨닫고 물리칠 수 있습니다. 하나님께서 천사를 보내어 그런 신실한 사람들을 지키고 보호해 주십니다(수호천사)."

"수호천사요?... 으 음! 그리고요 하나님께서 알곡과 죽정이로 나누시려고 키질하시는 장소가 이 지구땅, 이 세상이라고 말씀하셨는데 잘 좀 말씀해 주세요."

"커다란 수조에 천적인 물고기도 같이 넣어 놓아두어야 한다는 말 들어보셨죠?"
"네"
"왜 그렇게 합니까?"
"그렇게 해야 나태해지지 않고 더 민첩해진다고 합니다"
"네! 바로 그것입니다. 하나님께선 체험적 교육 방법을 사용하십니다!"

"체험적 교육 방법이라고요~~~?!"

"사탄과 악령들을 지구 세상(지구 연수원)에 왜 풀어 놓으셨는지? 아십니까? 그깟 사탄마귀악령들 한 방에 지옥에 던져버리시면 될 일을 왜?......??"

"에덴동산에서 사탄이 '하와'와 '아담'을 속이지 못하게 하셨으면 될일

을…"

"더구나 5,500여년 전에 Mt.Hermon에 '200의 Watchers'(사탄의 수하 우두머리급 악령들) 가 내려오지 못하게 하셨으면 됐잖아요??"

성규는 잠시 골몰히 생각에 빠졌다.

"어렴풋하지만 조금씩 이해가 옵니다. 우리 사람들이 성령 체험도 하고 새 사람이 되어 가다가 어느 날 하나님 앞에서 배도할 수가 있다는 뜻 같습니다."

"바로 그것입니다. 성규 형제, 잘 말씀하셨습니다. 천사들(쫓겨난 배도천사들)도 어느날 하나님께 배도하지 않았습니까!?
우리 사람들도 마찬가지입니다"

히브리서 10장

29 하물며 하나님의 아들을 발로 밟고 자기를 거룩히 구별한 언약의 피를 거룩하지 아니한 것으로 여기며 은혜의 영께 무례히 행한 자가 당연히 받을 형벌은 얼마나 더 극심하겠느냐? 너희는 생각해 보라

30 원수 갚는 일은 내게 속하였으니 내가 갚아 주리라 주가 말하노라, 하시고 또 다시, 주가 자신의 백성을 심판하리라, 하고 말씀하신 분을 우리가 아노니

31 살아 계신 하나님의 손안으로 떨어지는 것은 두려운 일이로다

야고보서 2장

17 이와 같이 행함이 없는 믿음은 그 자체가 죽은 것이라

26 영혼 없는 몸이 죽은 것 같이 행함이 없는 믿음은 죽은 것이니라

마태복음 7장

13 좁은 문으로 들어가라 멸망으로 인도하는 문은 크고 그 길이 넓어 그리로 들어가는 자가 많고

14 생명으로 인도하는 문은 좁고 길이 협착하여 찾는 이가 적음이니라

15 거짓 선지자들을 삼가라 양의 옷을 입고 너희에게 나아오나 속에는 노략질하는이리라

16 그의 열매로 그들을 알찌니 가시나무에서 포도를, 또는 엉겅퀴에서 무화과를 따겠느냐

17 이와 같이 좋은 나무마다 아름다운 열매를 맺고 못된 나무가 나쁜 열매를 맺나니

18 좋은 나무가 나쁜 열매를 맺을 수 없고 못된 나무가 아름다운 열매를 맺을 수없느니라

19 아름다운 열매를 맺지 아니하는 나무마다 찍혀 불에 던지우느니라

20 이러므로 그의 열매로 그들을 알리라

21 나더러 주여 주여 하는 자마다 천국에 다 들어갈 것이 아니요 다만 하늘에 계신 내 아버지의 뜻대로 행하는 자라야 들어가리라

22 그날에 많은 사람이 나더러 이르되 주여 주여 우리가 주의 이름으로 선지자 노릇 하며 주의 이름으로 귀신을 쫓아내며 주의 이름으로 많은 권능을 행치 아니하였나이까 하리니

23 그때에 내가 저희에게 밝히 말하되 내가 너희를 도무지 알지 못하니 불법을 행하는 자들아 내게서 떠나가라 하리라

24 그러므로 누구든지 나의 이 말을 듣고 행하는자는 그 집을 반석 위에 지은 지혜로운 사람 같으리니

25 비가 내리고 창수가 나고 바람이 불어 그 집에 부딪히되 무너지지 아니하나니 이는 주초를 반석 위에 놓은 연고요

"예수님을 자신의 구세주로 영접했다고 말 합니다. 그런데 행동들은 노략질하는 이리요, 못된 짓을 합니다. 영적 체험도 하고 방언도 받고 신비 체험도 한 사람들이었는데, 하나님을 배도하는 사람들이 나타난다는 뜻입니다. 앞으로 이런 자들이 많이 나타날 것입니다.

다 가짜들입니다. 거짓의 아비라고 말씀하셨습니다. 그런 자들이 생명책에 이름이 올라가겠습니까?!"

"아닙니다 절대로!"

"예수님께서 지상 재림하실 때 7년대환란을 종지부 찍으십니다.
2,000년 전에 이스라엘 땅 나사렛에 오셨던 예수님께서 이 지구에 다시 오십니다.

예수님께서 2,000년 전경 골고다 언덕에서 십자가 대속하신 후 3일 만에 부활하시고 40일간 제자들에게 보이시고 승천하셨는데, 승천하실 때 이스라엘 성전 동편 감람산(올리브산)에서 제자들이 보는 중에 승천하셨습니다. 지상 재림하실 때도 감람산으로 다시 내려오십니다."

"예수님께서 감람산으로 다시 오시는 '예수님 지상 재림' 직전에 사탄과 두짐승 세력들은 무저갱에 갇힙니다. 예수님이 공중 재림하신 후부터 지상 재림 하시기까지(7년간) ,이 땅 지구 세상은 대환란(7년 대환란)이 일어납니다. 그 대환란은 예수님의 공중 재림(신설한 크리스천들이 들림 받음)부터 지상 재림 직전까지 7년간 지구 땅에서 일어납니다.

7년대환란을 끝내시고 지상 재림하신 때부터는 새 1,000년이 시작됩니다.

[예수님 공중 재림~예수님 지상 재림-7년]

지구 세상--》》 7년 대환란
{계시록의 일곱 나팔 재앙과 일곱 대접 재앙}

'7나팔 재앙=전3년반'

'7대접 재앙=후3년반'

예수님께서 7년 대환란을 끝내시고 인간 역사에서 먼저 하나님 안에서 죽어 천국에 올라갔던 사람들과 함께 지구 땅 감람산으로 내려오십니다.

지상재림하시기 직전에 사탄과 그 두 짐승(요한계시록의 첫째 짐승과 두 번째 짐승)세력을 불호수(The Lake of Fire)에 던져 넣으십니다."

요한계시록 19장

20 짐승이 잡히고 또 그 앞에서 기적들을 행하던 거짓 대언자도 그와 함께 잡혔는데 그는 짐승의 표를 받은 자들과 그의 형상에게 경배하던 자들을 기적들로 속이던 자더라 이 둘이 산 채로 유황으로 불타는 불호수에 던져지고

20장

1 또 내가 보니 한 천사가 바닥없는 구덩이의 열쇠와 큰 사슬을 손에 들고 하늘로부터 내려와

2 마귀요 사탄인 그 용 곧 저 옛 뱀을 붙잡으니라 그가 그를 붙잡아 천년동안 결박하여

3 바닥없는 구덩이에 던져 넣어 가두고 그 위에 봉인을 하여 천년이 차기까지는 그가 더 이상 민족들을 속이지 못하게 하니라 그 뒤에는 그가 반드시 잠시 동안 풀려나리라

4 또 내가 보니 왕좌들과 그것들 위에 앉은 자들이 있는데 그들에게 심판이 맡겨졌더라 또 내가 보니 예수님의 증언과 하나님의 말씀으로 인하여 목 베인 자들의 혼들이 있는데 그들은 짐승과 그의 형상에게 경배하지도 아니하고 자기들의 이마 위에나 손안에 짐승의 표를 받지도 아니한 자들이더라 그들이 살아서 그리스도와 함께 천년 동안 통치하되

5 그 나머지 죽은 자들은 그 천 년이 끝날 때까지 다시 살지 못하였더라 이것은 첫째 부활이라

6 첫째 부활에 참여하는 자는 복이 있고 거룩하도다 둘째 사망이 그들을 다스릴 권능을 갖지 못하고 도리어 그들이 하나님과 그리스도의 제사장이 되어 천 년 동안 그분과 함께 통치하리로다

"666표를 받거나 짐승형상(AI 휴머노이드 로봇)에게 경배하거나 절한 사람들은 지옥에 떨어집니다 무저갱에 갇힌 사탄은 천년 이 찰 즈음 잠깐 다시 풀어 놓으십니다. 하나님께서는 사탄을 인간정화용으로 한 번 더 사용하십니다.. 키질하신다는 의미를 깨달으시기 바랍니다 (2차곡마곡전쟁)."

"아하! 네~."

"새천년이 다 흐르고 그 끝에 사탄 악령들과 그것들을 따랐던 인간들 모두는 다 '영벌의 장소(불호수, The Lake of Fire)'에 들어가며
영원히 영원히 그곳 불호수에서 나오지 못합니다.

'영벌의 장소'입니다. 그곳에는 죽음이 없습니다. 죽으려 해도 죽지가 않습니다. 영원히 산 채로 영원히 영벌을 받아야 합니다.

천국의 반대 개념입니다.

자~~~ 마음을 재정비하고 가다듬어야 하겠습니다."

"저는 미처 생각도 못 하였습니다. 아~~~"
성규는 두려움에 떨었다.

"예수님 지상 재림하시면 그때부터 새천년 시대가 펼쳐집니다. 그러나 아직 재림하시지는 않았습니다. 그러나 공중 재림하실 때가 매우 가까워지고 있습니다.

1 공중 재림(신실한 크리스천들이 공중으로 올라가 예수님을 만나고 낙원으로 입성한다)

2 7년대환란(지구세상)

3 지상 재림(7년이 지나서 천국입성한 지도자급 크리스천들과 함께 감람산으로 지상재림)

4 천년 왕국 시작

5 백보좌 심판(천년의 끝)

6 새 하늘과 새 땅(새 예루살렘성이 하늘에서 지구로 내려온다)

세상이 앞으로 이렇게 갑니다.

1,000년의 시대에는 사람이 장수의 시대로 바뀝니다. 창세기에 쓰여 있는 나이대로 환원됩니다. 육식이 사라집니다. 처음 에덴동산때처럼 열매와 식물을 먹습니다 사자가 풀을 먹습니다. 그러니 양과 사자가 같이 뛰놉니다.

인간들의 전쟁 무기들을 다 꺾어 버리십니다.
새 1,000년의 끝에서 백보좌 심판을 마치시면 앞에서 말했던 그 거대한 집이 하늘에서 지구로 내려옵니다(새 예루살렘성).

하나님께서 내려 주시는 사랑과 은혜의 집, 영원 영생할 사람들이 살 집, 영원 인간들로 승화된 크리스천들이 살게 될 영생 영원의 집입니다."

"아……!" 성규는 깊은 고뇌가 휩싸여 왔다.
김 목사는 다시 운을 뗐다.

"자~ 성규 형제. 우리는 사탄 악령들, 눈에 보이지 않는 그것들과 부디치며 살아가야 합니다. 하나님께서 악령들속에서 어떻게 살아가라고 말씀하셨는지 아십니까!?"

"잘 모르겠습니다."

"그것들과 싸워 이겨라! 그것들을 물리치라! 고 말씀하셨습니다. 이제 그것들의 애기를 합시다. 그들의 정체를 알아야 합니다!"

성규는 눈이 크게 떠졌다 사탄과 악령들, 여전히 이해하지 못했다. 긴가민가하는 상황 속에서 지내고 있었다.

3년 전 인희의 노루재 교통사고가 악령들의 소행이란 말을, 인희의 장례를 마치고 며칠 후 다시 김목사를 만났고 당시 상황을 전해들었지만 설마…?? 이런 의문 속에서 지내 오고 있었다.

"성규형제! 사탄마귀악령들이 무섭습니까!?"
"모르겠습니다 부디쳐 본 일도 없구요…"
"그것들이 비록 사람보다는 고차원적 피조물들 이지만 그것들도 피조물입니다 한계를 가지고 있습니다 예수님의 손바닥안에 있는 것입니다 예수님께서 한 방에 지옥에 던지십니다 다만 지구연수원에 우리 인간들 교육용도구로 사용하시기에 현재는 놓아두고 계십니다

그것들이 사용도구로 끝나는 싯점은 7년대환란이 끝나는 싯점과 새 1,000년이 끝나는 싯점입니다
백보좌심판때 사탄마귀악령들과 그것들의 앞잡이 노릇을 한 인간들까지 최종적으로 모두 다 지옥으로 던지십니다"
"아 네! 그럼 사람들은 오직 예수님만 꼭 붙잡고 있으면 되는거지요?"
"네 그렇습니다!"

"자~~~ 사탄과 그의 졸개 악령들, 이것들이 인간들에게 쓰는 술수에 속아서는 안 됩니다. 여러 가지 방법과 고단수 술수로 사람들을 공격합니다. 사탄마귀악령들의 속임수와 술책에 대다수의 사람들이 노출되어 있지요.
사탄 악령들이라고해서 무섭게 생기고 머리에 뿔 달리고 송곳니가 앞으로 삐죽 삐져나온 그런 흉한 모습으로 나타나는 것은 아닙니다 (때에 따라 흉칙한 모습으로도 나타나기도 하지만),

3차원의 생활을 하는 우리 인간들을 뛰어넘는 고차원의 영물들입니다.

그것들은 사람들을 속이는 데에 탁월합니다. 정신적 영적으로 사람보다 우월하니까요. 당연히 사람들을 갖고 놀 수 있지요. 사람들을 파탄 나게 하고 서로 싸우게 만들지요. 사람들이 눈치채지 못하게 보이지 않게 행동합니다."

"태초 때 하나님께서 사탄과 악령들을 창조하지 않으셨으면 더 좋지 않나요? 당장 모두 붙잡아 벌을 내리시면 좋지 않습니까?!"
"네, 그런 의문이 드는 것이 당연합니다. 아직 성경을 다 이해하지 못하는 초신자들이나 비크리스천이나 무신론자들이 항상 갖고 있는 질문이 바로 그 질문입니다. 왜 그냥 놓아두시냐??고 반문하지요?

그 이유는 사람에게 회생의 기회를 부여하기 위한 교육 훈련용 도구로 사탄과 마귀악령들을 사용하시기 때문입니다. 참과 거짓을 가려내시는 키 질용 도구들입니다.
사람도 잘못한 것이 많습니다. 사탄과 악령들을 지금 당장 영벌에 처하게 되면 인간들에게도 그와 똑같이 벌을 당장 내리셔야 하지 않습니까?

예수님께서 십자가 대속의 구원 기회를 주셨지만 사람들이 예수님을 영접하느냐? 않느냐? 또한 진짜 크리스천과 가짜 크리스천을 가려내시려고 사탄마귀악령들을 사용하십니다. 다시 말하면 사람들에게 영생의 기회를 부여하시려고 사탄과 악령들을 지금 당장 영벌의 장소에 처하지 않고 계십니다.

새 1,000년 끝에는 사탄마귀악령들과 또한 사탄 마귀악령들을 따라간 인간들까지 모두 다 영벌의 장소로 던져버리십니다 그제서야 완전한 화평이 이루어 집니다.

사탄과 그의 졸개 악령들, 그것들은 천국에서 쫓겨나는 1차적인 벌은 이미 받았습니다. 이것은 인간들에게도 마찬가지로 적용됩니다. 인간들은 현재 이 지구 연수원에서 하나님께서 주시는 교육 훈련 및 체험적 시험을 치르고 있습니다. 우리 인간들은 그 체험 학교(지구 연수원)에 입교(출생, 태어남)한 피교육생(세상에서 살고 있는 사람들)이라고보세요.

사람이 출생(지구에서 태어남)한다는 것은 지구 연수원에 입교했다는 의미이고, 죽음은 이 연수원을 졸업했다는 의미이며 천국에 들어감은 졸업 시험에 합격했다는 의미입니다. 그런데 천국 입성하지 못함은 무엇을 뜻합니까?"

"불합격했음을 뜻합니다! ..."
"네, 저도 마음이 아프고 괴롭습니다. 허나 어찌하겠습니까? 그들 스스로가 예수님 영접을 거부하고 외면했습니다. 그리고 영접했다 해도 다시 배도하였기 때문입니다!!"

"아..."

"사탄은 본래 천국에서 살았던 대천사들(체루빔. Cherubim)중에서 하나의 대천사(체룹, 크룹, 그룹, Cherub, 가장 상위급천사) 였습니다."

이사야 14장

12 너 아침의 아들 계명성이여 어찌 그리 하늘에서 떨어졌으며 너 열국을 엎은 자여 어찌 그리 땅에 찍혔는고

13 네가 네 마음에 이르기를 내가 하늘에 올라 하나님의 뭇 별 위에 나의 보좌를 높이리라 내가 북극 집회의 산 위에 좌정하리라

14 가장 높은 구름에 올라 지극히 높은 자와 비기리라 하도다.

15 그러나 이제 네가 음부 곧 구덩이의 맨 밑에 빠치우리로다.

"천국에서 하나님께 배도할 때 천국천사들 중 약 1/3이 같이 하나님께 배도하였습니다. 사탄의 하위급의 천사들입니다

그것들이 1층천 지구와 2층천을 오가며 머물고 있고, 지구핵(지옥)도 왕래하고 있습니다 예수님께서 허락하신 그들의 행동범위 입니다

오늘도 인간들에게 화풀이 하며 공격하고 있습니다. 하나님 계신 3층천 천국에서 쫓겨난 후 화풀이 대상으로 1층천(지구)에서 살고 있는 우리 사람들을 공격하고 있습니다.

사탄과 악령들은 이렇게 하나님께 항변합니다. 인간들도 하나님께 잘못을 많이 범하는데 왜 인간들에게만 구원의 기회를 주시느냐 하며 따지고 대듭니다 인간의 잘못과 천사들이 배도한 것은 차원이 같지 않습니다. 같은 피조물이지만 천사의 차원과 사람의 차원은 다릅니다

하나님께서는 천사들이 배도하였을 때와는 다르게 사람들을 처분하셨다고 저는 봅니다. 예수님께서 인간들을 구원하시기 위하여 십자가 대속하심으로 인간들에게 한 번 더 영생영원축복의 기회를 주셨습니다.

지구에서 하나의 사람이 태어나기 전에 개개 사람들의 혼은 이미 창조되어 낙원(3층천의 어느 곳)에 존재하고 있었다고 저는 그렇게 봅니다. 왜냐하면 성경에 구원받은 인간들의 혼은 인간이 죽으면 육신은 썩어 흙이 되나 혼은 육신에서 분리되서 '본향(낙원)으로 간다'고 쓰여 있기 때문입니다.

이미 존재하고 있던 그 개인 혼들은 어머니 태의 태아에 들어가 결합되어 하나의 사람으로 출생하여 삶을 시작하게 하셨다고 저는 그렇게 봅니다.

천상에서 먼저 존재해 있었고 천상에서 잘못한 개개의 인간 혼들이었겠지만 지구 연수원에 입학(출생)하게 하셨다고 저는 그러한 개인적 견해를 가지고 있습니다(천상에서의 기억을 지우셨다)."

그리고

"옛날 고구려, 신라시대에 살던 사람들(성경 말씀 전파가 되지 않은 시기)중 대다수가 또는 특별한 경우에 처한 사람들은 '중간 지대=이브라함의 품'에 갈 것이라고 생각합니다.

아브라함의 품이란 아브라함이라는 사람을 뜻하는것이 아니고, 천국도 지옥도 아닌 중간 지대(땅속 지옥과 어느 정도 거리를 두고 있는 지옥에 인접한 어느 지역)를 가리킨다고 봅니다
그곳에 간 인간들은 정화의 시기를 거쳐 천국입성할 것이라고 봅니다. "

누가복음 16장

20 또 나사로라 하는 어떤 거지가 있었는데 그는 헌데 투성이로 부자의

대문에 누워

21 부자의 상에서 떨어지는 부스러기로 배를 채우려 하더라. 또한 개들이 와서 그의 헌데를 핥더라

22 그 거지가 죽어 천사들에 의해 아브라함의 품으로 옮겨지고 그 부자도 죽어 묻히게 되었더라

23 그가 지옥에서 고통 중에 눈을 들어 멀리 아브라함과 그의 품에 있는 나사로를 보고

"아! 중간 지대.."

"피치 못할 사유가 있는 사람들이 있을 것인데 그런 사람들이 '중간지대=아브라함의 품'에 가서 회생의 기간을 가질 것이라고 봅니다. 대다수의 크리스천들은 이에 같은 견해를 갖고 있습니다.

거지 나사로가 언제 하나님 말씀 들을 기회를 가질 수 있을까요? 하나님말씀을 들으려 해도 주변 사람들이 냄새나고 꼴 보기 싫다고 시나고그(Synagogue)[17]에 들어오지도 못하게 했을겁니다. 이런 예외적인 상황에 처한 사람들도 있으니까요.

---

17) 유대인들의 회당, 구약 성경 말씀을 공부하는 곳. 유대인들의 사교 장소이기도하다.

자. 계속 말해 봅시다. 천사와 사람. 분명 차이가 있습니다. 하나님께 배도한 그 체룹과 그 체룹을 따라 같이 배도한 1/3의 천국 천사들에게는 회생의 기회를 부여하지 않으셨습니다. 왜 그런지는 인간들은 접근 불가한 하나님의 영역이며 하나님의 주권입니다. 천사의 차원과 인간의 차원은 분명 다르지요.

배도한 천국 천사들을 하나님께서 2. 1층천으로 내어 쫓아버리신 후 천사였던 본래 지위를 모두 박탈하셨습니다. 사탄과 그의 휘하 졸개들 모두를 악령들로 만들어 버리셨습니다."

"네 이해가 옵니다.."
"자, 욥기 이야기좀 합시다"
"욥기요?... ..."
"욥기에서 가장 특이한 점을 발견한 것이 있습니까? 성규 형제?"
"네, 있습니다."
"무엇입니까?"
"그것은 사탄이 욥을 공격하기 이전에 하나님께로부터 허락을 먼저 받았다는 것입니다."
성규가 이렇게 말하자 김 목사는 입가에 미소가 돌았다.

"네! 바로 그것입니다. 사탄도 그 휘하의 악령들도 다 우리 사람들과 마찬가지로 하나님께서 지으신 피조물(창조물) 들입니다.

하나님 손아귀에 있지요. 그들은 피조물들이지 신이 아닙니다. 그렇지만 사람과는 전혀 다른 '영물(靈物)'들입니다. 고차원의 능력을 가졌지요. 자기들의 모습을 변모시킬 수도 있고, 우리 인간들의 정신을 장악할 수도 있고, 인간의 육신을 욥처럼 병들게도 하며 파괴할 수도 있습니다. 때론 사람들에게 큰 육신적인 힘과 악령적 능력을 불어넣어 주기도 합니다. 괴력을 발휘하거나 고능력의 지식을 가진 사람으로 악령적 능력을 주기도 합니다."

"사람이 사탄이나 악령들을 눈으로 볼 수 있습니까?"
"볼 수 없습니다. 사람 눈에 보이지 않습니다 그러나 필요한 경우 어떤 사람에게는 생시에 맨눈으로 볼 수 있게 해 주십니다. 사탄이나 그의 졸개 악령들은 어떤 특정한 상황의 경우 사람과 대화도 하거나 또는 깔깔깔 거리며 웃거나 기타 여러 모습으로 변신하여 나타 나기도 합니다. 그러므로 사탄 및 그의 졸개 악령들이 실제로 존재함을 사람이 알도록 하십니다."

"아, 네~. 알겠습니다. 사탄이나 그 휘하 졸개 악령들이 그런 막강한 고차원의 능력을 가졌다면 마음만 먹으면 사람을 전부 다 죽일 수도 있단 말이 됩니다??"
"그렇습니다. 욥의 예에서 나타났듯이 욥의 아들 7명, 딸 3명을 순식간에 다 죽이지 않았습니까? 그리고 건강한 욥을 병들게 하지 않았습니까?"
"아 네."
"인류를 몰살시킬 수 있는 영의 고차원적 능력을 가지고 있습니다. 인간의 과학 생물 물리학적 차원과는 다르지요.

4차원 이상의 영적능력을 가지고 있습니다. 이 지구 땅도 파괴시킬 수 있습니다."

"아. 아니 ~. 그렇다면 목사님 사탄과 그 수하의 악령들이 인류를 공격하면 우리 인간들의 능력으로는 막아 내지 못하는 것 아닙니까?!"

"네, 그렇습니다. 못 막아 냅니다!"
"아, 아니. 그런데 지금 우리는 그럭저럭 살아가고 있지 않습니까? 사탄이 공격하지 않고 있어서 그런가요?"
성규는 눈을 크게 뜨고 되물었다.
"하하하하~"
김목사는 크게 웃었다.

"성규 형제, 욥기를 자세히 읽어 보세요. 욥기에 답이 있습니다. 하나님께서 때론 사탄의 공격을 허용도 해 주시지만, 허용해 주시지 않을 때가 더 많지 않겠습니까? 수조 속에 천적 물고기 역할이 그것들의 임무입니다. 인간들이 나태해져 방탕하게 되면 사탄 악령이란 몽둥이를 사용하십니다. 인간들에게 깨달으라 경고하십니다."
"아, 네! 그렇군요 으음... "

"혹시 사탄이 하나님께 허락을 득하지 않고 몰래 인간들을 공격하면 어떻게 되는겁니까??"
"그것은 불가능합니다. 하나님께서는 전지전능하십니다. 악령들과 그들의 수장인 사탄이 그렇게 해 보려 하다가는 오히려 엄청나게 혹독한 벌을 받기에 하려 해도 못 하지요. 또한 하나님 몰래 할 수 있는 일은 세상에 없습니다. 무소부재(無所不在)하십니다

링에서 레슬링, 권투를 한다고 할 때 사각 링은 지구 땅. 인간 사회요, 한쪽은 성령과 천국 천사팀, 다른 쪽은 사탄과 악령들 팀이며 주심은 예수님이십니다.

공의로 심판을 보십니다. 경기의 주도권은 예수님이 가지고 계십니다.

어느 쪽에 유리하게 심판을 보실까요?"

"성령님과 천국 천사들 편에 유리하도록 심판을 보실 것 같습니다."

"왜요?"

"반대편인 사탄과 악령들은 예수님께로부터 이미 벌을 받은 팀이기 때문입니다."

"옳습니다! 그렇지요. 성규 씨! 둘로 나뉜 양쪽에선 코치도 있고 트레이너도 있고 작전도 짜겠죠. 성령님과 천국 천사들은 하나님을 믿는 사람들 편에서 인도해 주십니다. 그리고 은사, 병 고침, 방언, 신비 체험 수호천사로 옆에서 지도해 주십니다.

반대편은 어떻겠습니까? 사탄과 그 휘하의 악령들은 사람들을 영적 정신적으로 속입니다. 속임의 대가(大家)입니다. 때론 악마적 능력, 힘을 자기(사탄)를 따르는 특정한 사람들에게 불어넣어 주기도 합니다.

그러나 그것은 한계를 지녔고 그 한계를 넘어서지 못합니다.

악령들도 그들의 방식대로 합니다. 그런데 그 끝은 항상 파탄과 사망으로 몰아가지요. 그것을 일반 사람들은 거의 분별해 내기 어렵습니다.

'성령 체험' 대 '악령 체험'.. 이 둘을 잘 분별해야 합니다. 이 둘의 경계선을 사람으로서는 분간이 어렵습니다. 그리고 수시로 이쪽과 저쪽을 왔다 갔다 합니다."

"네? 왔다갔다 한다구요?"

"우리 사람들은 성령과 악령 사이를 왔다 갔다 방황한다는 것입니다."

"방황한다고요? 무슨 뜻인지 잘 모르겠습다."
"네, 인간의 한계성 때문입니다."
"인간의 한계성요?"
"인간은 온전치 못합니다. 깨지기 쉬운 질그릇과 같습니다. 수시로 왔다갔다 합니다"

"그럼, 목사님. 인간들이 절대 넘어서는 안 되는 선이 무엇입니까?"

"그것은 2가지가 있습니다. 첫째는 십계명입니다. 그중에서도 수직계명 (제1계명-제4계명)은 반드시 지켜야 합니다. 물론 나머지 6계명(수평계명)들도 중요합니다.

아시다시피 수직계명은 하나님께서 하늘에서 땅으로 인간들에게 내리시는 계명입니다 (수평계명은 인간 대 인간의 수평적계명).

십계명 중1계명~4계명은 반드시 지켜야 합니다.

'4번째 계명은 안식일을 지켜라'입니다. 안식일은 일주일에 첫 번째 날 일요일(주일)입니다. 그리고 이날은 교회에 나가서 성경 말씀을 들으며 공부하는 날을 뜻합니다. 개개인의 사정으로 교회 출석이 어렵다면 집에서 인터넷으로 올바른 목사님을 찾을 수 있습니다.

특히 가짜 이단 삯꾼 목사들을 피하셔야 합니다. 이들이 천국에 들어가려고 온 사람들을 오히려 영벌의 자식이 되게 합니다. 인생 망칩니다. 차라리 안 만나는 것이 살 기회를 잃지 않는 길입니다.

그들은 자기들의 손아귀에 걸려든 사람들을 아주 망하게 하는 데에 특별한 힘을 발휘하지요.

올바른 교회를 찾았다 해도 출석하기가 어렵다면 집에서 인터넷이나 보조 서적 등으로 공부하십시오(꼭 일요일에만 성경 공부하란 뜻이 아닙니다).
최소한 일주일에 한 번은 공부하란 뜻입니다. 매일 공부하면 더 좋지요.

안식일(제4계명)이 구약에서 신약으로 넘어오면서 매일매일 365일이 안식일, 즉, 주님의 날 주일입니다. 일주일에 한 번 있는 일요일만 주일이 아니란 뜻입니다.
수직계명인 1~4계명은 반드시 지켜야 합니다. 이와 함께 '요한계시록'에서 알려주신 '그 경고의 말씀'을 절대 지켜야 합니다. 그래야 천국에 들어갈 수 있습니다."

"네. 잘 알겠습니다! 요한계시록을 다시 잘 읽어 보겠습니다!"

"안형제, 성령체험 해봤습니까?"
"글쎄요... 잘 모르겠습니다... 음, 아참... 이상한 일이 있었습니다"
"말해 보세요!"

"3년 전 그 사건으로 인희와 이별하고 인희는 춘천공원묘원에 잠들게 된 후, 저는 가평산림원을 떠났습니다 서울 방화동으로 이사했습니다."
"네, 참 가슴 아픕니다.."

"이사한 그날, 새벽에 이상한 일이 있었습니다. 그리고 이튿째 새벽에도 그 이상한 일이 다시 일어났습니다. 두 번이나... 도저히 말로는 설명도 안 되고 이런 말 하면 저보고 미쳤거나 거짓말한다고 할 겁니다!"

"일어난 일을 그대로 말씀해 주세요!"
"네 말씀드리겠습니다."

"가평산림원을 떠나 방화동에 방한칸 마련해서 이삿짐을 싣고 도착해 짐 정리하고 초저녁에 일찍 잠들었고, 다시 잠이 깨 이리 저리 뒤척이다 다시 잠들었는데 부엌 문쪽에서 쾅쾅쾅 쿵쿵쿵 탕탕탕~ 하는 요란한 소리에 깼죠 다음날도 쿵쿵 소리가 똑같이 들렸고 우르르르~ 하며 방벽이 흔들리는 것 같았고 그 소리에 잠이 깼습니다.

제가 새 세상에 와서 마음이 안정되지 못해서 그런가 그렇게 생각했죠.

성규는 가평을 떠나 서울 방화동 단칸방에 온 날, 이틀에 걸쳐 새벽에 있었던 일을 생생히 회고하였다. 조용히 듣고 있던 김 목사는 이윽고 입을 열었다.

"당시 북쪽으로 멀어져가며 사라졌다고요?"
"네, 그렇습니다!"
"우주 하늘 북쪽의 끝(2층천의 끝)에는 천국, 즉 제3층천이 시작됩니다."
"우주의 끝 북쪽에요?"
"네, 그렇습니다. 천국은 지구에서 보면 북쪽입니다."

"그렇다면 목사님, 미국 NASA의 여자 연구원 마샤 메이슨 (Marcia Masson) 박사가 1993년 12월 26일에 자신이 근무하고 있는 미국 메릴랜드주 고다드 우주비행센터(Goddard Space Flight Center)로 전송된 우주에 빛나는 물체, 허블 우주망원경에 찍힌 성(城) 같은 물체가 천국의 일부임에는 틀림없다는 얘기 입니까?!"

"아 아니 성규형제도 그 뉴스를 보셨습니까?"

"네. 이사 오고 이틀간 그런 이상하고 신비한 일을 경험하고 곧 바로 종로1가로 갔습니다. 대형 서점에 가서 천문학 서적들을 살펴보다가 알게 되었습니다."

'아! 그러셨군요.'

"성규 형제, 성규 형제에게 찾아온 두 사람, 그 두 사람은 '야훼와 인희 자매'입니다."

"네에?? 야훼께서 오셨다고요? 그리고 인희가 왔다고요?? 아... 아...!"

"'여호와 하나님'께서 인희 그리고 천군 천사들과 함께 성규 씨를 만나러 오셨습니다. 물론 성규 씨에게 말을 건넨 두 사람의 목소리는 '하나님' 과 '인희'입니다."

다시 성규에게 이렇게 물었다.

"성규 씨는 인희 자매가 죽었다고 보십니까?"

"... 정말 인희가 살아 있습니까...?"

"인희 자매가 영혼의 형태로 성규 씨를 만나러 온 것입니다."

"아아... 정말입니까... 아아"

"유체이탈 체험을 안해 보셨기에 그러하시겠지만, 그 경험을 하시게 되면 이해가 되실겁니다."

"... 아아..."

"사람의 육신은 죽으면 썩어 흙이 되지만 사람의 영혼은 육신과 분리되어 육신에서 빠져 나옵니다."

"믿어지지가 않습니다. 정말 그렇게 되나요?"

"천국에 들어가도록 인정받은 사람들은 죽으면 영혼은 육신에서 빠져 나오고 죽은 육신은 썩어 흙이 됩니다.

새로운 육신은 늙거나 병이 없는 영원히 사는 영성체의 육신입니다 자기 혼이 들어가 결합되어 영성체로 갈아 입습니다. 그리고 천국으로 올라 갑니다."

"지옥간 사람들은 어찌 됩니까?"

'반대 개념입니다 혼이 육신에서 빠져나오나 '영벌의 장소(The Lake of Fie)'로 혼이 가는 것입니다. 영벌 장소에서 이 세상에서 죽기 직전의 자기 육신이 다시 만들어지는데 지옥으로 간 자기 혼이 다시 만들어진 죽기 직전의 자기 육신 속으로 들어갑니다. 그런 후 영벌의 장소에 자기가 와 있음을 그때 알게 됩니다."
"아아... 두렵습니다..."

"저... 목사님! 애벌레에서 나비로 승화한다는 것 좀 설명해 주십시오. 천국에 들어가야 합니다 저도."
"그것은 사탄 악령들을 보고 깨달으셔야 합니다. 사탄과 악령들이 왜? 그런 꼴이 되었습니까?
"... ..."

"사탄은 천국 천사들 중에서 그 영광과 아름다움이 이루 다 말할 수 없 었지요. 하나님께 늘 이렇게 생각하였겠죠.

'고맙습니다. 하나님! 저를 이렇게 최고급으로 멋지게 창조해 주셔서 정말 하나님께 찬양드리나이다.' 그런데 시간이 갈수록 그 고마움을 잊기 시작한 것입니다. 사람이나 천사나 결국 같습니다. 그 체룹은 못된 생각을 하기 시작했습니다.

'아... 나도 하나님처럼 되고 싶다' 이런 엉뚱하고 가당치 않은 흑심을 품기 시작한 것입니다.
교만이 움트기 시작한 것입니다. 급기야 배도의 반란을 일으켰습니다. 하나님께선 사탄에게 반성과 회개의 기회를 주셨지만 끝내 배도의 길로 들어갔고 자기 휘하의 하급 천사들까지 선동하고 부추겨 약 1/3의 천국천사들과 같이 하나님께 대들며 배도하기에 이르렀습니다.

다른 2/3의 천사들은 사탄의 배도 선동을 뿌리치고 거부하였습니다. 하나님의 법도에 충실하였습니다. 그리고 하늘 전쟁에 돌입하였습니다. 어느 편이 이기겠습니까?"
"당연히 사탄이 패하였겠지요."
-그렇습니다. 하나님께선 사탄과 1/3 천사들 보고 너희들 하고픈 대로 다 해 보아라. 이렇게 풀어 놓아두신 것입니다. 이것은 본보기가 되는 것입니다. 배도의 반복이 일어나지 않게 하시려는 하나님의 뜻이십니다!"
"으 음."
성규는 귀를 쫑긋 세웠다.

"사람에 비유하면 부모의 고마움을 모르는 자식과 같은 것입니다. 부모가 자식에게 큰 재산을 물려주었는데 은혜를 모르고 허랑방탕하게 다 탕진하고 더 재산을 주지 않는다고 대든 것과 같습니다. 공짜로 생기면 값어치를 모르기 쉽습니다.

물론 다 이렇지는 않습니다. 부모의 고마움을 잘 알고 물려주신 유산을 더 크게 성공시키는 자식들도 많지요

(배도하지 않은 2/3 천사들, 신실한 크리스쳔들).

하늘 전쟁에서 사탄을 물리치는데 앞장 서고 용맹을 떨친 천사가 있습니다. 그 천사들 아십니까?"

"음... 모르겠습니다."

"대천사 미가엘(Michael The ArchAngel) 입니다."

" 아! 네~ 미가엘 대천사장. 이름을 들어 본 적이 있습니다.."

고개를 끄떡였다.

"사탄과 악령들은 미가엘 천사장을 이길 수 없습니다.

하나님께서 미가엘의 충직하고 성화된 성품을 사랑하시고 미가엘에게 더 높은 능력과 고차원의 영성을 부여하셨습니다."

"아~ 그렇군요. 미가엘이 부럽습니다."

"사람은 사람으로서 본분을 지키면 됩니다. 나중에 천국 입성하면 사람도 천사처럼 영광체로 승화하지요."

"앞으로 저는 어떻게 살아가야 합니까?'

"스스로 찾아 가십시오."

어느덧 땅거미가 내렸다. 사방이 어둑해져 갔다.

사무실에 있는 간이 숙소에서 잠을 청하겠다고 부탁하자 김목사는 흔쾌히 수락하였다.

"이 세상에서 사는 동안 하나님 말씀을 듣는 사람으로 사세요.

그때에 성규 씨는 빛날 것입니다!"
"네, 고맙습니다. 목사님 잊지 않겠습니다!"

.... 나비... 그래 가평산림원에서 난 나비를 만났었다. 절규했다.

"나비야, 난 어떡해야 하니?" 호랑나비는 소리쳤다.
"넌 나를 따라올 수 없다고!"
난 나비에게 소리쳤다!
"네가 길을 가르쳐 준다고 했잖아? 어서 이리로 와!"라고... ...

그러나

나비는 저 멀리에서 큰 음성으로 내게 다시 소리쳤다.
"너를 덮고 있는 그 두꺼운 고치를 벗어 버려야 해!"

성규는 김목사와 대화를 마치며 마지막으로 물었다.

"인희는 왜 죽었습니까?"

'악령의 공격을 받았습니다. 성규 씨는 인희자매가 운전 실수나 미숙으로 노루재에서 사고 났다고 보십니까?"
"아닙니다. 절대 그럴 리가 없습니다."

"네. 정확히 보셨습니다. 악령들과의 싸움은 옛적에도 현시대에도 앞날에도 계속될 것입니다. 그 전쟁에서 우리는 이기게 될 것입니다. 성령께서 이끌어 주십니다. '악령'대 '성령'의 긴 전쟁 속에서 오늘도 우리 인간들은 살아가고 있습니다."

이제야, 3년 동안 가슴에 응어리진 인희의 노루재사고의 전모가 눈에 그려졌다.

강대상 쪽으로 다가갔다. 성금을 봉투에 담아 헌금함에 넣었다.

지나온 7년...

돌아보며 잠에 들었다.

제32장

수호천사

먼동이 터 오고
벌써 몇몇 교우들이 새벽기도 중에 있었다.

그들 틈에 끼어서 마음속 응어리를 토로했다.

****

"목사님, 말씀 가르쳐 주셔서 고맙습니다. 길 잃고 헤메일 때 목사님께 도움 청하겠습니다."
"작은 능력이지만 친구가 되어 드리겠습니다."
"고맙습니다! 항상 건강하세요~"
"꿋꿋하게 걸어가세요. 늘 건강하시길 주님의 이름으로 기도합니다~"
"늘 건강하세요! 또 연락 드리겠습니다~"
"네~"

천천히 공지천교로 핸들을 잡았다.

공지천교를 건너자 갓길에 차를 세웠다.

"인희야, 어디에 있니! 인희야! 인희야!"

춘천 시내를 뒤돌아보았다. 인희 묘소가 있는 춘천공원묘원 쪽을 묵묵히 바라보았다.

"성규야! 성규야! 어디를 보느냐~"
"앗? 이게 무슨 소리야?"
"인희는 그곳에 있지 않노라."

위쪽에서 무언가가 내려오는 것이 느껴졌다. 공중 몇 미터 앞에 나타났다. 그 호랑나비였다.

"아앗! 나비야! 네가 어떻게~ 나비야 어떻게 여기에..."

"내가 나비로 나타난 것은 고치를 찢고 나오라고 나타났었다. 널 계속 지켜보고 있다. 네가 '예수아메시아' 앞에서 올바로이 걸어갈 때
너를 지키라고 명 받았다.

나는 '수호천사(守護天使)'이다.
사탄과 악령들과 전투에서 꿋꿋하라.
그러나
명심하라!

하나님 중심의 삶에서 벗어나면 사탄과 악령들의 전투에서 네가 패주

하더라도 너를 돕지 않을 것이다."

이 말소리가 끝나자마자 호랑나비는 순식간에 사라지고 빛나는 흰 세마포 옷을 입고 등에는 희고 빛나는 날개 한 쌍이 있는 천사가 나타났다.

"아앗~"
"아 아... 아아... 누구입니까? 누구입니까? 아... !"

"너의 길을 가라!"

천사는 성규를 잠시 바라보더니 이내 하늘로 오르면서 홀연히 사라졌다.

"아아~ 아아 ~~~"
그저 멍하니 공중만 바라보았다.

옆에서 택시를 기다리던 사람들... 의아하게 성규를 쳐다보았다.

"아니, 저 사람 왜 저래? 허공에 대고 말하더니 소리까지 치네. 나비? 나비가 어디 있어? 지금 겨울 아냐?"
"그렇게 말이야??"

흐르는 눈물을 주먹을 쥐고 닦았다.
"악령들과 전투에서 이기고 말 거야, 반드시! 으흐흐흐흑~ 인희는 죽지 않았어. 죽지 않았어!"

옆에 있던 사람들이 더더욱 휘둥그레졌다.

"아아니, 저 사람 왜 저래? 아까부터 허공에 대고 말하더니 점점 더 이상해지네. 인희? 인희가 누구야?"
"아까부터 찾고 있어."
"인희가 죽지 않았대??"
"악령들과 전투에서 이기겠대…?"

근처에 있던 사람들은 머리를 가로 흔들며 수군거리기 시작했다.

"인희야, 우리의 이별이 헛되지 않게 할거야~ 악령들에게 되갚아 줄거야. 너를 공격한 그 악령을 찾아내어 반드시 죄값을 물을 것이야!"

흐르는 눈물을 닦으며 핸들을 잡았다.
다신 울지 않으리라 다짐했건만,

"그 악령을 찾아내고 말거야. 반드시! 반드시!"

이제야 하나님 계심을 뼛속 깊이 실감하고 하였다. 눈에 어떤 비늘이 떨어지는 것 같았다.

응암동 집.

창문을 열었다.
늘 보이는 봉우리.

북한산 저 봉우리를 볼 때마다 웬지 서러워 보이곤 하였다. 창문을 닫고 작은 거실 소파에 앉았다.

제32장 | 수호천사

어떻게 해야 하는가.

'내 길을 가라니, 이 무슨 말인가? 어디서부터 어떻게 가란 말인가

... 아무것도 손에 잡히지 않았다. 모르겠다. 할 수 있는 일이 무엇인지...

며칠째 끙끙 앓았다.

결국 답 찾기를 중단하고 잠시 여행이라도 떠나기로 했다. 대중교통으로 무작정.

등산용품점에 들러서 배낭과 등산화. 간단히 밥해먹는 도구들과 슈퍼에 들러 포장된 쌀과 반찬을 샀다. 서울역으로 향하였다. 늦은 밤 남쪽으로 향하는 야간열차에 무작정 몸을 실었다.

제33장

여행

한밤중을 지나
경남 하동.
작고 허름한 역, 한 외톨이.

버스 정류장. 남해대교? 멀지 않은 거리인 듯 버스 앞유리 밖으로 다리가 보였다.
"저 다리가 남해대교입니까?"
"네~"
"건너 가보자" 다리 끄트머리에 이르자 아래에 작은 승선장과 매표구 하나. 한려수도를 거쳐 여수가 종착 항구.

난생처음 타 보는 배. 점점이 떠 있는 작은 섬들 사이로 달려가고, 한 폭의 그림.
"아~~ 이래서 한려수도라고 하는구나!"

'여수항구'

커다란 표지판에 '백도관광'
가 보자... 아참, 오늘은 여수 구경좀 하고~ 걸었다.

어둑해져 야산에 올라 텐트를 쳤다. 아래쪽을 보니 여수항구. 밤바다와 깜박거리는 작은 배들... 통통거리며 들어온다. 텐트로 들어가 막 잠이 들었는데 누군가가 텐트를 흔들었다. 얼굴을 부비며 텐트 지퍼를 열었다. 경찰 복장의 사람.

"여기서 뭐 하세요?"
"여행 왔는데요~"
"주민등록증 좀 보여 주세요." 이것저것 묻더니 "철수하세요 여기서 야영은 금지되어 있어요!"
"아니~ 이 밤중에 갑자기 어딜 가요? 오늘만 자고 내일부턴 여관 이용할게요."
어쩔 수 없다는 듯이 내려가며 한 마디 툭 던졌다.
"불 나지 않도록 산불 조심해요"
"네."

해가 올랐다. 배낭을 챙겨 여수항으로.

매표원에 물어보니 거문도에 도착해서 백도유람선으로 갈아탄다고. 배는 하염없이 이 섬 저 섬을 들르며 마냥 가더니, 4시간도 넘게 걸려 거문도에 도착했다.

섬 구경하며 걷다 보니 네덜란드 선원 공동묘지 표지판. 바닷가 야트막한 곳. 스페르베르(Sperwer)호, 거문도에서 죽은 네덜란드 선원들의 정돈되지 않은 몇 개의 작은 묘비들이 언덕에 꽂혀 있었다.

'하멜표류기'

350년 전쯤. 감옥에 갇히기도, 매도 맞고 구걸도 하며 지내야 했다고, 먼 이국 땅.

인생 난파자, 무상식의 항해~ 난 어떤 진혼곡을 불러야 하는가?

바닷가 언덕에 성규는 묵묵히 섰다.

누구인지도 모를 사람들이 태어나고,
불합리하거나 난제들을 해결하며 나은 세상을 만들어 가고 있다지만, 왜 늙고 왜 병들고 왜 죽음에 서야 하는지 설명했고 해결해 준 사람이 있을까?

1. 난 왜 태어났는가? 난 부탁한 적이 없다. 아니 부탁할 수도 없다. 나란 존재는 없었으니까.

2. 난 왜 늙어야 하는가?

3. 난 어느 날 죽을 것이다.

원한 적이 없다(상관없다.) 그렇게 되어 갈 뿐.

누가 알려 주었고, 설명해 주었고, 해결책을 제시했는가?

한 사람외에는

아무도 알려 주지 못했다. 해결책도 만들지 못했다.

동서고금 수많은 사회학자 철학자 과학자들까지 인생을 논해 왔다. 심플하게 생각해 보자. 만일 죽음으로 한 개인이 끝이라면 삶은 무의미한 것이다. 아니, 무의미한 것이 되고 만다.

'아니!? 이보게 이 사람아! 자네 지금 뭐하나~ 죽으면 모든 게 끝인데??'

잘살든 못살든 원하는 것을 이루었든 못 이루었든, 값지게 살았든 그렇지 못했든 성공자로 살았든 실패자로 살았든, 한 개인의 삶, 무슨 의미인가?

태양은 오늘을 따뜻이 비추고 있다.
저 태양을 누가 만들었을까.
난 어디에서 왔고 넌 왜 존재하고 있느냐?

1. 만일 모든 사람이 다 하나님 말씀을 듣도록 만드셨다면 분명히 로봇을 만드셨다.

2. 만일 모든 사람이 모두 다 하나님 말씀을 듣지 않도록 만드셨다면 이 역시 로봇을 만드셨다.

3. 사람을 창조하시되 완전무결하게 창조 하셨다면 사람이란 피조물은 하나님께서 필요로 하지 않으셨으리라.

4. 자유의지를 주셨다.

스스로 결정을 내려야 한다. 사람도 자기 집안에 불필요하거나 나쁜 것들은 쓰레기통에 버린다.

하나님께서 하나님의 집(천국)에 불필요하거나 나쁜 것들을 그대로 놓아 두시겠는가?
'지옥과 천국'으로 나뉜다고 말씀하셨다.

'자기의 자유의지로 예수님을 자기의 구세주로 영접해야 하리라.'

(낳은 자식에 비유)
인간들에 대하여 책임을 지셨다.
예수님께서 오셔서 사람을 살리시려 십자가 대속을 하셨다. 예수님을 영접하는 사람들을 하나님의 양자로 삼으셨다.

때론 회초리도 드신다. 인간과 하나님과의 관계- 하늘 법도에 의거 행하시리라. 토기그릇인 인간들이 토기장이이신 창조주를 인간적 잣대로 잰단 말인가?

이사야 29장

16 너희의 패리함이 심하도다 토기장이를 어찌 진흙같이 여기겠느냐 지음을 받은 물건이 어찌 자기를 지은 자에 대하여 이르기를 그가 나를 짓지 아니하였다 하겠으며 빚음을 받은 물건이 자기를 빚은 자에 대하여 이르기를 그가 총명이 없다 하겠느냐

45장

9 질그릇 조각 중 한 조각 같은 자가 자기를 지으신 자로 더불어 다툴 때 화 있을진저 진흙이 토기장이를 대하여 너는 무엇을 만드느뇨 할 수 있겠으며 너의 만든 것이 너를 가리켜 그는 손이 없다 할 수 있겠느뇨

64장

8 그러나 여호와여 주는 우리 아버지시니이다 우리는 진흙이요 주는 토기장이시니 우리는 다 주의 손으로 지으신 것이라

로마서 9장

20 아니라. 오 사람아, 네가 누구이기에 하나님께 대꾸하느냐? 지어진 것이 자기를 지은 이에게 말하기를, 어찌하여 나를 이렇게 만들였소, 하겠느냐?

21 토기장이가 같은 덩어리의 진흙으로 한 그릇을 만들어 존귀에 이르게 하고 다른 하나를 만들어 수치에 이르게 할 권한이 없겠느냐?

예레미야 10장

23 오 주여, 내가 알거니와 사람의 길이 사람 자신에게 있지 아니하며 걷는 자의 걸음을 인도하는 것이 그 사람에게 있지 아니하니이다.

24 오 주여, 나를 바로잡으시되 공의로 하옵시고 주의 분노로 하지 마옵소서. 주께서 나를 없애실까 염려하나이다.

잠언 16장

9 사람의 마음이 그의 길을 계획할지라도 주께서 그의 걸음을 인도하시느니라.

그래
사람의 자유의지,
하나님의 개입하심,

그 사이에서 살고 있구나

사람이 자기 마음대로 결정할 테지만, 하나님께서 개입하시지 않겠는가!

백도행 유람선을 타러 선착장으로 갔다. 오전 한 번 오후 한 번, 1일 2회 뜬다고 했다. 기상이 나쁘면 좋아져야 뜬다고.
"오늘은 뜰 수 있나요?"
"약간 흐리고 비가 올 것 같은데, 곧 가부 연락받으면 알려 줄 거예요."
"네~"
잠시 후 매표 창구가 열렸다
"오늘 유람선 뜹니다. 기상이 아주 나쁘지 않대요~"

한때의 관광객들로 보이는 사람들이 우르르~ 들어오더니 매표소 앞에

줄섰다.

성규는 뱃머리에서 앞을 보았다. 가까울 것 같은데 50여 분 지나 백도에 근접하였다.
"으와!~~~"

약간 흐렸고. 끝을 모르는 깊은 바다에서 웬 괴물이라도 막 솟구쳐 올라 배를 휘감아 버릴 것만 같았다. 치솟은 커다란 암석들~ 빛방울도 몇 방울씩 떨어지니 두려움과 경외감.

"백도는 무인도라서 상륙할 수없고 천연기념물로 보호되고 있습니다." 스피커에서 안내가 흘러나왔다. 흐린 날씨 속에서 백도 해상 관광을 마쳤다.

...... 어느새 2개월 보름여 훌쩍 갔다......

돌아오는 길 4월의 봄꽃들이 피었다.

《〈불청객〉》

보고싶다 바다야
넘실 넘어
왔다.

겨울 넘어서

어느 언덕
처마 아래
길가에 누웠고

아침 오면 걸었다.

은백의 태양 남녘 돌아 서해 끝.
다시 미시령에 올랐다

동면의 굳은 땅속에서 나온고로 봄바람은
아직 없구
새벽별 숨는 이른길을 디뎠다

응어리 움켜쥐고
산을 오르며
길따라 돌고 돌아서니
침묵은 얼굴을 드러냈다.

두다리에 의지한 채 마지막 표 원웨이
실낱의 희망
타래실

언젠가
포승줄에 동네어귀에서 '빠삐용' 처럼

조각부표 하나 던진 '빠삐용' 처럼

어느 해변가 닿는데

구름아~
객은 본체만체
너 홀로 가느냐

제34장

폭풍의 봉우리

청춘의 만남

바다를
산맥을
둘만의 돛을 올리고, 폭풍우와 파고.
산속 야수들(menagerie)...

하루도 허투루 낭비할 시간이 있을까?
맑은 날 흐린 날 다툼, 조화, 협력, 파탄, 선과 악, 욕심과 비움, 성취와 잃음, 허세와 진실, 전쟁과 평화, 파괴자와 치유자, 악마와 천사.

《《검은마차》》

푸석돌이 부서진다.

오솔길 고갯길 너머 벌판, 거리엔

일그러진 미소
싸늘한 숨소리들
움막엔
내리지 않는 정거장

맨션들이며
높다란 벽의 城 大路를 달린다.

긴 날을 들이대는 드라큘라 백작처럼
뇌와 심장도 갉아버린다
허수아비들을… …

너의 소원의 샘에 깊게 드리운 희망 두레박은
비었어

위장막의 홀림.
잊지 못한 갈급.
그 손끝 어디에.

잔잔한 화려 도시 펄럭대는 검은 망토
공포의 대왕
이정표를 꺾는 쇠 말발굽

마차 위에선 채찍이 춤추는도다

휘익~

거리의 혼들아!
점점이 한그루 소망나무야
조종간처럼 뛰었던가?

하루하루가…
며칠째 뒤척였다
창문을 열었다

족두리봉.

응암동으로 이사 온 후 늘 보였다.
서글퍼 보인다.
운동화만 신었다. 불광동에서 산길로 접어들었다. 바로 위에 있다. 진달래 개나리 봄꽃이 보였다.

성규는 두리번거렸다.
피었는지… …
늦가을부터 초봄까지 핀다고 했지.
히스 한 송이도 선물해 보지 못했다 3년이 지나서야 한 움큼을 묘소에 놓았다. 바보 같은 놈.

암벽의 낭떠러지.
뒤로 물러섰다. 평일 한낮, 등산객도 없는데 화창한 뭉게구름.

만날 사람도 찾아올 사람도.

멍하니 저 편만 바라보았다.
메아리... 메아리만이~~

다른 사람들처럼 웃고 떠들며 즐겁게 살면 되지 않는가? 세상과 이혼이라도 해야 하는가. 복수를 결심했다. 그 악령을 찾아내겠다고.
보이지 않는 세계.
그것들 말이다.

공지천교에서 천사는 말했다.
나의 길을 가라고 하나님 앞에서 올바로이 걸어갈 때 나를 지키라는 명을 받았다고.

'사탄과 악령들과 전투에서 꿋꿋하라. 그러나 하나님 중심의 삶에서 벗어나면 사탄악령의 전투에서 패주하더라도 나를 돕지 않겠다고'

시내를 내려다 보았다. 막막하다... 어디서 찾고 무엇으로 싸운단 말이냐. 어떻게 싸운단 말이냐.

어렸을 적부터 외톨이. 파탄으로 치달렸던 집안,
겁도 많았다. 친구도 없는, 아니 사귈 줄을 몰랐다. 아니 친구들을 피하였을 것이다 세상을 바로 쳐다보질 못했다 마음에만 담아 두는 아이. 말해 봐야 들어 줄이 없었으니까.

소년 시절

불어닥친

《폭풍의 언덕》

흑암의 이야기는
그림자처럼
있습니다.

오늘이 지나갑니다.
석양
감미로운 저 노을은
세상을 포근히 잠들게 하지만

마디마디 조각진
영상길
걷고 있습니다.

깊게 패인 날
작은 행복 작은 꿈 작은 웃음 기억하고 있어요

흙탕물보다 진한 혼탁
얼룩져 간 시간의 강
아무에게도 길을 물을 수 없었습니다.

저쪽 가버린 휘돌이
부서져간
꿈

그리고

잃어버린 소망을
눈물도 걷어간 하나하나 가시길
작은 집이 있었습니다.

정오에 햇살이 눈에 부셔 오는군요

속삭입니다.
잊지 않고 있다고

오늘
폭풍의 언덕에
다시
섭니다.

만날거라고
만날거라고
꼭

오버랩되어 스친다

엉덩이를 털며 일어섰다. 몇 발을 뗐다 그때~ 웬 울음소리가 뒤쪽.

"엉? 이게 무슨소리야!"
몸을 돌렸다. 낭떠러지 암벽에 사람 하나.
머리카락이 길게 보였다.

"엇~"
급히 그 쪽으로

"저, 여보세요! 여긴 위험합니다. 뒤로 좀 물러나세요."
"흐흐흐흑 흐흐흐흑~~~"

"저, 여보세요. 여긴 위험해요~"
"흐흐흐흑~ 흐흐흐흑~~~"
"여보세요! 여기 위험하다니까요!"

"누구신진 모르겠지만 가던 길 가세요. 당장 몸을 던질 거예욧!"
뒤도 돌아보지 않은 채 일어서려 했다.

"앗~ 안 돼요!"
성규는 다짜고짜 팔을 잡았다 뒤쪽으로 잡아당겼다.
"아, 아니, 왜 이러세요? 이거 놓아요! 놓으라고욧~" 여자는 완강히 팔을 젓혔다. 팔을 놓치면 그대로 뛰어내릴 것 같았다. 꽉 잡은 채 뒤로 잡아끌었다.

"아아, 놔요! 놔욧~!" 허리를 숙인 채 안 끌려오려고 팔을 뿌리쳤다. 암벽 낭떠러지에서 물러나자 성규는 팔을 놓았다.

"흐흐흑, 흐흐흑…"
두 손으로 땅을 짚고 고개를 숙인 채 울기만 하였다. 일어서서 절벽 쪽으로 다시 가려 했다 팔을 벌려 앞을 가로 막는 수 밖에, 그 순간

"앗!"
아직까지 본 적이 없는

"참견은 아닌데요. 무슨 일이시기에 이래야만 합니까?"
"흐흐흑~~"
"진정하세요~! 무슨 일이시기에 이렇게까지 하십니까?"
"흐흐흑~~ 결혼을 약속한 사람이 그만,"
"아~ 아… 네.. 아… 무어라 위로의 말씀을 드려야 할지 모르겠습니다."
"모든 꿈을 잃었어요. 그 사람 없는 세상은 무의미해요. 차라리 뒤를 따르는 길이 제 길이어요. 이제 아시겠어요? 혼령이 되어서라도 그 사람이 올려 주지 못한 칠보족두 리(七寶족두리)를 머리에 올릴 거예요.
그러니 막지 마세요. 어서 비키시라고요, 으흐흑~"

울음이… 족두리봉을… 휘감았다… … …

"약혼자분이 병이라도 있으셨나 보군요!"
"아녀요. 저를 위해 꽃을 한 아름 사 오다가 그만 교통사고로… 으흐흐흑~~~
아~~ 벌써 3개월이 지났네요."

"네에??"

교통사고란 말에 흠칫 했다.

"아... 정말 안타깝군요!"

"……"

"저, 외람된 말씀입니다만."

"네? 무슨 말씀이신지...?"

"저, 제, 제가 꽃을 사 드리겠습니다! 그러니 이젠 마음을 다잡으세요! 약혼자였던 그 분도 님이 이러시면 정말 마음 아파하실 것입니다."

"네에~~??"

"저, 그 꽃 이름이 뭡니까? 정말 사 드리겠습니다."

"아... 어떻게, 하지만 차마 말 못 하겠어요..."

"괜찮습니다. 말씀만 하시면 사 오겠습니다."

"저, 이래도 되는지.. 모르겠네요. 저.. 제가 좋아하는 꽃은 히스(Heath)예요. 하얀 히스꽃을 좋아한답니다~"

그녀는 방긋 웃었다.

"웃~"

몸이 비틀. 이. 이 여자, 혹시 인희가 아닐까...

"어머 제 얼굴을 왜 보시나요?" 생긋 웃었다. 으으음... 내 심정과 어쩜 이리도 꼭 같단 말이냐.

이 여자를 살려내어야 하지 않겠나.

불광동 시외버스 정류장.

"저는 신연희예요."
"안성규입니다."

"댁이 구파발 가까운 인근이시라고요?"
"네~ 기와집이어요. 어머니와 단둘이 살고 있어요."
"네에~ 그러시군요."
"아버지께선 몇 년 전에 돌아가셨어요."
"아, 네. 저도 아버님이 일찍 별세하셨지요."
"어머, 그러세요?"
"네... 가족들 모두 고생 많았지요. 연희 님께서도 어려움도 있으시겠습니다."
"음, 조상 때부터 내려온 땅이 있어요. 아버님이 장손이셔서 물려받으셨어요. 농토로 사용하고 있어요."

"아~ 네. 다행이시군요. 두 분이 농사 지으시려면 힘도 드시겠군요~"

"직접 하진 않고요. 다른 사람들에게 맡겨요. 텃밭을 조금 가꾸고 나머지 식재료로 필요한 것들은 농토에서 나오는 것들로 충분해요."
"아, 그럼 전원생활이시네요.."
"네에~ 얼마 전에 다세대 짓는 건축업자들이 하도 땅을 팔라고 해서 조금 판 것도 있고 그래요."
"아, 네... 그러시군요. 정말 부럽네요. 자연과 도시를 둘 다 지니셨군요."
"그렇다고 큰 부자는 아니어요. 살기에 구차하지 않을 정도이죠. 평범한 사람이랍니다, 호호호~"

그녀는 앵두 같은 입술을 손으로 가리며 성규를 바라보았다. 그러면서 말했다.

　저, 괜찮으시다면 제 생명의 은인이신데 어찌 몇 마디 말로 다하겠어요. 꼭 차라도 나누고 싶습니다."

　"아, 아 아니, 괜찮습니다."
　"어머. 이리도 겸손하신지요, 호호호~"
　입술을 손으로 가리면서 고개를 살짝 옆으로 돌렸다.

　"저,휴대폰 번호 좀 알려 주세요. 답례는 꼭 해야지요. 저에게 살아 갈 희망도 주셨잖아요?"
　"아....... 네~"
　둘은 전화번호를 교환하였다.
　"며칠 내로 제게 전화해 주시는거 잊지 마세요~"
　"네, 전화드리겠습니다."
　이윽고 동산리행 버스가 출발할 시간

　"차 출발합니다~ 빨리들 타세요~"
　그녀는 손을 흔들며 버스에 올랐다. 창문을 열고 손을 내밀어 보였다. 성규도 손을 흔들었다.
　버스가 불광시외버스터미널을 빠져나가는 것을 보고 터벅터벅 발길을 돌렸다.

제35장

혼돈 混沌

'신연희'

만나기로 했다. 하얀 히스를 사서 선물하기로.

(어찌 너를 잊겠니! 나의 생명, 나의 전부야. 아.. 흐흐흐흑~)

신연희. 인희를 헌신짝처럼 배신하는 것, 그럴 순 없다

혼란의 며칠속에서 전화를 걸지 않기로 마음먹었다. 히스꽃도 사지 않겠다.

'뚜뚜뚜~ 랄랄라~~~'
휴대폰 벨이 울렸다.

다시 몇 분 흐르고
뚜뚜뚜~ 랄랄라~~~ 망설였다. 무작정 안 받을 수도 없지 않나. 차라리

말이라도 하자.

"네, 안성규입니다!"

"어머, 안녕하세요~ 저 연희예요!"

"네, 연희 씨 안녕하세요?"

"네~"

명랑하고 밝은 그녀~~

"저, 전, 전화만 기다렸어요. 무슨 일이라도 있으신가 해서요? 연락이 없으셔서 이렇게 실례를 무릅썼어요. 아무 일 없으신거죠?"

"네, 아무 일 없습니다."

"어머, 그럼 연락해 주셨어야죠. 제가 얼마나 걱정 했는데요!"

"아. 미, 미안합니다. 그만 깜빡했습니다."

"어머 바쁘시면 그럴 수도 있지요. 괜찮아요. 저, 그런데 저와의 약속 잊지 않으셨죠…?"

"아, 아… 네. 그. 그렇습니다. 히스, 네, 꼭 사 드리겠습니다."

"아이 고마워요. 성규 씨가 주시는 하얀 히스를 꼭 받고 싶어요~"

"아. 네, 연희 씨가 힘을 회복하신다면
다행이라 생각합니다."

"저의 은인이시잖아요. 제 진심이 전달됐으면 해요."

"과찬의 말씀이십니다. 어찌 외면하겠습니까?"

"어머! 마음씨도 좋으시네~ 외모뿐만 아니라 호호호~~~"

혼란으로 휘말렸다. 굳은 결심을 했고 더 이상 만날 수 없다고 솔직히 말하자.

"저, 연희 씨. 내일 만나죠 말씀드릴 것도 있고."

"내일요? 어머 좋아요! 몇 시에요?"

"내일 오후 3시경 어떻습니까."
"네, 좋아요."
"불광시외버스터미널에서 만나지요. 인근에 커피숍도 있으니까..."
"네, 그래요. 3시까지 도착할게요 참.. 내일 나오실 때 약속하신 것 잊지 마세요~"
"네. 하얀 히스 꼭 갖고 나가겠습니다!"
"아이, 좋아라! 말씀만으로도 고마워요! 꼭 하얀 히스로 부탁해요~~~"
"아, 네 그래야죠. 그렇게 하겠습니다~"

꽃은 주더라도 이별의 꽃이라고 말하자. 더 만날 수 없는 나의 상황을 말하자.

응암동, 녹번동, 불광동 꽃집을 다 뒤져서라도 약속은 지켜야지. 이별의 꽃이라고 그것이 그녀를 이해시키리라 생각하며.

겨우 구한 히스를 물병에 꽂아 놓았다. 하얀 히스와 무지갯빛 포장지. 무지개는 희망을 뜻하니까.

다음날 묵묵히 불광동으로 걸었다.

15분이나 남았다. 잠시 후 화사한 봄옷으로 갈아입은~
"성규 씨~ 안녕하세요~"
"네. 안녕하세요."

"어머, 정말 가지고 나오셨네요!" 함박 웃음을 터뜨렸다. 얼른 두 손으로 그녀에게 내밀었다.

"어머, 고마워요. 아.. 감격했어요!"
"뭘요, 꼭 드려야죠."
화사한 웃음속에서 커피숍으로 걸음을 옮겼다.

"어머니께 성규 씨를 만난 말씀을 드렸어요. 어머니께서 고마우신 분이라고 말씀하셨어요. 꼭 한번 초대하시고 싶어하셔요."
"아, 네. 그리 안 하셔도 됩니다. 말씀만으로도 고맙습니다."

"어머, 아니죠. 제 생명의 은인이시잖아요? 어찌 몇 마디 말로 다 할 수 있어요. 저, 이런 얘기 해도 될까 모르겠어요..." 말끝을 흐리며 성규를 뚫어져라 바라 보았다.

"성규 씨? 지금 하시는 일이 잘되시는지요... 하시는 일이 마음에 안드신다면 새 일을 해 보시면 어떨까 해서요?"
"네? 그게 무슨 뜻인지...?"
"네, 어머니께서 지난 일은 잊으라고 하셔요 산 사람은 살아야 한다고요."
"아. 네. 그렇지요. 연희 씨 같이 아름다운 마음씨 가지신 분 다시 없을 것 같네요"
"어머~~~ 정말이세요? 아아, 너무 행복해요. 호호호~"
그녀는 앵두 입술을 손으로 가리면서 어쩔 줄 몰라 했다.

"저, 어머니께서 저보고 빨리 결혼하라고 말씀하셔요. 2년만 지나면 30세라고 그 전에 결혼해야 한다고..."
"네? 2년 후면 30세라고요?"
성규는 흠칫 했다
"아니, 왜 그렇게 놀라세요? 제가 나이가 많아서 실망하셨나요?"

"아, 아, 그게 아닙니다.. 연희 씨 같은 미인 처음입니다. 정말 미인이세요. 연희 씨와 같이 있으면 저도 정말 놓치고 싶지 않은 마음이 굴뚝처럼 생깁니다. 이런 미인을 언제 또 만나겠습니까?"

"호호호, 아이~ 너무 칭찬해 주시니 몸 둘 바를 모르겠어요. 호호호~"

"저. 저와 같이 사업해요. 크게 성공할 수 있어요."
"네에~? 그게 무슨 말씀이신지!"
"솔직히 말할게요. 전 무남독녀 외동딸이어요. 아버님께서 남겨 주신 유산이 커요 동산리에 땅이1만 5천 평쯤 돼요. 산도 있어요. 동산리의 반은 저희 땅이죠. 어머니께서도 성실하고 저만 오직 저만 사랑하는 남자라면 그 땅 전부 사위와 함께 경영하시길 원하세요. 사위가 남인가요?"

성규는 연희라는 여자가 이렇게 말하자 심히 모를 곳으로 급강하 하였다. 미인도 이런 미인이 드문데, 그 많은 재산까지.

"요즘 빌라 짓는 건축업자들이 자꾸 땅 좀 팔라고 졸라 대서 한 1,000평 떼어 팔았더니 4층짜리 빌라 일곱 동을 짓더니 다 팔리더라고요. 요즘 집값이 좋대요. 서울에 집이 부족하대요.

서울 인접이라 입지가 좋다고 해요. 돈 좀 벌었다고 하더라고요. 다음에도 자기에게 팔라고 명함도 주고요."
"아. 네. 부럽네요.."
"아이, 부럽기는요. 괜히 말했나 봐요. 자랑만 했나요.. 죄송해요, 성규 씨!"

"아, 아뇨. 죄송하다뇨? 그건 연회 씨가 솔직하신 것이죠. 저 연희 씨.

전 그저 평범하고 별거 없는 놈입니다. 제게 기대하실 것이 없어요. 실망이 크실 거예요, 연희 씨..”
"어머, 무슨 말씀을요. 전 성규 씨에게 사랑받는 것만으로 만족해요. 무엇을 더 바라겠어요? 이런 제 마음 외면치 말아 주세요. 성규 씨 아니면 전 어떻게 살아가겠어요 땅도 무슨 의미가 있겠어요?"

얼마나 천시와 멸시속에서 살아왔던가... 이 세상을 다 죽이고 싶었다. 멸시하던 놈들, 비웃던 눈동자들 하나하나 또렷이 기억하고 있다

그런데 내 앞에 연희! 선녀 같다. 마음씨가 이리도 곱단 말인가. 한 치 오만함이란 털끝 만큼도 없다.

'아! 이런 여자가 세상에 있다니!'

더 이상 만나지 않겠다는 굳은 결심은 온데간데 사라졌다.

"저... 성규 씨."
연희가 성규를 똑바로 쳐다보며 말했다.
"네?"

"어머님께서 성규 씨를 초대하시겠다고 하셨어요."
"아, 네."
"빨리 만나 보고 싶어 하셔요. 당장 데려오라고 하셨어요. 가까운 시일에 방문해 주세요!"
"아, 네. 음~ 저도 거절만은 하지 못하겠습니다."
"아이, 고마워요! 호호호~~"

이틀 후 불광시외버스터미널에서 만나 성규 갤로퍼로 함께 가기로 했다. 연희를 계속 만날 것인가 그만 둘 것이냐는 그 후에 결정하자.

옆에 연희는 즐거운 표정이다.
갤로퍼는 야트막한 박석고개를 지나 동산리에 다다랐다. 냇가를 끼고 잠시 들어가니 높지 않은 산 아래 큼직하게 지은 기와집. 연희가 휴대폰으로 도착하고 있다고 전했다. 한복을 차려입은 중년의 여성이 대문 밖에 서 있었다.

담장 한쪽에 주차시키고 연희와 같이 내렸다.

여인은 만족한 표정으로 반색하였다.
"어머니, 성규 씨예요. 성규 씨? 어머니께 인사드리세요~"
"어머님, 안녕하십니까? 안성규라고 합니다."

"오, 안성규 씨! 방문해 주셔서 고마워요~ 자 어서 안으로 들어갑시다."
연희 어머니의 기품 있는 태도에 성규는 속으로 놀랐다.
'그 딸에 그 어머니, 아니 어머니를 닮은 딸이구나!'
고풍스러운 대청마루에 앉으니 밖에 전원 풍경이 물씬 풍겼다.
연희 어머니는 장독대로 나가 작은 옹기 찻잔 3개에 무언가를 담아 왔다.

"어머니께서 담그신 수정과예요."
"아! 네. 고맙습니다. 맛있게 잘 먹겠습니다."
"오늘 귀한 분을 만나니 난 마음이 편합니다. 자주 오세요. 자~ 드세요~"
분위기는 성규를 압도했다.

"제 딸자식이 부족하더라도 너그럽게 보아 주세요, 난 어서 빨리 손주를 보고 싶어요. 그리고 오늘 이렇게 오셨는데 만리장성도 하룻밤에 쌓는다고 서로 간에 솔직히 터놓고 대화합시다."
"네, 그래요~~"

"저.. 전 평범하고 특별난 게 없습니다."
"아, 겸손하시네요"
"어머니, 성규 씨는 흠이라면 자신을 너무 낮추어요."
'아, 성품이 참 넉넉하시네요. 이 어미 마음에 듭니다. 그래도 간단히나마 본인 성장 과정 좀 듣고 싶네요."
간단히 자기소개를 하였다. 그러나 지금의 자신은 인희를 만남으로써 오늘까지 오게 되었다는 말은 차마 입에서 나오지 못했다.

"역경을 이겨 낸 분이시네요. 그런 심성을 가지셨다면 무언들 이루어 내지 못하겠어요?! 우리 같이 한 식구 되어 봅시다. 오늘 든든한 천군만마를 얻었네요. 연희야. 이게 다 네 복이다. 어이구. 어서 사위 삼고 싶습니다!"

그렇게 화기애애하게,
보화가 가득 담긴 박이 넝쿨째~~

밭에서 뽑은 채소에 잘 차린 된장찌개. 숯불고기로 푸짐히 대접받고 다시 만나기로 하며 돌아갈 채비를 하였다.
"안 서방 며칠 내로 또 오게나~"
"네, 어머님. 이렇게 환대해 주시니 제가 몸 둘 바를 모르겠습니다."
"오늘 내 아들이라 생각했네."
"집에 도착하시면 전화해 주세요. 며칠 내로 오시는 거죠?"

"네! 연희 씨 마음 제가 어찌 모르겠습니까?"
"아이 좋아요!"

그 악령들을 찾아내야 하는데, 인희와 나를 파괴시킨 대가를 몇 배로 갚으리라 다짐하고 다짐했는데.

두사람의 성규.

결심이 서서히 사라지고 있다.

인희는 잊어버려. 인희는 없어. 행운이 너에게 오고 있지 않냐? 이걸 버릴거야? 인희는 없잖아! 이처럼 따뜻하게 대해준 일 있었더냐!
연희를 꽉 잡아!

그럴순 없다. 연희를 만나서 사실대로 얘기하고 만나지 않기로 마음을 굳혔다.
전화가 오면 사실 얘기를 하고 가야 할 길이 있다고 털어놓자.

제36장

혼돈混沌

푸뚜뚜~ 랄랄라 ~~
"네, 연희 씨."
"성규 씨 저예요! 언제 오시는 거예요?"
"할 말이 있습니다."
"네? 할 말이요?"
"미안해요. 저는 할 일이 있습니다. 연희 씨를 더 이상 만나는 것은 불가합니다."

"네에?? 무슨 말씀이세요! 무슨 뜻인지 모르겠어요."

"저와 앞날을 약속한 여자가 있었어요. 그런데 그만 어떤 일로 제 삶이 파괴되었습니다. 전 그 일이 왜 일어났는지를 알게 되었고 그 일을 꾸민 그것들을 찾아내야 합니다. 그 대가를 치르게 할 사명이 있습니다. 연희 씨와의 만남은 계속할 수가 없습니다."

"뭐라고욧! 아니 무슨 뜻인지 전 하나도 모르겠어요. 지금 무슨 말씀 하시는 거예욧?"

"자세히 말해도 연희 씨는 모르실 겁니다. 사람들이 제 말을 알아들을 수가 없어요. 저를 거짓말하거나 이상한 자로 볼 테니까요."

"만나서 얘기해요. 전화로는 안 되겠어요."

"네, 내일 만납시다"
"알았어요!"

"앞날을 약속한 그 여자 지금 어디에 있어요7
"세상에 없습니다."
"네? 자세히 말씀해 주세요?"
"죽었습니다."
"아... 더 이상은 묻지 않겠어요. 그런데 할 일이 있다니, 무슨 뜻인지요?..."

"악령들에게 공격을 받고 그만 죽었습니다. 교통사고가 났는데, 그 사고가 악령들의 소행임을 3년이 지나서야 확신하게 되었습니다."
"네에~?? 아 아니 호호홋~~~ 무슨 말씀을 하시는 거예요 악령이라니요..."

"네! 연희 씨의 심정 이해됩니다. 저도 연희 씨처럼 전혀 알지 못하고 그저 교통사고인 줄만 알았고. 그렇게 지내다가 3개월여 전에 춘천에 있는 교회 목사님으로부터 그 사고의 전말을 알게 되었습니다."
"호호호~~ 아이참, 성규 씨 재미있으시다.. 호호호."

"아, 이해합니다. 연희 씨."

"장난하시는 거죠 지금."

"아닙니다. 몇 개월 전에 춘천 공지천교에서 천사도 만났습니다."

"네에~? 천사라니요? 지금 무슨 농담 하시나요? 장난도 분수가 있죠오~~~"

"............"

"3년 전에 그랬군요... 잊으셔야죠. 착각을 다 보시다니 얼마나 상심이 크셨을까... 아. 마음이 여리신 것 같군요. 그만 잊으세요. 죽은 사람이잖아요!" 단호한 그녀 얼굴엔 차가움이.

"그게 아닙니다. 연희 씨는 크리스천이 아니시죠?"

"네?? 아이 그런 말씀 마세요! 하나님이 어디 있다고요? 아참, 호호호~ 너무 순진하시다. 죽으면 끝이죠. 죽었다 살아난 사람 어디 있고 천국이 어디에 있어요? 호호호~"

"저.. 죽은 제 약혼녀가 저를 찾아왔었습니다. 3년 전에."

"어머머~ 왜, 왜 이러세요 저를 언제까지 놀리시나요~~~ 저와 헤어지려고 이런 뚱딴지 같은 말 하는 건 아니시겠죠?"

"아닙니다. 크리스천도 아니시고 성경책 읽은 일도 없으시고 성령 체험도 해 본 일 없으시고 이해 불가란 것을 저는 이해합니다. 저도 그랬으니까요. 크리스천이 되기 전에는 말입니다."

"안 되겠어요. 어디 저와 같이 여행이라도 하면서 심신을 회복하시죠."

"연희 씨. 성경을 읽어 보실 의향 있으신가요?"

"어머니께서 그런 데는 다 사람 장사하는 데라고 하셨어요."

"네? 사람 장사라뇨?"

"사람 모아 놓고 천국, 지옥 얘기하면서 그럴 듯하게 말하면서 돈이나 가져오게 한다고요. 그게 사람 장사나 다름없죠. 안 그래요?"

연희는 성규를 빤히 쳐다보았다.

"저도 그렇게 생각했던 사람입니다. 연희 씨와 똑같았습니다. 그런데 그게 아니란 걸 나중에 알게 됐습니다."

"그만 해요~ 3년이 지났어요. 새 길을 가셔야죠. 아아~ 참 얼마나 괴로우셨을까? 전 이해해요."

"저. 연희 씨. 연희 씨와 더 이상 만나지 않겠습니다. 미안합니다."
"이만 가 보겠습니다. 안녕히 계세요."
일어났다. 발길을 돌리려는데 "성규 씨~" 외마디속에 같이 벌떡 일어서는가 싶더니 그대로 콰다탕~~

동산리.
"이게 웬일인가 안 서방?"
"네, 어머님! 잠시 충격에서.. 병원에 들러 회복됐습니다 약처방도 받아 왔습니다 큰 일은 아니라고 의사분이 진단해 정말 다행입니다 어머님!."

연희는 아무 말도 않고 안방에 누워만 있다.
"안 서방 무슨 일이 있었는가?..."
"네, 사실은..."
더 이상 만날 수 없는 이유를 사실대로 털어놓았다.

"아니..안 서방, 자네 헛것을 본거 아닌가? 무슨 천사가 있단 말인가? 이젠 잊어야지. 자네 마음 이해하네, 허나 그건 아닐세. 악령이 어디에 있단 말인가. 있지도 않은 하나님을 믿다니... 아하~ 자네 교회 사람들에게 속고 있는 거 아닌가? 그 사람들 입은 번지르르하지 안 그런가, 안 서방?"

"어머님 저도 어머님과 같았습니다. 교회 나가는 사람들 보면 웬지 울화가 치밀더라고요. 엄청나게 있는 척 고상한 척 꼴 보기 싫더라고요. 전 아버님 돌아가시고 집은 풍비박산 났고, 고통이란 고통은 다 맛봐야 했습니다. 하나님이 계시면 이럴 수는 없다고 생각했습니다."

"안 서방 자네 살아온 날 들으니 눈물이 앞서네 그려?" 연희 어머니 눈가엔 이슬이.

"아! 어머니 제가 쓸데 없는 말을 했나봅니다."
"아냐, 잘 말해 줬네. 이제 자네를 잘 이해하게 되었네~ 꼭 아들 삼고 싶네. 안서방, 우리 여기서 같이 살기로 해!"
그러며 성규 손을 꼭 잡았다. 연희어머니의 따뜻한 배려에 성규는 그만 눈물이 핑 돌았다~

"안 서방, 우선 며칠이라도 여기서 지내. 연희가 걱정이야. 충격이 큰가 보이~ 무슨 일이라도 저지르면 난 어떡하나, 응?!"

"네, 그럼 연희 씨가 회복될 때까지 며칠 있겠습니다."
"아이고, 고맙네. 이제 안심이야. 저녁 준비하고 연희 먹을 죽도 좀 쑤어야지. 편히 쉬게나~"
"네, 어머님!"

제37장

영적체험 靈的體驗

5월의 신록 대청마루.

"전 이해 못 하겠어요."
"어찌 없던 일로 돌릴 수 있겠습니까?"
"죽었잖아요. 산 사람의 생명이 죽은 사람보다 못한가요?"
"연희 씨는 누구보다도 귀하십니다."
"새 출발을 하셔야지요."
"네. 저도 그러고 싶습니다. 그러나 영원, 화평, 기쁨, 영광의 삶을 외면할 수 없습니다.

고통이 무엇인지를 저는 잘 압니다. 천국이 있는지 관심이 많았습니다. 천국이 있음을 알게 되었습니다. 이 세상 길다고 해 봤자 순식간에 갑니다."

"하루하루가 귀한 거죠. 과거에서 사시잖아요?"
"네… 깊이 생각해 봤죠. 세상에서 잘되어도 늙고 병들고 죽어야만 한다는 것을 깊이 통감했습니다. 그 답을 찾아 헤맸습니다 성경에서 찾았습니다. 3차원을 넘어 4차원 5차원도 넘어서고 현대 과학이 접근 할 수 없는 세계. 전 그 세계를 봤습니다. 그래서 하나님을 믿게 되었습니다."

"아... 전.. 성규 씨가 무슨 말을 하는 것인지 도대체 모르겠어요."
"네, 연희 씨 심정 이해합니다. 저도 연희 씨하고 똑 같았으니까요."

"그런 어려운 말보다도 빨리 결혼하고 싶어요. 어머니께서 성규씨와 같이 주택 사업도 구상하고 계셔요. 무얼 망설이세요?"

"저도 그러고 싶네요. 과거 일은 다 잊고요. 성공했다는 말 듣고 싶습니다."
"그럼 됐어요. 우리 혼례 올리고 멋지게 사는 거예요~ ^^"

"시간이 필요합니다. 당장 무어라 말할 수 없습니다."
"좋아요. 기다리겠어요!"

여전히 두 사람의 성규가 부딪치고 있다.

아.. 도통 갈피를 못 잡겠다. 보통사람으로 살면 되지 않는가? 설사 악령들을 찾아냈다 한들 무슨 힘으로 싸운단 말인가?

'야 이놈아! 지금의 너는 누구로 여기까지 왔느냐?'

집에 돌아온 성규는 처절히 무릎 꿇었다. 생전 처음 금식기도를 하였다.

며칠이 지났다.

[사람이 걸을지라도 그 걸음은 사람에게 있지 아니하느니라.]

"앗!"

놀라 자빠질 뻔 했다. 이 말소리가 성규의 배 속에서 들려왔다. 기겁을 한 채 웃옷을 들어 제치고 자기 배를 보았다.
"아무것도 없는데?"
말소리가 다시 들려왔다. 작고 미세한 음성. 그 미세한 음성은 성규의 아주 가까이에서 들려왔다.

[네가 악령과 맞설 때 악령들을 물리치는 것은 네 힘, 너의 능력으로 물리치는 것이 아니니라.]

"네에~~~?? 아아..!"

[너는 깨지기 쉬운 질그릇이니라.]
"네? 질그릇이요?"
[단단하고 빛나는 은그릇 금그릇이 되려면 아직 많은 단련을 거쳐야 하느니라.]
갑자기 앞 공중에 영화 화면 같은 것이 펼쳐졌다.

그 속에는 한 남자가 폐고철 수집장에서 일하고 있었다. 그 남자는 용광로에서 철이 나오는 곳으로 갔다. 자기도 잡철을 녹여 쓸모 있는 철을 뽑아내는 일은 하려 했다. 어떤 두 남자가 능숙하게 용광로를 작동시켜 시뻘건 철을 뽑아냈다.

그 남자는 자기도 그렇게 하겠다고 용광로를 작동시키려다 겁을 먹었다.
"와~ 잘못하면 저 불길에 내가 타 죽겠는걸."

용광로에서 벗어나 본래 있던 폐고철 수집장으로 돌아왔다.

그런데 그 남자는 바로 성규 자신이었다.

성경 공부가 힘들고 하나님 말씀을 실천하려고 할 때 현실의 괴리에 빠질 때 "아! 괜히 하나님 말씀을 들었나. 남들처럼 편하게 살고 싶다." 이 생각이 들었다.

하나님은 모르지만 열심히 돈 벌어서 즐겁고 어려움도 갖지 않고 기쁘게 하루하루 살면 되는거 아닌가?

(현실로 돌아가고픈 성규.)

지난 세월 억울하고 통탄한다. 정말 천국이 있으면 그 곳으로 가야 한다 누구보다도 아픔을 겪었다. 그런데 천국에 들어가지 못하고 다른 장소로 간다면 이거야말로 미칠 노릇 아닌가? 그럴려고 태어나진 않았어. 어차피 남보다 못하게 태어났다. 허나, 억울해서도 그냥은 못 죽겠다. 누구나 늙고 병들고 죽는다. 천국에 들어가지 못한다면 그거야말로 끔찍한 일이 아닌가?

현 세상은 버릴지언정 천국은 포기할 수 없다.

만나야 한다. 잠시의 이 땅... 때문에 저 '영원세상'을 버리겠는가? 인희를 배신할 순 없어.
인희를 만나야 해!

이튿날 아침. 잠에서 깼는데 집안이 캄캄하였다 책상 있는 방으로 갔다.

그런데 의자에 누군가가 앉아 있는 것이 아닌가?

"엇, 저게 누구야?"
의자에 앉아 있는 형체가 있었는데. 그 형태는 외투 모양으로 상체부분만 의자에 앉은 모양으로, 테두리가 있는데 그 테두리엔 빛이 배어있는 듯 했다

약간 굵게 테두리를 이루었다. 그런데 그 형체를 보는 순간 그 형체가 자신(성규)임을 알 수 있었다. 그 테두리 속으로 성규자신이 들어갔다 그러더니 붕~ 떠 올랐고 방 천장에 닿을 듯 움직이더니 거실 바닥으로 스르르 내려오는데 갑자기 앞이 깜깜하였다.

세상에 태어나 그렇게 깜깜한 것은 처음이었다.
먹물 속에 들어간 느낌. 거실 바닥에 닿는 순간, 침대에 누워 있는 상태에서 깨어났다. 그 순간 알아차릴 수 있었다. 혼이 빠져나갔다가 다시 내 육신 속으로 돌아온 것이었음을(遺體離脫, Out of Body Experience).

다시 혼이 빠져나갔다. 침대에 누워 있는 성규 자신을 바로 위에서 성규가 성규를 내려다 보았다 혼이 빠져나갔기에 육신은 생기없는 통나무 하나가 누워 있는 것처럼 보였다.

그런데 의자에 앉아 있던 그 빛 테두리의 외투 모양과 똑같은 모양의 외투형태가 통나무처럼 생기없이 누워 있는 성규 육신에 90도로 세워져 있었다. 그러더니 스르르 위로 약간 올라 갔다

그 때 성규자신은 이미 그 테두리속에 들어가 있었다 그리고 이런 마음

이 들었다.

'더 올라가, 더 올라가, 하늘 높이 올라가 보고 싶다~~~'

방 천장이나 빌라 건물 지붕 위쪽은 뻥 뚫려졌고 하늘공중이 보였다. 그러더니 성규 마음에 책상 방에 무언가가 있는 기척을 느꼈다.

성규 혼이 책상 방으로 갔다. 그런데 무언가가 빠르게 현관문을 투과하여 없어져 버렸다. 성규 혼도 거실 현관문 앞에 붕 떠 서는 듯 하더니 문이 잠겨졌는데 그대로 문을 투과하여 밖으로 나갔다.

그때 봤다
사람의 혼(성규 자신의 혼)을 본 것이다.

그 모양은 한 사람의 그림자 전체크기의 모양으로, 팔, 다리, 머리 등등 자기 자신 육신의 크기와 비슷하였다 그 그림자 모양(혼)이 자기 자신이라는 것이 저절로 알아졌다. 현관문을 투과하여 밖으로 빠져나온 혼은
악령과 맞닥뜨렸다. 악령은 보이지 않았으나 느낌으로 감지할 수 있었다. 무언가가 있다는 것을.

공중에 떠 있는 성규 혼 앞에 관(시신용 관)으로 변신한 악령이 성규 혼에게 붕~ 떠서 전진해 왔다. 순간 '성령의 검'이 저절로 마음속에 외쳐졌다.

오른손에 무언가가 잡혔다. 보이지는 않았다. 성규혼은 보이지 않는 그 검을 꽉 잡았다. 그리고 "얏! 얏!" 하며 악령이 변신한 관으로 전진하며 휘둘렀다. 그러자 그 관은 사라졌다. 악령이 어디로 갔나? 하며 동네 밖 차도에 버스 정류장까지 붕~ 날아가서 주변을 살펴보았다. 더 이상 악령은 보

이지 않았고 느껴지지도 않았다.

'으음, 멀리 사라졌군.'

마음속으로 이렇게 생각하는 순간, 침대에 누워 있던 성규는 깨어났다. 마치 잠깐 환상 속에서 깨어나는 듯하였다.

"아 이것이 유체이탈(Out-of-Body Experience: 영혼이 자신의 신체를 빠져나와서 영혼만 별도로 움직이는 상태)이구나."

그래! 3년 반 전 가평 산골을 떠나 방화동

단칸방에 이사 온 날 새벽에, 다음 날 새벽에도 두 차례 일어났던 그 일, 온전히 알게 되었다 [유체이탈]

이후에도 수차례 여러 영적 체험을 더 하였다. 인간 과학생물학의 영역을 넘어섰고 4차원 아니 그 이상이었다. 이 체험은 크리스천이 되었고 성경도 다 알지 못하는 불확신 속에 있는 성규자신을 일깨웠다. 성경의 모든 말씀은 사실이며 기록된 그대로 일어날 것임을 믿었다.

거실로 나와 조용히 앉았다

영靈

성령 체험은 세상 보는 시각을 완전히 바꾸었다

혼과 육신은 별도로 존재하며 혼은 육신에 결합및 이탈하는 것을 깨달았다.

육신에서 이탈되어 혼이 간 곳에서 재창조된 자기의 육신으로 다시 결합한다. 혼이 간 그곳은 '천국'이든 '영벌의 장소'이든 모두 실제 장소이다.

창세기에 기록된 네피림(Nephilim)의 정체도 알게 되었다. 악령들이 사람의 모습과 같은 거인 육신을 만들었고, 그 거인 육신들에 악령들이 들어가 당시 지구 땅에 살던 여자들과 결혼해 자녀(변종 네피림-hybrid 인간)을 출산했고, 같이 섞여 살며 창조주하나님의 창조법칙을 파괴하였다 하나님께서 진노하셨고 이것이 '노아의 홍수' 심판을 내리셨던 근본원인이다.

약 4,400년 전 노아 가족 8명이 탔던 노아의 방주는 현재 튀르키예의 아라랏산 정상 인근 어딘가엔 있다. 언젠가는 아라랏산에서 노아의 방주

가 발견될 것이다.[18]

대홍수 이후 다시 네피림들로 탈바꿈한 악령들이 지구침범을 계속 시도 하였지만 대홍수 이전만큼 번성치 못하게 제한 하셨다 이후 악령들의 네피림 인간침범은 점점 소멸 시키셨다.

네피림들의 생명의 기한도 인간처럼 오래 살지 못했다

그리고

다시는 대홍수 심판은 하지 않는다 말씀하셨기 때문이다.

창세기 9장

11 내가 너희와 언약을 세우리니 다시는 모든 생물을 홍수로 멸하지 아니할 것이라 땅을 침몰할 홍수가 다시 있지 아니하리라

12 하나님이 가라사대 내가 나와 너희와 및 너희와 함께 하는 모든 생물 사이에 영세까지 세우는 언약의 증거는 이것이라

13 내가 내 무지개를 구름 속에 두었나니 이것이 나의 세상과의 언약의

---

18) 2010년 홍콩 크리스천들이 탐사대들 조직, 아라랏산에 등정,해발 4,200m 지점에서 노아의 방주를 발견했다. 동영상을 찍어 왔다
역청(pitch, 송진)을 칠한 고펠나무(gopher wood, 노송나무) 토막을 갖고 왔다.
세상에 공표하였다.

증거니라

14 내가 구름으로 땅을 덮을 때에 무지개가 구름 속에 나타나면

15 내가 나와 너희와 및 혈기 있는 모든 생물 사이의 내 언약을 기억하리니 다시는 물이 모든 혈기 있는 자를 멸하는 홍수가 되지 아니할찌라

16 무지개가 구름 사이에 있으리니 내가 보고 나 하나님과 땅의 무릇 혈기 있는 모든 생물 사이에 된 영원한 언약을 기억하리라

17 하나님이 노아에게 또 이르시되 내가 나와 땅에 있는 모든 생물 사이에 세운 언약의 증거가 이것이라 하셨더라

네피림의 생명기한이 다 차면 죽어 육신은 썩어 없어졌고 악령들은 네피림육신에서 빠져나갔다 (현시대에 그 뼈들이 발견되고 있다).

네피림의 육신에서 빠져나와 2층천과 1층천인 지구 땅에서 영체로 오늘도 여전히 배회하며 사람들을 공격하고 있다.

동물에 입력된 본능(동물의 혼)은 동물이 죽을 때 같이 소멸된다(동시 소멸).

그러나 사람은 그렇지가 않다. 악령들도 마찬가지이다.

성규는 이런 생각도 들었다.

UFO가 혹시 악령들의 소행이지 않을까 ? 지구 밖 별들에는 엄청난 자원이 있다고 하지 않는가? 다른 별에서 자원을 캐 오자는 일도 있었다.

악령들, 그것들의 능력이라면 외계별에서 지구에는 없는 성분의 재료를 캐내어 비행접시(UFO)를 만들었지 않았을까...

악령들만이 아니고 천국천사들도 UFO를 만들 었을 것이다. 악령들과 천사들이 UFO를 타고 서로 전쟁도 하지 않았겠나...? 사람이 창조되기 훨씬 전, 하늘전쟁... 때 말이다. 오늘날 많은 UFO 목격담들.

비행기 조종사들이 목격하고 동영상까지 찍어 공개하고 있다.
(고대 이집트벽화에 외계인을 보라)
'이스카리옷 유다' 처럼 신체를 변형하여 나타날 것이다.

매우 거대한 네피림 해골이-코카서스산맥 인근에서 발견됐다(Northern Caucasus Giant Human Skeleton). 이외 여러 곳에서 발견되고 있다 유골 크기는 일정하지 않다.

'The Crucifixion Of Christ(1350)'
코소보의 박물관에 보관돼 있는 이 그림은 예수가 십자가를 지는 장면을 묘사했다. 양쪽 상단의 동그런 물체(반원의 구형체)가 천사? 또는 외계인(악령)? 그들이 탄 UFO이지 않을까?

예수님께서 2,000년 전 골고다 언덕에서 십자가에 매달려 대속하실 당시, 그 주위에 있던 사람들이 공중에 떠 있는 비행접시를 보았을 것이다. 그러하기에 구전으로 계속 전해져 내려왔을 것이고, 누군가가 그림으로 그랬을 것이지 않는가?

거실 소파에 묵묵히 시간이 흐르고.

"성규야, 성규야~"
"누, 누구야!"

"언제까지 악령에게 끌려다닐 것이냐?"
'네? 끌려다니고 있다고욧?'

"악령이 너를 넘어뜨리려 한다."
"네? 무슨 말입니까?"
"아직도 모르겠느냐? 동산리에서 너를 넘어뜨리려 궤계를 꾸미고 있느니라."
"네에~ 그게 무슨 말입니까!"
"그 모녀는 악령 들렸느니라."
네에~?? 무슨 말씀입니까?"
"내일 그 실체를 네게 보여주리라. 너는 내일 낮에 동산리 모녀 집에 가라. 모녀에게 들어간 악령이 빠져나와 도망치는 것을 목격하리라."

"앗. 네 그, 그렇습니까..."

눈앞이 환해지면서 3개월여 전에 공지천교에서 만났던 천사

"악령들의 존재를 알게 하시려는 하나님의 은혜가 너에게 임하셨느니라."
"아아...."

제38장 | 영靈　347

두려움에 무릎을 꿇었다.

"너는 내일 동산리로 가서 불러 네 앞에 앉혀라. 나사렛에 인자로 오신 예수아메시아 (Yeshuah Messiah=예수 그리스도=예수님=주님)의 이름으로 담무스에게서 아레스와 아프로디테라고 이름받은 두 악령을 내어 쫓으라."

"네에~?? 어떻게 제가 쫓을 수 있단 말입니까?"

"그 모녀 앞에서 외쳐라. '아레스와 아프로디테'라고 이름 받은 두 악령아. 이 모녀에게서 나와 당장 떠나가라! 예수님의 십자가 보혈에 의지하고 예수님의 이름으로 명령한다!' 크게 외쳐라."

"아아, 그렇게 하겠습니다!"
천사는 사라졌다

다음날 갤로퍼에 올랐다 연희에게 곧 간다고 전화하였다. 가속페달을 밟았다.
아.. 연희라는 그 여자는 본 모습이 아니라니 악령 들려 있었다니. 나를 넘어뜨리려는 궤계였다니...

대청마루에 앉자 연희 어머니가 수정과를 담아 왔다.
"그래, 안 서방 마음을 정했겠지?"
"그보다 긴한 일이 있습니다."
성규는 앞에 앉은 모녀의 눈을 뚫어져라 응시했다.
순간 악령들은 눈치했는지 모녀의 온화하던 눈빛이 검게 변하더니 독기 서린 눈으로 변했다.

이때다 하며,

"아레스와 아프로디테라고 담무스(사탄)에게서 이름 받은 두 악령아, 이 모녀에게서 나와 떠나가라!
예수님의 십자가 보혈에 의지하고 예수님의 이름으로 명령한다!" 목이 터져라 크게 외쳤다.

모녀는 순간 꼼짝 안 하는 석고상처럼 동작이 굳어지더니 잠시 후 검은 두 연기가 모녀의 몸에서 빠져나오더니 없어졌다.
그리고 모녀는 그대로 쓰러졌다.

그때 성규 뒤에선 보석빛처럼 반짝이며 투명하고 강렬한 빛이 세게 비추었다.

"아! 천군천사(天群天使)들이 왔구나"

몇 분이 흐르자 모녀는 잠에서 깨어나, 본래 정신으로 돌아왔다. 성규는 악령이 빠져나간 모녀를 바라보았다. 모녀의 본래 얼굴이 돌아오자 얼굴은 확연히 달랐다.

사람의 모습까지 변형시키는구나!

'이스카리옷 유다'는 사람이 아니고 악령이라고 쓰여 있다.[19]

---

19) 저자 註: 이스카리옷 유다가 출생할 때 어머니 태 속의 유다에게 사람혼이 아니라 악령이 먼저 들어가 있었다는 뜻이다.

요한복음 6장

70 예수께서 대답하시되 내가 너희 열둘을 택하지 아니하였느냐 그러나 너희 중에 한 사람은 마귀니라 하시니

71 이 말씀은 가룟 시몬의 아들 유다를 가리키심이라 저는 열둘 중의 하나로 예수를 팔 자러라

"아니, 이 사람 누구야? 어머니, 이 사람 누구예요? 누구세요?"
연희 어머니도 의아한 듯 성규를 보며 소리쳤다.

"아니. 이 사람 누구야? 당신 누군데 남의 집에 함부로 들어와요?"
"지나가다 목이 말라 물 한 잔 먹을 수 있을까 해서 들어왔는데요."
"아니, 뭐요? 별사람 다 보겠네~ 경찰 부르기 전에 빨리 나가욧!"
"아, 네. 미안합니다." 그 집에서 나왔다.

뒤돌아보는 순간 그 큰 기와집은 온데간데 없고 허름하고 작은 기와집이 보였다. 작은 쪽마루에는 처음 보는 웬 모녀가 성규를 이상한 눈빛으로 계속 쳐다보고 있었다.

성규는 묵묵히 차에 올라 시동키를 돌렸다.

"아! 경거망동을 했구나." 하나님의 은혜가 아니었다면 악령들의 밥이 되었을 것이야! 등골에 식은땀이 흘렀다. '휘둘리고 있었구나...'

****

바벨은 노발대발하였다.
"아레스야! 그깟 놈 하나 처치 못하다니, 아프로디테야? 너에게 미모를 준 담무스 왕께 이 일을 어찌 보고 한단 말이냐, 으으~~~"

"대장 각하, 얼굴을 들지 못하겠나이다 아프로디테의 미모와 재력을 전면에 내세워 궤계를 꾸몄지만, 그놈이 어찌나 고집이 센지...으 으~~"
아레스가 분개하며 머리를 쥐어 뜯었다.

아프로디테도 분개했다
"바벨 각하! 따져야 합니다 우주만물을 공의로 다스리시는데 왜? 그놈에게만 은혜가 내려져야 합니까? 이건 아니죠? 그놈이 내 미모와 재력앞에서 깜빡 죽었지 않습니까! 인희를 버리려 했잖습니까~"

"으음. 이대로 고이 물러설 순 없다. 내 담무스 대왕께 긴히 얘기 좀 나누고 오겠노라. 너희는 잠시 기다려라."
"바벨 대장 각하! 담무스 왕께 이 상황을 잘 말하소서!"
"알았노라. 이대로 물러서는 게 말이 되냐?! 아프로디테야~"
"바벨 대장 각하~! 이대로 물러설 순 없습니다!"
두 악령은 소리치며 발광하더니 온몸에 생채기를 내며 괴성을 꽥꽥~~ 질러댔다.

"뭣이야, 실패했다구? 으으으~ 그놈을 '후메내오' 나 '필레토'처럼 배도하여 이단을 퍼뜨리는 자로 만들고 우리편으로 끌어들였어야 했는데! 으으~~ 이 일을 어찌해야 하느냐~!"

담무스는 심히 낙담했다.

"악령들의 왕이시며! 하나님께 따져야 합니다 왜 그놈에게 은혜를 베푸시냐고요? 성규 놈이 아프로디테를 계속 만났지 않습니까? 그놈 꺼먼 속내를 봤지 않습니까?"

바벨은 하나님께서 공정하지 않으시다고 계속 불평을 털어놓았다.
"으 으으~ 바벨아. 이대로 물러설 수 없지. 좋다. 상소장을 올리겠노라."
"그럼요, 그렇고 말고요.
공의의 하나님이시지 않습니까! 담무스시여 경배드리나이다~!"
바벨은 넙죽 엎드려 담무스에게 머리를 조아렸다.

"아레스야 아프로디테야~ 우리들의 왕 담무스께서 상소장을 올렸노라. 만물을 공의로 다스려야 하는데 성규 놈에게 내린 은혜는 너무 편파적이라고 그 점을 강조하셨노라."
"바벨 대장 각하~ 그놈을 공격할 기회를 꼭 받아 내야죠, 낄낄낄~~~~~~"
아프로디테도 한마디 거들었다.
"이번에는 기필코 그놈을 꼭 넘어뜨리겠습니다. 더욱 분발하겠습니다 킬킬킬~~~"

두 악령은 주먹을 불끈 쥐며 하늘을 올려다 보았다.
며칠 후, 바벨은 씩씩대며 분을 냈다.

"담무스께서 올리신 상소장이 차단당했네."
"아니. 왜요? 대장님?"

"그놈이 받은 은혜가 합당하다는 거야."
"네에??~~??"

"모르겠어... 모르겠어... 도대체 그 이유를~"

다시 며칠 후

"아레스야 이번에는 정면 결투를 하자고 왕께서 상소장을 다시 올리셨네~ 킬킬킬~ 어떤가, 응?
이번에는 꼭 거꾸로 뜨려야 해! 아프로디테야! 으흐흐흐, 킬킬킬~~~"
"아오~ 좋구 말굽쇼, 그놈 처절하게 밟아 처발라 버리겠습니다. 걱정 마십시오, 바벨 각하~ 흐흐흐."

"그놈 이번에는 아주 죽여 놓자구요! 으흐흐흐~ 킬킬킬~~~~~~~~"

****

성규는 무릎 꿇었다.

나는 껍데기요. 참되지 못하구나. 가식과 위선이 나구나. 악령에게 걸려 넘어질 사람이구나.

굳은 맹세는 어디로 갔는가.

제39장

결투 – 족두리봉

이름을 불렀습니다

한장 낙엽처럼 왔다가
어느 모퉁이를 살았습니다.

겨자나무처럼 변하였고
등대처럼 반짝였습니다.
영원의 별이 되었습니다.

걷습니다.

날개를 펴어
뿌연 하늘과 도시 물결을 얘기했습니다.

밤바람은 옷을 뚫고 들어 왔고 살갗을 매만져

세종로 공원 네모난 벤치에 바람과 난 얘기했다.

당신은 어디서 왔냐고
오랜 시간 어디에서
살았었냐고

콘크리트 숲 땅거미가 덮는데
피할 수 없는
질문.

그림자는 몸을 기웃 했다.

작은 꿈이라고
저편 생명수 강에 닿는 그런 꿈하나 가지고 있다고

지금은 갈 수 없지만
언젠가는
갈거라고
가로등불 아래에서
대답했습니다.

어둠을 달리는 전조등 물결이 가슴을 찢지만
어딘지 가버리는 행인들 속에서

저 별을 봅니다.

"성규야, 악령과 맞서겠느냐?"
"네엣~? 무슨 말입니까!"
"아레스와 아프로디테라고 담무스가 이름 지어 준 두 악령과 결투하겠느냐?"
"아, 네... 하지만 전 아무 힘이 없습니다."

"너에게 능력 주시는 분은 성령님이시다."
'그, 그렇습니까! 민.. 믿겠습니다! 아멘~!'

"두려움을 믿음으로 단단히 동여매라. 네가 가질 전부이니라."
"네. 알겠습니다."

'성규야! 그 두 악령이 누구인 줄 아느냐?'
"모르겠습니다."
"그것들이 3년 전 노루재에서 인희의 교통사고를 일으켰느니라."
"네에! 뭐라구욧! 뭐욧?? 이, 이럴 수가. 아아..."
무릎꿇고 쓰러지며 통곡하였다.

두 주먹을 불끈 쥐었다
일어섰다.

"나의 수호천사여, 결투하겠소!"
"마음을 굳게 다잡으라."
"고맙소, 천사여!"
"피하지 않으리라!"

"흰 세마포 옷을 준비하라. 바지와 상의를 준비하고 흰 양말과 흰 운동화를 준비하라."

"알겠소!"

동대문시장에서 흰 세마포원단을 구하여 상의와 바지를 만들었다. 허리띠도 단단하게 몇 겹을 대어 만들었다. 속 내의도 흰옷으로 바꾸었다. 흰 운동화와 흰 양말도 샀다. 그리고 목욕재계(沐浴齋戒)하고 흰 세마포 옷으로 갈아입었다 기도했다.

"오. 우주 만물의 주인이신 하나님! 저는 나약한 놈입니다. 능력과 힘을 불어넣어 주소서!"

"저는 죄 많은 놈입니다 구원하소서~"

"이대로 죽지 않게 은혜를 베풀어 주시옵소서~!"

금식하며 3일이 지났다.

수호천사가 나타났다.

"내일 정오에 족두리봉에 오르라."

"알겠소, 천사여!"

****

허리띠를 단단히 동였다 흰 운동화에 끈도 단단히 묶었다.

5월말에 화사한 봄볕이 족두리봉에 가득했다. 하늘은 청명했고 중천에 해는 투명하게 빛을 발했다.

정오까진 30여 분 남았다. 마음을 가다듬었다.
"이 죄 많은 놈 불쌍히 여기소서! 이 나약한 놈 외면치 마소서!"

"외면치 마소서 오! 나의 하나님!"
전력을 다하여 기도하고 기도하였다

그렇게 시간이 흘렀다......

청명하던 족두리봉 상공에 갑자기 먹구름 한 떼가 몰려들었다.
"여보시오, 젊은이 여기서 뭣하시오?"
"바람 좀 쐬러요."
"좋은 나이 때로 보이오.. 내 70 넘어 보니 인생은 잘 살고 잘 먹고 즐길 줄도 알아야지, 그렇게 못살면 나중에 후회가 되더라고. 죽으면 끝인 게야."
"......."

"내가 이렇게 말하니까 어떤 사람들은 아니라고 하더라고. 왜 아니냐고 했더니, 하나님이 계신다나? 내게 하나님을 보게 해 주면 내 빌딩과 재산의 반을 주겠다, 내기 하겠냐 했더니, 가 버리더라고. 그런 사람들 보면 헛것을 본 거지, 쯧쯧... 젊은이는 절대 그런 사람들 얘기 믿지 마시오. 시간 낭비인 게야."
"...?"

"젊은이, 혹시 결혼은 했소?"
"아니."
"내 작은 딸에가 아직 미혼인데 한번 만나 보겠나? 내 딸애 한테 내 재산도 일부 상속했네. 젊은이가 성실하고 믿음직해 보이는구만. 지금 같이 가 보겠나? 이렇게 만난 것도 인연이 닿나 보오, 젊은이~"

"야, 이 악령아! 한 번 속지 두 번 속냐? 내 앞에서 당장 꺼져! 예수님의 보혈로 저주한다! 예수님의 이름으로 명령한다!"

"이, 이놈이! 으으으~~~"
독기 품은 눈빛으로 변하여 한참을 노려보더니 분을 내며 사라졌다.

"아! 하나님, 하나님! 저를 버리시지 마옵소서!"
성규는 무릎꿇었다 다시 시간이 흐르고

주변 풀숲에서 스르르~ 스르르~ 하며 무언가 움직이더니, 4m는 되어 보이는 커다란 뱀 두 마리가 다가오고 있었다. 기절초풍 나자빠질 뻔 했다.

"예수님의 보혈! 예수님의 십자가 보혈이 나를 살리신다!"

한 마리가 성규에게로 바짝 다가왔다. 대가리를 치켜 세웠다 커다랗게 아가리를 벌렸다. 아가리속은 시꺼멓게 보였고 앞니에서는 독물이 뚝뚝...

블랙맘바. 한 방 물리면. 소름이 송송.
"으으으... 으으으으~"

그런데 다른 블랙맘바는 커다란 보따리 하나를 물고 있는 것이 아닌가?

그 블랙맘바가 성규 옆으로 바짝 다가왔다. 발 앞에 떨어뜨렸다. 보따리가 펼쳐지자 금은보화와 황금 왕관과 거액의 숫자가 표기된 자기앞수표 다발 여러 뭉치가 있었다. 보따리를 성규 발치에 떨어뜨린 그 블랙맘바가 말을 하는 것이 아닌가?

"네가 이겼다. 내가 졌다. 네가 이겼으니 이 보따리 갖고 내려 가라. 세상에서 왕처럼 살아라. 지금까지 어떻게 살았냐? 성규야… 억울하지? 원통하지? 이거 다 너에게 주겠다~ 어서 갖고 내려가! 내 맘 변하기 전에 어서!! 멋지게 살아 보지도 못하고 독이 온몸에 퍼져 비참하게 끝날 것이냐?"
"으으 으으으……"

성규와 블랙맘바 두 마리는 서로 대치하기 시작했다. 서로 노려보았다.

보따리들 물고 왔던 블랙맘바가 아가리를 크게 벌려 성규 머리를 물어뜯을 듯이 소리를 냈다. 쉭쉭~~~ 쉬이익~

성규 이마에선 땀방울이 흘러내렸다.

크게 심호흡을 하였다. 있는 힘을 다하여 외쳤다.
"이 악령들아! 내가 여기서 죽더라도 천국만은 포기하지 않노라 이 보따리와 바꾸지 않노라! 썩 물러가라! 예수아메시아 나사렛에 인자로 오신 예수님 우리 주님의 이름으로 명령한다!"
목이 터져라 외쳤다.

그러자 그것들은 순식간에 종적을 감추었다.
이마에선 땀방울이 주르르~~~ 자세를 추슬렀다 무릎을 꿇고 혼신을 다하여 계속 기도하였다.

30여 분이 흐르고, 봉우리가 흔들렸다 커다란 소리에 번쩍 눈을 떴다. 벌떡 일어섰다.

6m는 되어 보이는 거인 둘이 다가오고 있었다.
시퍼런 날이 선 커다란 도끼를 들었고 옆에 다른 거인은 뾰족하고 날카롭고 길다란 창을 들었다. 가까이 다가오더니 도끼를 번쩍 들어 울렸다.

성규 앞에 바위를 내리찍었다. 바위바닥은 으스러지며 푹 패였다.
다른 거인은 창끝을 성규 목에 겨누었다.
"으 윽…"

"봤지? 이 바위바닥처럼 네 머리통을 부수어 주마. 킬킬킬~"
다른 거인도 말했다.
"네 목을 뚫어 주마!"

"아니지 그렇게 빨리 죽으면 재미없지"
도끼를 놓고 숲으로 가더니 생나무를 손으로 잡아당겨 뽑았다.
"어때, 네 팔다리도 하나 하나씩 뽑아 주마~" 성규 오른팔을 덥썩 잡았다. 다른 거인도 성규 왼팔을 꽉 잡았다.
이들 악물고 큰 소리로 외쳤다.
"이 사악한 네피림 악령들아 예수님의 보혈로 너희를 저주하노라! 썩 꺼져라!"

여전히 킬킬대며 성규 팔을 잡은 채 들어 울렸다 내렸다 하였다.
"이놈아. 그깟 기도가 통할 줄 아느냐~ 어림없지. 서서히 팔다리를 찢어 주마."

"으아악~ 아아악!"

"살살 잡았는데도 죽는 소릴 하는구나. 아까 금은보화 보따리 줄 때 안 받은 것 후회가 크지? 어때? 아직도 큰소리칠 수 있냐? 으흐흐흐~ 어리석은 놈, 안됐구나."

"우선 이놈 팔 하나 뽑아 저 낭떠러지로 던져 버릴까나, 킬킬킬~"

"아아악~ 하나님! 어디 계십니까? 어디 계십니까! 하나님 하나님!!"

"야 이놈아. 하나님이 어디에 있나 봐라. 어디에도 없지 않으냐. 지금 너를 죽이고 살리고는 우리 손에 있다."

"불쌍하기가 그지없도다. 이 불쌍한 놈에게 자비 한 번 베푸는 게 어떻습니까?"

"아. 그럴까나. 우리에게 한마디만 말하라. 나를 살려 주시면 은혜 잊지 않겠습니다 이렇게 딱 한마디만 해! 그러면 네게 자비를 베풀리라. 아까 그 금은보화 수표 다발 보따리를 너에게 다시 주겠다. 살려 달라고 딱 한마디만 해! 그게 뭐가 어려워~ 응? 성규야! 너의 생사 여부는 지금 내 손에 있어? 킬킬킬~"

죽음을 직감했다. ... 이제 죽는구나 ... ...이젠 ...
"...ㅇㅇㅇ... ㅇㅇㅇㅇ~~~"

얼굴에 주르륵 흐르는 땀... 마지막으로 마음을 다잡았다 있는 힘을 다해 소리쳤다.

"찢겨 죽더라도 네놈들에게 고개 숙이지 않노라! 죽여라~!"

그 순간 말소리가 들렸다.

인희 목소리
생전에 인희 목소리!!

"성규! 다시 한번 외쳐! 나사렛 예수님의 이름으로 물리쳐!"
"입으로 숨을 크게 마셨다가 다시 악령들에게 세게 내뱉어!"

저 앞 공중 인희모습!
성규를 위하여! 인희의 기도가 성규 귀에 들렸다.

인희의 목소리와 기도를 듣자 성규는 다시 힘을 차렸다.

"내 삶을 악령들에게 넘겨줄 순 없어! 장차 너희들이 들어갈 영벌의 장소를 거부하노라 영광과 화평의 천국을 택한다. 사탄악령마귀들아, 나사렛 예수님의 이름으로 명령한다! 너희들은 '불못'으로 가라!"

그리곤 입으로 숨을 크게 들이마시고 세게 네피림 악령들에게 내뱉었다.

"후우욱~"

순간 입김은 화염 덩어리로 바뀌었다. 그 화염이 두 거인을 휘감았다.
"으아아아~"

두 거인은 괴성을 지르더니 뒤로 나자빠지며 휘감는 화염불길 속에서 나뒹굴었다. 성규는 화염 속에서 나뒹구는 거인을 향하여 다시 한번 숨을 크게 내쉬었다.

"후우욱~~~"

하나로 엉키고 허우적대는 화염 불길 속에 두 거인을 보며 성규는 다시 세 번째 큰 숨을 내쉬었다. 더 커다랗고 시뻘건 화염으로 변하며 그것들을 휘감았다.

도끼와 창마저 녹아내렸고 숯검정으로 변했다.
두 악령은 견디지 못하고 타 버린 네피림의 육신에서 검은 연기처럼 빠져나오며 달아나려 했다.

그때 하늘 공중에서 '성령의 불'이 내려오고 있었다

성령의 불은 검은 연기처럼 빠져나오려는 그것 둘을 휘감아 가두었다. 그리고 족두리봉에서 멀리 날아갔다.

땀으로 범벅이 된 성규는 타 버려 한 덩어리로 엉겨 붙은 네피림을 바라보았다.

"가루가 되어라~ 이것들아!"

숯 검댕으로 엉겨 붙은 네피림을 향하여 달려 나아갔다. 힘껏 오른발로 걷어차 버렸다. 그 숯 검댕은 붕~ 떠올라 족두리봉 암벽 낭떠러지로 부딪히며 산산조각 가루가 되어 아래로 흩어졌다. 상공을 보았다. 족두리봉에 몰려들었던 검은 구름 떼도 사라졌다.

찬란한 빛줄기가 북쪽 하늘에서 족두리봉에 내렸다.

트럼펫 소리가 하늘에서 울려 퍼졌다.
천군 천사들이 내려오고 있었다.

"아아~~~!"
점점 내려왔다. 그 가운데에 한 여자.
인희.
인희야! 인희야!

성규 두 눈엔 눈물이 주르르~~~

인희 좌우엔 가브리엘(Gabriel Messenger) 천사와 미가엘(Michael The ArchAngel) 대천사가 있었다. 뒤엔 수많은 천군 천사들이 트럼펫을 불고 있었다.

뚜우우우우~~~
뚜우~ 뚜우~뚜우~ 뚜우~
뚜뚜뚜뚜뚜뚜뚜뚜뚜뚜~~~
뚜 우 우 우 우 우 우 우 우 우 우 우 우 우 우 ~~~~~~~~~~~~~~~~~~~~~~~~~

눈이 부셔 정면을 응시할 수 없었다. 손으로 앞을 가렸다.

"성규!"
인희 목소리였다.
"인희야!"

앞을 가렸던 손을 내렸다. 눈 부신 빛은 은은한 빛으로 바뀌었다. 틀림없다. 생전의 인희!
인희야! 인희야!"
눈물이 왈칵 쏟아졌다.

인희는 영광체의 육신으로 갈아입고 있었다.

생명수 강에 흐르는 생명수를 마시며 양편에 심겨 있는 생명나무에서 달마다 내는12가지 과실로 끊임없이 육신의 세포가 재생되는 [영원인간]으로 갈아입고 있었다.

"악령과의 결투에서 당당하고 용감하게 맞서 주어서 고마워!"
"물리쳐 주어서 고마워, 성규!"
'아, 인희야! 인희의 기도가 나를 살렸어! <u>으흐흐흑~~! 으흐흐흐흑~~</u>!"

"울지 마. 당당하게 이겼잖아?"

온화하게 미소 지으며 성규를 바라보았다.
"아... 난... 얼굴 들 자격도 없어. 인희를 잊을까도 생각했어 얼굴들 면목조차 없구나. 이런 나를 용서해 줄 수 있니?"
"그렇고말고, 끝내 나와 약속을 지켰잖아? 그럼 됐어~!"
"<u>으흐흐흐흑~ 으흐흐흐흑~~~</u>"
북받쳐 울기만 하였다.

인희는 성규 손을 잡았다. 성규도 인희 손을 꽉 잡았다.

잠시 걸었다.

천국은 이루 말로 다 하지못할 하나님의 신비(The Mystery of God)가 있는 곳이라고 말했다. 그 신비는 이 지구 세상에서 살 동안에는 비밀로 감추어졌다고.

이 말뜻을 성규는 알아차릴 수 있었다.
그것은 '참'과 '거짓'을 가려내시려는 하나님의 뜻 이심을.

가브리엘천사가 말했다.
"성규! 친구를 위하여 자기 목숨을 내놓은 인희는 '생명의 면류관'을 받았습니다! 그리고 천국 백성들 중에서 가장 지위가 높은 지도자 반열에 올랐습니다!"
"아아! 그렇습니까, 가브리엘 천사여! 아아!"

가브리엘이 말했다.
"이제 돌아갈 시간입니다!"

미가엘 대천사가 성규 앞에 섰다.
"성령님께서 오셨습니다! 성규 형제. 능력과 힘을 내리시는 성령님의 은혜가 성규형제에게 임하였습니다!"

미가엘이 오른손을 뻗어 성규를 향하자 성령님께서 미가엘 오른손을 통하여 더운 온기로 힘과 능력을 성규에게 은혜로 내려주셨다
그 온기는 성규 온 몸을 덮었다

그리고

인희와 천사들은 서서히 들어 올려졌다.

"인희야, 다시 만나자!"
"그렇게 될 거야~ 내가 못다 한 날들, 성규가 갈 수 있어!"
"그럼, 그렇고말고! 내가 해야 할 일인걸!"
"성규를 위하여 기도할게!"

인희와 천사들은 서서히 공중으로 올려지더니 북편 제3층천으로 이내 멀어져 갔다.

저 편 위의 사람들…
언젠가 내 시간이 이 땅에서 마침표를 찍으면
나 오르리라

세상 사방을 둘러보았다.
그들이 저지르는 수많은 악행들이 보였다.

"썩어 없어질 것을 위하여 살지 않겠노라. 흑암과 허상과 낙심과 고통만이 가득 찼고 어디에도 빛이라곤 전혀 없는 깜깜한 절망의 장소를 나는 거부하였습니다."

"시지푸스(Sisyphus)의 벌(罰)… 인간의 운명?"

"천만에!"
"그렇지 않습니다!"

하나님께서 사랑으로 약속하신 화평, 영원, 영생, 기쁨, 영광, 축복을 보지 못하게 속이려는 저들의 궤계임을 보았습니다."

"사람 앞에는 두 가지 길이 놓여 있습니다. 어느 길을 택할 것입니까! 나는 늙지 않는, 병들지 않는, 죽음을 보지 않는 빛과 화평 사랑과 기쁨. [영원인간永遠人間]의 길을 택하였습니다!"

인희의 길을 걸으리라.

이젠 누구도 원망하지 않겠습니다.
세상에서 괴로움을 놓았습니다.

길을 걷겠습니다.
아픔도 가슴엔 남지 않았습니다.

천천히 발길을 돌렸다
그리고

세상으로 향했다.

끝.

마치면서

13년 전
급격한 절망상태에 놓였고 삶이 당시까지의 시각에서 다른 시각으로 옮겨가는 계기가 되었습니다.

삶에 의문점을 찾아보게 되었습니다.

틈틈이 서서히 그 해답에 다가섰습니다. 늘 마음속에 자리하였던, 누구나 갖고 있는 같은 질문들.

혼자만 가지고 있기 보다는, 서로 나누자. '소설의 형식'을 빌려서 집필하게 되었습니다.

어디서부터 시작되었나? 어디로 가는가? 다가오고 있는 세계는…?

도래하지 않았지만 겪게 될 그 날을 외치려 펜을 들었습니다.

영원축복의 길
영원인간영원사랑-다가올 날들 영원의 날

1판 1쇄 발행 2025년 9월 30일

저자 작은 책

편집 김다인　**마케팅·지원** 이창민

펴낸곳 (주)하움출판사　**펴낸이** 문현광

이메일 haum1000@naver.com　**홈페이지** haum.kr
블로그 blog.naver.com/haum1000　**인스타그램** @haum1007

ISBN 979-11-7374-183-8(03810)

좋은 책을 만들겠습니다.
하움출판사는 독자 여러분의 의견에 항상 귀 기울이고 있습니다.
파본은 구입처에서 교환해 드립니다.

이 책은 저작권법에 따라 보호받는 저작물이므로 무단전재와 무단복제를 금지하며,
이 책 내용의 전부 또는 일부를 이용하려면 반드시 저작권자의 서면동의를 받아야 합니다.